谭仲池 著

心灵的天堂
——谭仲池散文选

线装书局

图书在版编目（CIP）数据

心灵的天堂：谭仲池散文选/谭仲池著. -- 北京：线装书局，2016.11
ISBN 978-7-5120-2487-8

Ⅰ.①心… Ⅱ.①谭… Ⅲ.①散文集－中国－当代 Ⅳ.①I267

中国版本图书馆CIP数据核字（2016）第263345号

心灵的天堂——谭仲池散文选

作　　者：	谭仲池
责任编辑：	赵　鹰　姚　欣
装帧设计：	王文龙
出版发行：	线装书局
地　　址：	北京市西城区鼓楼西大街41号（100009）
电　　话：	010-64045283（发行部）　64045583（总编室）
网　　址：	www.zgxzsj.com
经　　销：	新华书店
印　　制：	北京睿和名扬印刷有限公司
开　　本：	787mm × 1092mm　1/16
印　　张：	15
字　　数：	230千字
版　　次：	2016年11月第1版第1次印刷
印　　数：	0001—8000
定　　价：	48.00元

目　录

摩纳哥上空的中国花 …………………………… 001
太平洋上的盛大节日 …………………………… 007
属于他自己的歌 ………………………………… 013
情寄江南雨 ……………………………………… 020
我认识的宋祖英 ………………………………… 023
王姬印象 ………………………………………… 027
侯宝林生日 ……………………………………… 031
去追寻春天的梦 ………………………………… 033
重读大围山 ……………………………………… 035
飘在沙漠上的迷梦 ……………………………… 038
书中日月长 ……………………………………… 042
我读凤凰 ………………………………………… 045
珍藏在心中的感激 ……………………………… 051
红椰树 …………………………………………… 054
难忘的岁月 ……………………………………… 056
闪耀在星空的足迹 ……………………………… 067
带着祝福去理县 ………………………………… 071
万佛山探妙 ……………………………………… 074
唱给祖国的歌 …………………………………… 077

- 守望橘子洲 …… 084
- 血脉深情的见证 …… 088
- 梦回都江堰 …… 093
- 读雪归来 …… 096
- 璀璨绽放梦想 …… 099
- 油菜花的诗意 …… 102
- 寻梦东江湖 …… 105
- 湘江北去 …… 110
- 总有花开 …… 116
- 珍贵的人生忆念 …… 121
- 心中的珍贵感念 …… 123
- 湘江浩荡的人文气象 …… 126
- 书剑肝胆托昆仑 …… 138
- 家乡的那碗水 …… 143
- 鹅湖在哪里 …… 146
- 古巷深深名伶梦 …… 151
- 大围山巅玉泉湖 …… 156
- 槐庭依然剑琴鸣 …… 158
- 都岐村的笑声 …… 163
- 追梦十八洞天 …… 166
- 一心中国梦 …… 170
- 望剑仰昆仑 …… 177
- 父　亲 …… 180
- 深深的思念 …… 183

梦中蓝桥	186
梦系浏阳河	188
血色杜鹃	190
花　意	192
雪　韵	194
听　泉	197
母亲的桨还在摇	200
人生境界	204
听　涛	206
生命的驿站	207
雨中情丝	208
你还来吗	210
小　河	211
依　恋	213
真正的爱	215
撑开一片宁静的天	217
读　梦	219
女人的符号	220
写给小雨	221
兰　草	223
古　藤	225
拥抱生活	227
后　记	229

摩纳哥上空的中国花

璀璨的阳光铺满北京机场。

1986年7月20日上午10时,一架银灰色的波音747喷气客机,颤动宽厚的银色翅膀,呼啸着腾空而起。金碧辉煌的北京城霎时变成一盘金光灿灿的珍珠,闪耀在蓝天白云下。

客舱内,代表中国去参加摩纳哥国际烟花大赛的中国浏阳烟花参赛组成员戴朝庆、黄明章、黎仲畦、邓连生、黄福文和中国轻工部派去的翻译刘驯刚六位同志并排坐着。紧靠舷窗的是浏阳出口花炮厂副厂长戴朝庆,他今年36岁,这次出国担任中国参赛组组长。随着飞机的颠簸,他两眼透过舷窗,把深邃的目光投向浩瀚的茫茫云海。

白云朵朵,如波如浪,在机翼四周奔涌。一会儿叠起层楼,一会儿化作岛屿、骆驼、骏马……凝望这条神奇灿烂的云中之路,坐在一旁的县花炮研究所所长黎仲畦思绪如翼。

那是20年前的一个美丽的夏日夜晚,月亮把朦胧的轻纱轻轻笼罩着紫禁城的飞檐翘角,晚风扯动北京礼花弹厂招待所的绿色窗帘。灯下,一位农村打扮的青年正在做着笔记。他,就是浏阳派去北京学做礼花弹的青年工人黎仲畦,当时还不到20岁。整整20年过去了,他的鬓角平添了几缕银丝。当年黎仲畦和他的同伴们把自己试制成功的第一发礼花弹送上了九霄云端,就获得了外商的赞赏。在浏阳县花炮研究所,在制造礼花弹的车间里,那千百次的反复试验,那一道道精细的操作流程,那一个个争奇夺艳的新产品,无不凝结着研究人员和花炮工人的勤劳和智慧之光。1985年冬,县人民政府授予他们重大科研成果开拓一等奖。

摩纳哥公国南濒地中海，风景优美。当地政府为了吸引更多的游客，每年都要举行一次国际性的烟花比赛。

7月22日下午，中国参赛组顺利地踏上了这个回荡着地中海波浪声的世界旅游胜地，住进市中心的三星旅馆。

天刚亮，戴朝庆和他的同伴们就起了床。他拉开深红色的窗帘，眺望那晨曦勾画出轮廓的海湾，如翼的波浪，那银色、蓝色、黄色的帆，那金霞缀落的楼阁，那奔跑如梭的车辆……他知道，摩纳哥国际烟花节比赛是世界上规模最大、历史最长、要求最高的烟花大赛。这次第21届国际烟花节大赛强队林立，必然竞争激烈。他们中有前不久在加拿大国际烟花邀请赛中冠军获得者西班牙队，有8次参加国际焰火大赛、3次夺魁的意大利队，有蝉联过4届国际焰火赛冠军的荷兰队，以及久经沙场的葡萄牙队……我们中国队能否在强手中取胜，实在令人担忧。一阵晨风吹来，戴朝庆不禁打了一个冷战。

在明亮的客厅里，一场精彩的对话正在进行。戴朝庆、刘驯刚西装革履，面对摩纳哥记者侃侃而谈。

"你们中国的烟花能和世界烟花大国的产品媲美吗？"

"我们愿意和世界同行进行较量……届时，我们将对您提出的问题作出圆满的回答。"

"第19届国际烟花大赛，中国失利，对此你有何感想？你觉得中国烟花有希望在这次大赛中取胜吗？"

"胜败乃兵家常事。我们中国是火药发明国，也是最先把火药用于和平事业的国家，这次我们是满怀信心来参赛的。"

摩纳哥《尼斯日报》记者贝尔敦先生十分友善地离开了中国参赛组住地。

这些天来，《尼斯日报》刊登的关于国际烟花比赛的新闻，像一颗颗炸弹，在戴朝庆、黎仲畦、邓连生、黄福文、黄明章和翻译刘驯刚心中炸响。

7月24日的《尼斯日报》：

"获胜吧，西班牙！"

"今天是西班牙为烟花节举行开幕典礼……在摩纳哥港口的两个堤

岸上用电火燃放大型烟花取得良好的同步效果，17幅图案一幅比一幅优美，无论如何它们都产生了精彩的效果。竞赛表明，确定1986年称号归属，将是很难的。"

8月7日的《尼斯日报》：

"荷兰受到一致的赞赏。"

"真绝妙！荷兰星期二晚上参加蒙特卡罗国际烟花节比赛，再次把非常众多的观众吸引到摩纳哥海湾，乃至周围地区的山路上。截至目前止，它在第21届表演获奖名单上，占有极好的位置。起码，在中国（星期六晚）或葡萄牙（下周二）之前，我们看到荷兰事实上已取得获胜的最好机会，荷兰烟花的燃放以其美妙、新颖和精致征服了观众……"

这是真实的报道。这些情况是中国参赛组的同志耳闻目睹的。

8月8日《尼斯日报》发表了题为《明晚，中国让火药发言》的文章。

"几千年前发明火药的国家参加第21届蒙特卡罗烟花节，必将带来直接影响公国文化生活的效果……星期六晚上，本地区居民和避暑者可以从容不迫欣赏中国手工艺者的才能，他们是否会像他们的祖先那样令人满意地让火药发言？"

这难道仅仅是对中国烟花制造者的发问吗？不，这是对整个中华民族的发问。戴朝庆他们在心里暗暗下定决心：我们一定要让中国火药作出响亮的回答。

8月7日深夜。

摩纳哥的蒙特卡罗市港口，灯火辉煌，如同白昼。地中海那蓝湛湛的波浪映着灿烂的灯光，欢腾着，跳跃着，用它巨大的透明的臂膀撞击着巍峨的防波大堤。

按照焰火比赛组织委员会的安排，中国参赛组的同志来到这里，开始了紧张的赛前准备工作。这是一场十分紧张的战斗，要在次日晚上完成整个赛前准备工作，时间只有25个小时。而按照《尼斯日报》记者在报道中的预测："中国人使用两堤，将像荷兰人一样，迎着困难上，因为同步技术是微妙的，他们的烟花包括约1260枚礼花弹，为其安装需用4天时间。"十分遗憾，摩纳哥烟火比赛组织委员会却只能给25个小时。

夜渐渐深了，月亮、星星疲惫地把一缕缕清辉收进云层里，将一片浓重的墨黑抹在灯火阑珊的海湾。繁重的装卸3600多公斤礼花弹和盘花火轮的重活酿制的疲劳一齐降临到中国参赛组全体成员的身上。

他们衣汗湿了，皮碰出了血，腰弯疼了。谁也没有吭一声，坐一会儿，连水也顾不得喝上一口。大家顶着极度的劳累，睁着一夜未眠的深陷的眼睛，又迎来了天边破晓的那抹玫瑰色的朝霞。

站在防波堤上，他们看到了地中海壮丽的日出。只见一轮金黄的朝阳，从蓝粼粼的海浪里升腾起来，带着满身的金黄，满身的光亮。一瞬间，连那万顷海水也染成了金黄色。这是希望的象征，一片金色的希望展现在眼前。大家欢呼着，拥向海堤边。

有人说海是伟力的形象。看到朝日照耀下的地中海，大家获得了一股强大的力量。

夏日的摩纳哥海湾赤日炎炎，海风夹着温热，太阳把大家烤得头晕眼花、汗流浃背，皮肤晒黑了、晒焦了，衣服弄脏了、撕破了。有的同志干脆脱去衣衫光着膀子干。请来帮工的几个当地蓄着络腮胡子的大汉也不能不伸着大拇指夸中国人的顽强吃苦精神。

不知道什么时候，晚霞又悄悄地把海湾染红了。太阳拥抱着一天金黄的收获，隐进了西天的浓云。

25个小时，多么富有诗意的赛前战斗啊！谁能料到洒在这百米防波堤上的汗水，竟会化作国际烟花皇冠上那一串串闪射毫光的宝珠。

8月9日傍晚，蒙特卡罗市港口热闹非凡，10多名来自世界各地的旅游者和当地居民，聚集在一个三面环山、一面临海的天然剧院，数百艘游艇、轮船挂起了彩旗、彩灯，匆匆驶进港湾。岸边那层层叠叠的大厦平台，人头攒动。如潮水般的人流一个劲地涌向防波堤的两边，期待着中国烟花表演。弯月闪着晶莹的光亮，拨开墨黑的天幕，高悬在摩纳哥的上空。

21点30分，在一阵优美动听的中国乐曲声中，"轰轰轰"6枚迎宾礼花弹腾空而起，顿时蓝色的天幕上，云喷霞飞，花雨缤纷，异彩竞放。在花团锦簇中，一面象征摩纳哥国旗的红白帷幕腾悬在夜穹。这是真正的龙的呼啸，龙的腾飞，龙的形象。它掠过海涛，掠过山峰，掠过太空，用灿烂的语言、辉煌的图案、吞云吐雾的气势，讲述中国火药的古老故事，描绘烟花发展的金色历史。具有中国特色的烟花，一开始就把所有的观众牢牢地吸引住了。

紧接着16枚礼花弹呼啸着直上九天，把16盏直径达1.2米的椭圆形宫灯，高挂在玉宇琼宫。忽而彩灯徐徐飘飞，天空中又散落无数红、绿、蓝3色大小圆圈组成的精致图案。待观众掌声轰起时，天空中又呈现出一片鲜花的海洋。

天上繁花如锦，光影迷离，地上火龙翻滚，光焰灼人。这时的烟花燃放堤是一片火海。这道防波堤十分狭小，堤宽不到两米，堤长才100多米，两堤隔浪相望。每放一个产品，间隔时间不能超过两秒钟，放24大组共1260个礼花弹要在20分钟完成，要求配合默契不能有丝毫偏差。燃放已达高潮，两边防波堤火光冲天，响声如雷。我们中国是采取人工点火，人在火海中穿来穿去。

突然，意想不到的事情发生了，一组不该点火的盘花被引燃了。导火索在窜着火花。如不及时熄灭，将影响整个燃放程序和效果，中国又将在比赛中失利。在这千钧一发之际，黎仲畦顾不得个人安危，冲过去，果敢地扯断了正在燃烧的导火索。手上顿时烫起了一个个血泡，却终于为摘取国际烟花皇冠扫平了阻障。这是发生在几秒钟内的事。10万热情的观众谁能想到在烟花竞放的春光里，曾有着这样一支小插曲。

奇迹一个接着一个在空中出现。不论是耀眼的宫灯，还是彩响花、旋花飞车，都美不胜收，令人陶醉。尤其令人叫绝的是最后一个节目，中国参赛组经过精密的计算、设计，别具匠心地将规格各异的600枚礼花弹在左右两道防波堤上，采用4、6、8、15、20发的交叉同步燃放法，在7分钟内准确无误地送上夜空。21点43分，随着一声声轰鸣，一个精彩的节目"欢乐的摩纳哥"以它的无比辉煌灿烂，呈现在观众眼前。天空霎时出现了迷人的仙境。那红霞紫雾，那银树火花，那彩虹金龙，那亮灯碧玉，那绿的翠、白的银、丹的火、黄的金……这是中国烟花的精灵，它将自己灿烂的身影留在蒙特卡罗市海湾的轻风里，留在摩纳哥天穹的彩云端，留在远洋巨轮的汽笛声中，留在10万观众的记忆里。短短的20分钟随着金霞灿烂，踏着电闪雷鸣离去了，而那诗情般的赞美，那欢喜的眼泪，那暴风雨般的掌声却把中国烟火和友谊永远地挽留住。海港涨潮了，海港起风了，人们在狂奔高呼："好！中国第一，中国第一！"

摩纳哥市中心三星旅馆。中国参赛组的全体成员围坐在电话机旁。当听到中国参赛组获得比赛第一名，并取得1989年直接参加国际烟火节大赛决赛权的消息，大家都哭了。

哭，胜利者最壮丽的笑！

太平洋上的盛大节日

　　浩瀚、神秘、不平静的太平洋，用它那澎湃的力量，拥着万顷蓝色的波浪，纵情地摇撼着这簇坐落在地球北纬10°和西经155°附近的北太平洋波涛上的夏威夷群岛。也许因为夏威夷岛是组火山岛，它那蕴藏在胸中的热力，从大大小小的火山口喷向蔚蓝的天地间，才在北太平洋这个空间编织出一个绿色的、充满湿润和希望的美丽世界。

　　公元1989年1月7日。美国夏威夷庆祝委员会夏威夷中华总商会在这里举行了隆重的华人来檀200周年纪念活动。100多万勤劳、智慧的夏威夷人民终于迎来了这个欢庆火山爆发的盛大节日。

　　夏威夷首府檀香山市，受到大自然的恩惠，用四时春光装饰着这里的岛山港浪，被世界历史记述着的珍珠港事件就发生在檀香山市西郊外的欧阿湖岛上。现在人们来到这里还可以看到美国亚利山号军舰纪念堂。纪念堂就建在整个被击沉的亚利山号军舰上面。站在远处望去，纪念堂宛如一艘白色的军舰停泊在蓝幽幽的海港。

　　时光流逝，这艘白色的军舰载去载归多少游人深沉的思考和蓝色的梦幻。而今天，在它明亮的瞭望窗内，来自中国浏阳河畔的焰火专家，不仅看到了太平洋的磅礴气势，领略到了檀香山的如画风光，而且更知道了自己的价值和世界的阔大。一朵灿烂的新的历史风云，又将在这个窗口停留，盘旋。

　　这是1989年1月12日上午10点。

　　檀香山市辉煌、雄伟、古雅的夏威夷州会大厦，敞开了宽阔的大门。沿着平坦笔直的高速公路，一辆辆高级轿车鱼贯似地匆匆驶过繁花似锦、绿树成荫的大厦回廊。明丽而含情的海洋阳光，温柔地裹着身着各色西装的中国焰火燃放队队员。他(她)们一个个神采飞扬，轻松、愉快地缓步走向那个热烈的庄重的殿堂。

那是一个长条形的会议厅，天蓝色的墙壁，紫红色的地毯，星星捧月似的吊灯构筑着一个富丽堂皇的天地。11时许，州长笃卫希先生在秘书的导引下，迈着轻松的步履，带着欣喜的笑容来到了中国焰火队员中间。他热烈地和大家握手："我祝贺你们获得了成功！燃放焰火这样好，在夏威夷还是第一次。"他还兴奋地说："友联会举办的焰火晚会，使我回忆起中国人民对发展美中友谊所作出的特殊贡献。你们的出色表演将促进两国和两国人民之间的了解和友谊。"

在热烈的掌声中，笃卫希州长将自己亲笔签名和盖章的一份特制文件送到了中国工艺美术大师黎仲畦的手上。这是一份不寻常的文件，也许在中国焰火发展史上，在国际交往的友谊长河里，这是泛起的第一束闪光的波浪。

致国家焰火爆竹协会工艺大师——黎仲畦

我十分高兴地代表夏威夷人民谨向您致以由衷的谢意！感谢您为纪念华人来到夏威夷200周年庆祝会的焰火表演而作出的卓越贡献……

为了欣赏你们那神奇美妙、激动人心的焰火表演，成千上万的夏威夷人民欢欣鼓舞涌向海滨，奔往公园。当地电视实况转播，使那些无法亲临其境的人们也能分享快乐。

……你们的表演给夏威夷人民留下了美好的记忆。此次，在我地进行的世界性社会活动中，中国人民具有特色的献礼在我们两国之间架起了横跨太平洋友谊之桥梁。

笃卫希
1989年1月12日

黎仲畦捧着100多万夏威夷人民的心意乘坐着黑色轿车，碾着金子似的阳光驶回住所。而感情的潮水却如太平洋的波浪在心中奔涌。

那一片蓝色的波浪。

那一片响亮的涛声。

这一切的荣誉、尊严和自豪都来自北京。

黑色的轿车，又钻进了那一抹翠绿的林荫。

北京首都，新中国的第39个金色的秋天。

国家副主席王震刚接见完外国贵宾，中国国际友好联络会秘书长匆匆穿过人民大会堂的曲廊，来到了王副主席跟前。他用简短而明了的语言向王副主席请示："1989年元月，是华人赴檀香山的200周年，夏威夷将举行隆重的纪念活动。我会决定委托全国花炮质量、安全检测中心去筹办一个焰火晚会，此事请您指示。"

王副主席点了点头，沉思片刻问道："可是浏阳的？""是的，就是前年在摩纳哥国际焰火大赛中夺魁的那支劲旅。""啊！"王副主席露出了满意的笑容，他接过秘书长递上的报告，亲笔批示："认真办妥。"

几天以后，王副主席的批示传到了浏阳河畔，将军家乡的儿女捧着批示，心潮犹似激荡的浏阳河水。黎仲畦更是浮想联翩。

此刻，他又走进了灯光辉煌的人民大会堂。作为1987年中共中央、国务院邀请的19位自学成才的科学家之一，他曾受到国务院总理的接见。方毅同志还高兴地为他题了词。

此刻，也许他又和同事们带着自己研制的宣传礼花弹，投入了广西边陲的紧张战斗。1988年元宵夜晚，当闪耀着"和平友好"、"龙年大吉"字样的焰火飘过中越边界的上空，连北仑河对岸的越军也发出欢呼时，他感到一种从来没有过的激动。他怎能想到，供人欣赏的焰火，此刻，竟能起到宣传和平的作用。

从接受任务到赴夏威夷燃放焰火的100多个不寻常的日子，黎仲畦和他的伙伴们在辛勤地工作着。他们不顾劳累，不怕艰苦，牺牲自己的休息，用自己的智慧和心血编织着友谊的纽带、报捷的乐章、欢乐的火山。

夜，又是一个美丽的夜晚。黎仲畦面对着金穗、银丝、彩凤、火龙、宫灯、蓝黄、红绿、盘星、火轮、红灯、绣球；3时、5时、6时、7时；8发、10发、12发、20发……1200发不同类型的礼花弹，在编织一个神奇的梦。这个梦，要在一个小时内，呈现出它变化万千，意境幽远的灿烂姿态，是一个多么复杂的系统工程啊！他的双眼熬红了，但他的精神仍然那样振奋。

现在，他就要带领燃放队漂洋过海了。此刻，他仿佛看到太平洋的波浪在金色的太阳光下，跳跃飞腾，扬起万顷蔚蓝，鼓起生命的浪旗，正向东方涌来。

该岛是一首美丽的立体诗。那诱人的绿色，盛开的鲜花，多情地点缀着郁郁葱葱的树林。打开每一扇窗户，都可以看到一幅优美的画。金阳沉入湛蓝的海底，蓝色的浪花拍打着海岸歌唱。然而，中国焰火队员要在这个诗的意境里，解开金色的链条，让万条有声有色的彩龙直冲云霄去创造一个比梦还美的世界。

这些天，太平洋的风推着厚厚的云团，在檀香山的上空盘旋。云团有时化作细雨，朦朦胧胧地落到地上。耸立在海边的高楼大厦披上了一层乳白的雨纱。山坡上的那五颜六色的别墅都隐在那半迷蒙、半透明的梦幻里。

6日清晨，旭日刚拉开天幕，沐着晨曦的海滨建筑群，便拥拥挤挤地出现在人们的眼前。这时黎仲睢、黎升旭、刘益中、易子菊等人就把1200发礼花弹、80盆盘花运到了海滨公园的沙滩上。大家舒展着手臂又是推炮筒，又是搭火轮架，都在来回奔忙着。

突然，海滨上刮起了大风。海浪在风里啸叫奔突。一簇簇黑云挤压过来，把晴朗的天空，搅成灰蒙蒙的。接着又下起了阵雨。阵雨过后，又从云层里钻出一轮火辣辣的太阳。一小时内，又雨又晴变化不定。这种情势，急坏了焰火队员。他们根本不敢把焰火搬出来。只好抱着塑料布盖这里，遮那儿。谁说过，美的创造是艰难的。这话一点不假。风雨袭击还不算，又遇到了一个意想不到的难题。因公园沙滩的草地上不能打桩，长达10多米的火轮字幕无法支撑起来。这下可把大家急得团团转。多亏刘益中、黎升旭两位聪明的青年，他们想出了用木桩搭成三角架的办法，竟奇迹般地把火轮图案竖起来了。帮工的大胡子夏威夷朋友，竖起大拇指："中国人真聪明！"

1月7日夜晚8时15分，阵雨刚过，在优美的乐曲声中，在檀香山市40万双眼睛的急切盼望里，中国焰火队员准时点燃了来自东方的彩龙。刹那间，狂欢的热浪把檀香山海湾的波涛煮沸了。那金光、紫霞、黄雾、银云一齐腾入云霄，又一齐散人波涛。那清脆的雷鸣，隆隆的礼花弹爆炸声，摇晃着万座高楼，推涌着千条游艇，这时人声、汽笛声，压过海啸风鸣。"中国！""中国人！""世界第一！""多放一点！"的欢呼滚过海滨、滚向太平洋、滚向遥远遥远。

中华总商会原会长郑天照先生，已经年过半百了。他一直陪同中国燃放队员。当他看到这样精彩的焰火晚会，握着黎仲畦的手说："实在太漂亮了，美极了！中国烟花是一支美妙动听的交响乐！"此刻他泪花盈眶。他已经8次回中国。他把从国内带去的《我的中国心》、《大海啊故乡》的磁带常常独自一人听得清泪涟涟。有一次回到广东中山市老家，他特地装了一箱家乡的石头带回夏威夷。郑先生热爱祖国和家乡的情谊，深深打动了中国燃放队员的心。

第二天，在郑先生的邀请和导引下，中国燃放队员们去市区游览。每当碰到华人，郑先生就兴奋地说："你们知道吗？昨晚的焰火就是他们放的。"当他们走进问拿基街挂有"源昌成店"招牌的店铺时，老板听郑先生介绍后，激动地从货架上取出两盒高级点心送到燃放队员的手中："这就是我的一点心意！"

天空明亮、辽阔。白云铺就的大道从檀香山机场上空一直通向东方北京上空的彩云端。

13日，这是一个令人难忘的日子，因为这天，来自中国的儿女将离开这个美丽的岛市，回到自己的家园，回到创造美和灿烂的欢乐天地来。

檀香山西部机场沐浴在灿烂的霞光里，中国焰火队员缓缓地步入高级候机室。郑天照先生含着激动的泪珠为大家举行了简单的送别仪式。他说："庆典美丽的焰火是一个好的开端，这是中国人的成功。欢迎你们再来夏威夷！"说完，6位漂亮的夏威夷姑娘手捧鲜花走到大家跟前，深情地与中国焰火队员吻别。

黎仲畦感到脸颊上热炽的火焰在灼人，心里泛起了激情的波澜。他颤抖着嘴唇说："友谊和夏威夷的美丽风光将永远留在我们美好的记忆里！"

是啊！从一个曾经对外封闭的国度走向世界的浏阳人，能理智地感触着这几颗纯美姑娘的心跳，接受那来自太平洋波涛上的热吻，是多么的宝贵啊！也许他们不习惯这种礼节，但他们毕竟接受了。是啊，创造人类生活美的人，还有什么自身的局限不能突破呢？

飞机扇动宽广的银色翅膀，缓缓地向跑道驶去。再见了，美丽的夏威夷！飞机在云空鼓翼飞升，波浪在白云下翻滚、翻滚……

属于他自己的歌

你要欣赏自己的价值,
就得给世界增添价值。

——歌德

浏阳河是一条美丽的河。这条河,虽然弯弯曲曲,曾流过哀怨、愤恨;受过创伤,但她热爱生活,始终坚定无私地用自己的乳汁灌溉着家乡肥美的土地,哺育着自己的儿女。每一个生活成长在她怀抱的儿女都懂得自己应当怎样为这条母亲河增光添彩。

王业敬这个喝浏阳河水长大的普普通通的农民,就是这条母亲河哺育的一个优秀儿子。

一

王业敬是浏阳县城关镇城东村邹桥队社员,今年48岁,高大的身材,四方脸,宽前额,就像浏阳河岸那体格健壮、饱经风霜的榆树。

王业敬的童年是一支浸透眼泪、充满苦涩的歌。

1937年9月,王业敬在长沙樟树园"呱呱"落地,其父王功鎏原是国民党昆明警保处处长,1945年去了台湾。刚满8岁的王业敬和二姐被留在浏阳河畔的白泥轩老家随叔父一块生活。那几年父亲总不寄钱来,叔父儿女多,加上连年水旱成灾,王业敬姐弟生活很是艰难。王业敬染上了多种病。头上生了癞子,脖子也长成了歪的。贫困的生活不仅迫使年幼的王业敬挑柴、放牛度日,而且也失去了读书的机会。

1949年6月，湖南和平解放了。从此，在灿烂的阳光下，在解冻的土地上，他吹响了新生活的牧笛。他二姐成了一名人民解放军的女战士。他自己再也不要靠卖柴放牛度日了。癞子头上长出乌黑的新发，歪脖子也得到了矫正。他是一个端庄的少年了，他背起了书包，唱起了歌儿，走进了学校。1956年，他担任了村上的扫盲教师。

1957年，面对崭新的生活，为了抒发自己对祖国、家乡的爱，他开始学写民歌，他的第一首民歌《茶园春色好风光》在《浏阳报》上发表。

王业敬在党的温暖的怀抱里，在养育自己的土地上生活和追求着。他一边忠心耿耿地务农，用汗水做线，锄头镰刀做针，编织着生活的彩虹；他一边精心构思，用泥土香、野花香、青枝绿叶裁出行行彩色的诗韵。

然而，人生的道路既不全是风霜、眼泪，也不都是春风、彩霞。

在"全面专政"的年代里，王业敬因"海外关系"、"地主出身"受到冲击，遭到侮辱和歧视。

逆境是理想的磨石。对于一个有着坚定信念的人，逆境只能把人冶炼得更坚强，王业敬凭着自己的忠厚、智慧、勤劳，他作田、种菜、做泥瓦匠、当伙夫、搞搬运。他虽然饱尝了各种辛酸，然而也获得了征服逆境的乐趣。

二

多少个淫雨霏霏的早晨，多少个月光暗淡的夜晚，王业敬在盼望阳光，盼望春天。

阳光回来了！春天回来了！

王业敬的诗和歌回来了。1979年党的十一届三中全会的春风带着温暖吹遍了大江南北，吹暖了浏阳河畔的山山岭岭。王业敬喜泪盈眶。他虽然已年过四十，但他青春焕发，劳动得更起劲，诗兴又如泉涌。王业敬没有把新到来的春光当梦来陶醉，他要踏踏实实地在现实中去浇灌自己理想的常青树。

1981年春天，一个温暖的夜晚。王业敬做了一个好梦。他梦见自己成了养鸡专业户，门口参观的人络绎不绝；他梦见阔别四十多年的老父亲归来相聚了。他多么激动啊！他简直要跳起来。原来，前几天他随县政协视察组下乡走访养鸡专业户，这些养鸡户致富的事迹引起了他浓厚的兴趣。这些天，他一直琢磨着这件事。

王业敬拉亮了电灯，他披衣起床，坐在窗前，他两眼透过窗上淡淡的月光，直望着青青的菜地。他好像突然被窗外什么迷人的风光吸引住了。他开门走出了堂屋。妻子不解，尾随而出。只见王业敬在月下，用一根竹子丈量着屋左侧的地盘，还一个人自言自语地说："够了，够了！"妻子更糊涂了。"够了什么？"她一把夺过竹竿，"快去睡觉，深更半夜搞什么？""我想在这里砌个鸡圈，我们也养鸡。""养鸡！"妻子笑了。因为她早就有了这个想法，只是还没来得及与丈夫商量。

这天晚上，王业敬夫妇作出了三项决定：第一，给在台的父亲写信，报告自己的打算；第二，外出拜师学养鸡；第三，从明天起，开始着手做好养鸡的准备工作。

王业敬的父亲接到儿子的信"喜极而泣"，"三天三晚不能入睡"。不久就给他寄来了台湾出版的《养鸡学》、《禽畜疾病学》，还有他自己写的诗集《风人稿存》。并附言说："虽不能回家乡看看，这也算我的一点心意吧！"

捧着远方的来信和书籍、诗稿，王业敬泪湿衣襟。他这是捧着一颗日夜思念的慈父心啊！他下定决心，一定要把鸡养好，把家乡建设好，为祖国统一，为实现四化贡献自己的一切。

养鸡说起来容易，干起来却很难。王业敬开始了艰难的跋涉。他攻克的第一关，就是资金关。王业敬的家底很薄。近年来虽然日子迅速好转，但因原来基础差，家里余钱剩米不多。养鸡添置设备需要上万元资金，王业敬一家省吃俭用，并向政府贷了款，办起了能养1500只鸡的家庭养鸡场。

鸡场办起来了，接着横在面前的是养鸡技术关。小鸡买来没几天，就染上了球虫病，一个晚上就死去50只。其余的也翅膀低垂，不吃食。这下可把王业敬夫妇急坏了。当天晚上，他就摸黑请来了兽医，经过诊治，才使900多只小鸡脱险。这件事对老王震动很大，他立志攻克养鸡科学技术关。

他从书店买回了各种饲养家禽的科技书籍；他在各种养鸡资料上摘

录了上万字的笔记；他专程去常德、郴州等地拜师学艺；他每天坚持观察，坚持写《鸡群动态日志》。经过一年多的辛勤钻研，大胆实践，他掌握了鸡的育雏、育肥阶段的饲料配比和保温、光照、饲养密度、防病治病等技术。三年来，他为国家提供各种出口良种鸡共计21000多只。他养鸡的成活率达98%，料肉比为二点五比一斤。每只鸡可获纯利1.3元，创造了全省同行业最高纪录。

王业敬作为一个具有诗人气质和情操的农民，在奋斗中自然有自己的天地和乐趣。你看鸡圈这个又脏又臭又不安静的世界，竟成了他从事科学养鸡试验的神圣殿堂。

去年盛夏的一天，天气热得出奇，风不吹，树不摇，使人们感到一阵窒息。鸡圈内外像火盆。正在撰写《家庭养鸡》书稿的王业敬，打着赤膊，还汗流浃背。突然，听得鸡棚内一声"哎哟"，待王业敬跑去，妻子已晕倒在地。王业敬立即用板车拉着妻子向县人民医院奔去……输液瓶在她的头上轻轻晃动，王业敬站在床前，难过地望着妻子苍白的脸。

突然鸡的呼叫声、猪的碰栏声、桌上书稿的影子一齐钻进他的脑袋，王业敬轻轻叮嘱护士几句便悄悄离去。他是含着眼泪，怀着一颗负疚的心离去的。他的时间像生命那样宝贵。他不能拉空车回去，他又立即顺路到饲料加工厂拉了一满车饲料……回到家中，来不及揭开锅盖去做饭。他要立即给鸡喂水，给猪喂食，打扫粪池，还有《鸡群动态日志》要写，还有那本多少养鸡户盼望的《家庭养鸡》书要定稿。他忙着。那前进的节奏完全和着祖国实现现代化的步伐。

3天过去了，王业敬没有去医院探望自己的妻子。是他忘记了妻子？不是！他一家5口人，大儿子正在上大学，二儿子、女儿在读中学，家里有2000只鸡、8头猪，还要接待来访者，他太忙了，然而，他是乐观的，他拥有力量和自信。

近两年来，他记不清接待了多少来访者，上千封来信请求他帮助解决养鸡中的疑难。甚至有的亏本的养鸡专业户含泪对他说："老王呀！你有文化，肯钻研，你就帮帮这个忙吧！给我们编一个养鸡的技术资料，要多少钱，我们给！"从那以后，老王下定了这样的决心，即使自己少养几千只鸡,少赚几万元钱,也要写一个适合农民运用、通俗易懂的养鸡技术资料出来。

　　说起王业敬钻研养鸡科学技术、写科学论文,还有一段趣事。有一次,老王在观察鸡群活动。一个经常出现的鸡爱躺在泥沙里拍动翅膀的现象,引起了他的深思,经他多次观察分析和试验,终于得出了鸡性喜沐浴的特点。原来鸡常在泥沙里拍动翅膀,扬起尘土,这是鸡在沐浴,又叫干浴。他大胆进行探索后得出结论:鸡进行干浴,能舒筋活络,加快血液循环,增进食欲,增强体质。放养的鸡可以随时干浴。"浴池"的设置,不拘形式,只要保持干燥。在池中放些干细沙,并掺和少量的草木灰、陈石灰、石膏粉和硫黄粉。这样不但便于鸡群沐浴和啄食矿物质,还能起到消毒杀菌的作用。特别对防治鸡虱、鸡螨等体外寄生虫也有很好的效果。他的《鸡的干浴和浴池的设置》的科学小论文写好后,被一家报纸采用,受到各方面的好评。

三

　　每当月移中天,夜阑人静,人们都已入梦的时候,劳累了一天的王业敬却独坐灯前诗兴大发。他始终没有放下党给他歌颂生活的笔。他时刻想着用笔当笛,去吹奏新生活的赞歌,激励人民奋发前进!在一些文学家的笔下,描写的那些专心于科学事业的人总是如痴如醉,仿佛他们的生活就是那样呆滞,而现实生活中创造事业的人,并不尽然,他们中有很多人是善于把生活打扮得绚丽多彩的。王业敬也是这样的人。他即使再忙,再累,也要挤时间作诗。

　　他的诗增添了他生活的色彩和向上的力量。一天,晨曦初露。当鸡圈里传出公鸡声声啼鸣时,王业敬激动起来,他和着阵阵远处呼应的鸡啼,写道:

　　　　我是专业养鸡户
　　　　鸡群足有一个旅
　　　　白日里,母鸡高叫"个个大"
　　　　黎明时,公鸡引颈"喔喔啼"

一色的黄毛、黄嘴、黄脚爪
宛如东风飘晨曦
见食争呼声"唧唧"
叶的，叫"哥哥"，唤的唤"弟弟"
"左"的锁链一砸碎
鸡群也焕发出蓬勃生机
瞧那追逐嬉戏的鸡群
心中油然涌出美好的诗句
啊！养鸡专业户——
指挥着一个庞大的交响乐队
使祖国明媚的春天
响彻欢乐的旋律

诗就是生活，诗就是唱歌，诗就是心灵的光。王业敬的诗，是在泥土里、汗水里、创造中长出来的诗。他深深地爱自己的时代，爱自己的生活，因而也才有属于他自己的诗和歌。养鸡在一些人的心目中，是一项卑贱的事业，然而他却借咏鸡群而歌唱，愿"祖国明媚的春天，响彻欢乐的旋律"。王业敬从1958年发表第一首诗，到现在已在几十家报刊发表诗歌、散文、小说、戏曲400多篇。1980年，湘潭大学还邀请他结合写诗的体会讲授了《创作与生活》一课。湖南省作家协会又吸收他为会员。

从农民到诗人，到养鸡秀才，到省作协会员，到县政协常委、长沙市政协委员，王业敬是唱着自己的歌走过来的。

王业敬说："我为什么要写诗，很简单，我爱我们的祖国，爱亲爱的党，爱社会主义。"是啊！要不是他有这颗水晶般透明的赤子心，即使"从霓虹似的彩霞，也降不下这样美的雨"。

不是有人在大谈人的价值吗？他们把人的价值放在个人权利、个人尊严、个人享受、个人获取的天平上。在他们眼中，一个农民会有多大的价值？！我敢说，这些人并不懂人的价值。王业敬正是在自己的人生路上，为实现自己的"人的价值"而不息地创造着条件。

还是让我用王业敬自己写的一首题为《蚯蚓》的诗来结束这篇文章吧！

> 钻进去，哪怕黏土如铁
> 翻过来，勇于负重千斤
> 从不高谈阔论
> 只知道默默地耕耘
> 一生在泥土中拼搏
> 即使是死了
> 也眷恋深深的地层
> 让身躯化作植物的养料
> 把世界装点得五彩缤纷……

这就是人的价值之歌，而这种人的价值只有在社会主义的中国才能实现。

我愿王业敬的歌唱得更动听；我祝福伟大的祖国！

情寄江南雨

乍暖还寒的江南，朦胧多雨。

昨夜，又是不断的雨声敲打着浮着寒意的玻璃窗。妻子很早就起床了，她踏着湿漉漉的街道，走向雨雾迷蒙的车站。

这些天，我很累。我披衣靠在床头，任思绪飞翔。明天，就要举行浏阳县首届花炮艺术节的开幕式了。那花炮彩楼、彩门，花炮电光模型一条街；花炮艺术展览馆；花炮焰火晚会；花炮文艺晚会；宋祖英、张也她们会不会准时从北京赶来？外贸宾馆，将迎来数十个国家的贵宾；全城所有的旅社，将接待3000多位来自全国各省市的客商……这一切工作是否就绪？一幅幅纷繁、新鲜而绚丽的画卷，在我的脑海里交叠闪现着。

在这飞溅的花炮艺术节的浪涛声里，作为主要组织者，我的心时刻处在紧张、亢奋的状态，思维的反射效果，需要比任何时候都灵敏和准确。然而从万里之遥的北国银川传来的那个电话，却使我惊讶万分。我认为，四十个风雨春秋，已把自己实实在在地塑造成一个倔强的男人。一生中难得被女人的柔情打动。其中主要的原因是生活的磨难，使我曾经多情的心变得深沉、冷漠起来。而这回全然不同。这位不曾相识的女性，我想她一定是个秀美、深情、聪慧的女士。我相信自己的耳朵、预感和推测。

"我读过您的散文《梦系浏阳河》，浏阳太美了。我决定来参加你们的花炮艺术节。"多么令人感动啊！她，正是不到三十岁的卢佳——宁夏电视台的节目主持人，竟敢只身一人，行程数千公里奔赴江南的浏阳城，这需要多大的勇气和决心！

世界上美丽而迷人的地方很多。卢佳，你偏要选择浏阳，这实在值得欢迎！

妻子满怀欣喜之情，接受我的委托，冒雨乘车赶到了长沙火车站。

清晨，长沙还是一片细雨迷茫。

多么有情的天，浓重的暗云散去，一抹霞光透亮世界，刚雨又晴，美丽而温暖的阳光洒满山川。经雨水洗过的浏阳山城变得更妖娆动人。一切都是水灵灵的，一切都泛着彩色和轻盈的光波。早上闪现在我脑海里的那一幅幅彩图，现在全都从雨雾里钻了出来，袒露着诗一般迷人的意境和姿色。

卢佳在我妻子的陪伴下，美滋滋地走在江南古镇的彩梦里，她好兴奋，旅途的疲劳一抖而光，难攀的我家六楼宿舍，竟自提着沉沉的行李跑了上来。

我们的手握在一起。她完全是我想象中的形象：秀美、深情、聪慧。此刻，心灵的摄影机，拍下了永恒的记忆。这时，不等我们泡茶、让座，卢佳忙从手提包内，取出一盒磁带："请你听听，我朗诵的你的散文《摩纳哥上空的中国花》。"听着这深情而甜美的声音，我眼前浮现着蒙特卡罗市港口那挂满了彩旗、彩灯的游艇、轮船；地中海那蓝湛湛的波涛映着灿烂的火花，欢腾着，跳跃着；蓝色的天幕上，云喷霞飞，花雨缤纷。这是真正的龙的呼啸，龙的腾飞，龙的形象……

一晃五天过去了。卢佳踏着紧张的节日活动节奏，在花炮城度过了轻松愉快的时光。我不安的是，这些天我还没有和她交谈一次，更说不上陪她吃一顿饭。妻子说："再忙也不能太怠慢了远方的客人。"

这是一个阳光明媚的中午，我忙里偷闲，挤出时间邀卢佳和我全家去浏阳河边留影。然后，我全家又和她共进午餐。妻子为她斟满一杯浏阳河美酒。虽然她一再说从未喝过酒，但她却很痛快地喝了。她为何这般爽快，我不想问她。但我是真的看到她喝后脸上泛起了红润。她比我刚见到时还要美。

"卢佳，你在电话中说来浏阳，当时我还以为是戏言，想不到你真来了，我感谢你！"

"我是为寻找美和友谊而来的。"她水灵灵的眼睛，绽放出纯美的光焰。那光焰炽炽地烤人。

"卢佳，要是你在长沙，我们会成为好朋友。"妻子说。

"能在浏阳相见，也算有缘。"我说。

"说真的，以前我读了老谭的诗和散文，感到你们一定生活得很美好，这次看到你们一家的生活情景，比我想象得更好。范大姐，我真嫉妒你。"

"卢佳，我想你以后还应该来浏阳。"妻子说。

卢佳要离去了，我不能抽时间送她。

又是我的妻子，站在长沙火车站月台上，怀着那份感激和难舍难分的心情，裹着凉凉的风，向着北去的列车频频挥手。

卢佳，你还会来江南么？

你会记住江南的雨么？

我认识的宋祖英

一片明丽的阳光照耀着窗台。

窗台上的君子兰,正绽开着金黄色的微笑。

宋祖英给我寄来她的照片和信语。端详着她的青春姿容,给人一种清纯、圣洁、高雅的感觉。于是在我眼前便幻化出一片梦境般的画面。

我愿用大海的深情

去歌唱生活的美丽。

一片蔚蓝的海浪,在蓝空下澎湃,一支美丽的歌在伴着白云飞翔。她伫立在军舰的甲板上,洁白的军装嵌着鲜亮的领章,宛如一只白色的海燕正欲展翅万里海天。

她,宋祖英,今年才27岁。苗条的身姿,一双乌黑的大眼睛嵌在秀丽的脸庞上,显得那样端庄、美丽、圣洁。我读着她给我寄来的那诗一般的话语,心中也奔涌着美丽的海浪。

祖英是沿着湘西那葱郁的大山里的弯弯曲曲的长着青苔的石板路走出来的。她出生在湘西古丈县岩头寨。这是一个偏远贫困的山区县。她成长的山村,是一个美丽的山村。父亲是一个很普通、善良的乡间小裁缝,母亲则是一位聪慧、贤淑、勤劳的苗族妇女,虽然没有文化,但她却会唱出美丽动人的山歌。小时候的宋祖英就有一种聪明、灵巧、活泼的灵性。她从小就和着母亲的山歌节律学唱山歌。还在读小学的时候,老师就发现她有能歌善舞的天资。尽管宋祖英当时的穿着是那样粗陋,洋溢着山里妹子的野气和土味,但却不能遮掩她的天生丽质和袭人的甜美歌声。

在山坡岩畔的吊脚楼里,祖英的甜美歌声,曾荡出几多彩色的梦幻。

是她满怀灿烂的希望，用大山和山泉赐给她的聪慧，用自己百灵鸟那样甜脆脆的歌喉编织着人生理想的花环。尽管湘西山寨那白云飘绕的苍峰间蜿蜒的青苔小径，洒下小祖英用背篓去拾干柴、扯野菜的泪花，但她把童年故事的辛酸融进了自己甜美的歌唱里。山里妹子的倔强和勤奋在铸造着一个未来的歌唱明星的成功路。

1981年春，刚刚15岁的宋祖英就以一曲《我们的生活充满阳光》考入县歌剧团。当宋祖英踏入青春的门槛，便从大山的绿色怀抱，把心中的歌唱到了湘西土家族苗族自治州。1983年，她经州文化部门推荐，参加了在北京举行的全国乌兰牧骑会演。初露霞光的苗寨小歌星，顿时令人震惊，被行家誉为"湘西苗山的百灵鸟"，然而，走到这一步小祖英付了多大的代价啊！童年艰苦的岁月，给她留下身体瘦弱的忧郁；初中毕业时父亲早逝，给她留下辍学的痛苦，唱歌缺乏基本训练的条件，给她留下刻苦摸索的艰难……如此巨大的压力负担，小小的祖英承受得住么？

她没有退却，没有徘徊，她闯过了这道道难关，她终于从湘西土家族苗族自治州又唱到了长沙，她初获湖南"洞庭之秋"艺术节演唱二等奖，湖南电视歌手大奖赛民族唱法一等奖，继而又在第二届全国少数民族青年声乐比赛夺"金凤奖"。她带着成功的喜悦和跋涉的艰辛，带着乡亲们的期望，又终于唱到中央电视台主办的春节晚会上。从此《小背篓》、《等你来》和宋祖英的名字一起让千千万万的歌迷倾倒和赞美。

多么美丽的歌声，多么深情的歌手。在我国著名音乐家金铁林教授的精心指导下，宋祖英迅速走向成熟。她像师姐彭丽媛一样，带着一片明丽，一片温馨，一片圣洁，一片诱人的飞翔着歌声的风景，出现在祖国各地的舞台上，向人们奉献着生活的赞美诗和生活的新乐章。祖英不愿告诉人，她参加过哪些大奖赛，获得过哪些荣誉和赞扬。她说："那是昨日的灿烂，我渴望的是明日的辉煌。即使有什么成功，也是要感谢我的老师、热心的观众，感谢养育我的父老乡亲。那辉煌本该属于他们。"因之，在盛名之下的宋祖英还是那样清雅，那样纯朴，那样秀美，那样恬静。

去年我见到宋祖英时，她穿一件黑色的套裙。那凝重深沉的色彩映衬着她白嫩的皮肤，清丽的颜容，更让人感到她是那样圣洁和光彩照人。她甜甜的笑，仍然散发着纯真的青春气息，也像一支清丽的歌，充满着清亮和温馨。这时，我又回忆起1990年在北京观看赈灾义演时，写给她的一首诗：

  在彩光构筑的音乐殿堂

  她飘然而至

  舒展着洁白的长袖

  她出生的故乡

  也有一片苍翠的山峦

  也有一条清悠的大江

  今天，当洪水把美丽的梦幻冲破

  她忧伤的心

  噙着美丽的歌声正飞向乡禾的身旁……

  我知道祖英特别钟爱自己的事业，她渴望自己在民族唱法上达到一定的高度。然而，她又是一个极有责任心和富于情感的女人。她爱自己的父母，爱自己的弟妹。为了照顾自己年幼的弟妹，使他们学到更多的知识，在人生的道路上，能迈出扎实的步子，她是那样精心地为他们寻找学习的机会，在生活、经济上全力支持，甚至衣食住行都考虑得周周到到。她对我说："弟弟的身体不好，我有责任帮助他上学、就业，甚至成家立业。想到这里，我总感到心里有一片沉重。"话很短，却包含着无限的情意。不容易呵！一个女孩子自己也正处攀登的途中，还要肩负家庭的重担，可以想见那是多么的沉重。从这方面体味，似乎祖英的气质风韵从她的清纯柔美里，又添上了一抹成熟和坚毅的美感。是的，她现在不只是歌手，她还是军人，是一个属于大海的女兵！

  这天，我们在一起交谈对人生理想、事业的追求和对爱情的感悟。感触到祖英那明亮的目光，我眼前竟展现出湘西的那片明山秀水，那条小溪上摇晃的风雨桥，那山边像火焰般燃烧的杜鹃花。无意中我知道祖英最近被部队破格晋升为国家一级演员。尽管她的表情和言语依然像淡云里的月光，散发着清幽幽的光亮，让人感到妩媚的冰凉，进入一种朦胧美的意境中。然而，我真为她高兴，不容易呀！你一个山区跑出来的女孩，你的歌唱生涯，你的执着的追求刚刚起步，就已呈现耀眼的霞晖。

那么明天会怎样辉煌灿烂呵！

事实上祖英想得很深沉："我知道自己的幼稚，但我会永远实实在在的做人，做一个普通的人。别人也许把我看得很了不起，我倒认为自己仍然是那样平凡。平凡得也和别人一样需要宁静、友善和宽松。"此刻，我又想到了宋祖英到部队、地方演出走过的路，踩过的沙滩。一切都呈现出大自然的真实和美丽，一切都展示着蓝色的海的蓬勃，洁白的浪之梦幻。我不愿说宋祖英是幸运的女人。我只想说，她知道珍惜一个女人得到的机遇。记得3年前，祖英邀我去看《红珊瑚》。她饰演女主角珊妹。

听她清纯甜美悠扬的歌声，看着她精彩动情入神的表演，我仿佛听到大海又在向她呼唤：

> 花开的季节
>
> 我们携手去春游
>
> 下雪的日子
>
> 我们曾在洁白的世界走
>
> 只因大海在呼唤
>
> 刚刚相聚又分手
>
> 胜利的时刻
>
> 我们共饮庆功酒
>
> 受累的岁月
>
> 我们曾相互抚慰和叮嘱
>
> 只因心中有大海
>
> 天涯海角情更稠

祖英，此刻你是在月下徘徊？还是在花前流连？或在海滩漫步？还是在亭台放歌？别忘了大海的呼唤呵！愿你像一只洁白的海燕，永远飞翔在蓝湛湛的海浪之上，去追寻属于自己的那个洁白的梦。

王姬印象

无花的季节，花城却无处不蓬勃着春天的灿烂。

走在披红挂彩的大街小巷，虽然已是11月下旬的天气，可我感到冬天没有来临，春日的温暖依然开放在女人们色彩鲜丽、随风飘拂的裙衫上。

我居住的广州花园酒店，是云集国内外影星的大本营。这些日子，整个宾馆充满着友情、愉悦和激奋的气氛。只要一有空暇，我们便有机会和电影界的朋友交谈。大家都沉浸在情感和艺术思维交融的圣洁光环和绮丽美妙的梦幻里，感受着人间真情与银色星光璀璨凝成的力量对自己灵魂的雕塑。一切竟是如此让人情怀激动和思绪飞翔。

这次我有幸结识了不少影星，而让我印象最深刻的要数王姬。她演完"阿春"从纽约回到北京后，真是风光了一番。不说有那么多电视台、电台、报纸、刊物争相评说"阿春"，让她的大幅照片展现在人们眼前，就是从街头也还能听到有趣的叫喊声："纽约的阿春回北京，开辟中国市场来了！"王姬这次来到花城参加中国第二届金鸡百花电影节，无论走到哪里，人们早把她的真实姓名忘了，依然亲切地呼她"阿春"。大家追上去看她，都想很好地欣赏这位"女老板"的卓雅风姿。我真担心这么多热心观众和记者围着她，会不会使她疲倦伤神？可我看到的"阿春"仍是那样精神潇洒、甜美地笑着，打着"老板"的手势。生活中的王姬，比《北》剧中的"阿春"似乎更具风韵和美感的魅力。因为我们潇湘电影厂也在酝酿拍一个反映个体户生活困惑和追求的故事片《女老板》，我便约她找一个时间谈一谈。王姬十分守时，用餐后，就坐在餐厅等我。尽管那么多记者缠着她，她最后还是像《北》剧中的老板那样，用极富情理的语言说服了记者们，脱身来到我的居室。

王姬确实高雅不俗。她性格开朗，一双美丽的眼睛闪烁着温柔和聪慧的光芒。坐在沙发上，她不时甩着自己秀丽的黑色披发；有时又用手去梳理，把披发拢向后颈，露出那洁白而端庄的脸。此刻，我忽然想起自己曾写过的一首诗——《读飘逸的黑发》：

> 黑色的瀑布
> 沿着玉洁的岩石
> 向青春的大海飘泻
> 在大红大红的海岸上
> 卷起一片蓝色的梦……

我从提包里找出刊有这首诗的诗集，并签名送给她。她高兴地说："哎呀！这首诗不正是为我写的么？"说完，她又情不自禁地甩了一下自己的黑色秀发。于是我们的谈话，也就伴着她那波浪般飘甩的黑发汹涌着。

王姬已临而立之年。她原是"北京人艺"的演员。在"人艺"期间，她在《狗儿爷涅槃》、《北京人》、《好兵帅克》等几十部话剧中演过角色。她演戏舍得磨炼，而且十分投入；她始终认为一个人幸运的造就掌握在自己手里。她坚信"人人都可以成为自己幸运的建筑师"。正是这种深刻的生活感悟，使得这个容貌俏丽、身材高挑、聪颖敏捷、温柔热炽的王姬在艺术的旅途上一开始就留下了深深的履痕。

然而，人生的转折往往带有戏剧性。当外面的世界好精彩、未来的世界更迷人的时代诱惑出现在世人面前时，王姬心想：未来的社会是国际性的，中国越来越开放，世界在向国际化发展，我不能落伍……于是，她漂洋过海到了美国，又通过艰难的托福考试，就读于加州大学洛杉矶分校表演专业。读书生活结束后，她应聘到《洛杉矶时报》中文版工作。在那里，她刻苦钻研，从广告到编排，样样都练，而且都让上司很赏识。后来王姬还真在洛杉矶的一家饭店当过前厅经理。要不，她怎么会对"阿春"的精神世界和感情宣泄把握得那样恰到好处，让人倾服呢！

我向王姬询问了她拍《北》剧的表演心态和感情处理的思想意图。王姬告诉我，她在美国生活6年，也是历尽辛酸，走着一条坎坷的人生之路。她应聘到北美卫星电视台工作也是通过考试的，而且在那里当节目主持人，因为她现场适应能力比同时留下的一位台湾女播音员强，还引起了那个女孩的嫉恨。可是有什么办法呢！美国就是这样一个竞争的世界。正如王姬说的："演阿春正好可以宣泄我真实的感情。在美国要争得一席生存之地是不容易的。男人难，女人更难。现实的残酷，往往会强迫你改变自己的性格去适应这个社会。阿春虽然是一个感情丰富的女人，但是为了生存，她也不得不把一切置于自己的生存得失的考虑之中。从这方面来认识阿春的形象，她是一个被生活重新雕塑的女人。"王姬坦诚地对我说："其实我很崇尚我们中国的传统美德。我认为女人就是女人，女人就应当温柔、贤淑、富于感情、用温情去抚爱自己的丈夫。在《北》剧中，我外露的和表现的是白种人的情绪，而骨子里我仍然流淌着我们黄种人的传统品格。"从王姬流露的眼神里，也使我读到了中国女性的温情光焰。正因为这样，王姬的家庭生活也是充满着美丽而甜蜜的色彩。

人们知道她怀孕演阿春，儿子"铁蛋"就是在《北》剧这个温暖的大家里诞生，为妈妈的幸运而走向太阳的世界的。王姬的先生和她从小青梅竹马，也是几经生活的波折，才到美国和她完婚。在那个花好月圆的晚上，用王姬的话说"我们的婚礼是世界上最简单的婚礼，没有买一套新衣服。只找了个朋友做证婚人，在中国城吃了一顿饭。就这样完成了婚礼。"时光有情，现在他们的女儿已有3岁多，儿子"铁蛋"又为妈妈在《北》剧的成功做了见证人。这是一支多美丽的家庭丽歌呵！临别时，王姬对我说："回到北京，可以说我现在是一个文化个体户，我将一边经商，一边从艺，也可以说是'脚踩两只船'，这条船翻了上那条船。将来怎样，不敢说大话，我先要扎扎实实干事。"坐在我面前的王姬，不仅使我感到她是一个很真实的女人，而且我真正感到她是一个自己幸运的建筑师。此刻望着眼前的"阿春"，我又从她美丽的脸庞上读出一首诗来：

天空这么大／充满着希望的斑斓／手指这么纤细／紧贴着圣洁的渴望／她在用诚实的心／去吻遥远的呼唤／晶莹的眼睛里／正溢出一片温馨的阳光

王姬，我深情地祝福你！

侯宝林生日

那是1989年的隆冬时节，风里夹着缕缕寒意。弯弯曲曲的浏阳河，闪着波光浪影，洋溢着绿色的活力滔滔西去。我国著名相声艺术大师侯宝林伫立在浏阳河边宾馆的阳台上，凝视着对岸的苍山、田野和脚下蜿蜒远去的浏阳河水。他感叹道："我总算看到了浏阳河的美丽风光。"

侯老来浏阳，为的是给老区人民带来笑声。虽然天气很冷，侯老依然精神饱满，神采奕奕，谈笑风生。夜幕徐徐降下，银色的月亮钻出云层，把如水的清辉洒满山城的亭台楼阁。当日晚上，在县工人文化宫，侯老表演的相声"猜谜语"，赢得了一阵又一阵雷鸣般的掌声。从数十里外赶来的农民，不断拥向售票窗口。

第一场演出结束后，我有幸与侯老交谈。我说："侯老，您演的'猜谜语'虽然是个传统节目，但仍然博得了观众的喜欢……真正的艺术，人民是崇拜的。""观众是上帝，只有真正的艺术才能感染上帝。我到美国演出时，也是这个节目，同样有观众。"侯老一边说，一边打手势，显得异常兴奋。当谈到有的演员去做广告时，侯老风趣地说："我与广告无缘，如果谁要我给他拍照做广告，那么我就要跟他分成。"说完，我们都笑了。

听人说，再过两天就是侯老71岁生日。演出结束后，我们在县委大院为侯老办了一个简单的小型生日焰火晚会。当侯老看到象征着松柏常青的焰火——"寿比南山"腾空放射出绚丽光彩时，兴奋得连连鼓掌。那神态，真像一个孩童。"浏阳的焰火太美了，我在北京也没有看到过这样美的焰火。北京放焰火，只能远看，今天真的太高兴了。"侯老兴致浓郁地对我说:"我要编一个关于浏阳花炮的相声,来感谢浏阳人民的热情款待。"这时"孔雀开屏"、"蜡梅报春"、"金龙飞舞"等烟花,以它那无比辉煌美妙的幻景,把夜空装点得五彩缤纷。陪着侯老观看焰火的青年演员们,此刻个个激动万分,他们欢呼雀跃,手舞足蹈。侯老一次又一次地带头鼓掌欢呼。目击此情此景,我想:侯老能在一个偏僻的山城度过一个愉快的生日,该是一件多么惬意的事呵!

  侯老来浏阳演出虽已过去很久了,但想起来恍惚昨日之事,令人难以淡忘。

去追寻春天的梦

清晨，我拉开深绿色的窗帘，阳光把璀璨泻满窗台，闪着一缕缕温暖。桌上我新近出版的散文集《梦系浏阳河》的封面上，那缕轻云，那片白帆，似在眼前悠然飘动，它载着我的心，又走回阳春三月浏阳河畔彩色的梦影里。

那梦，曾经流着辛酸、苦涩和香甜；那梦里有鲜花、歌声也有眼泪。

那是一个割断痛苦和束缚的年代，那澎湃的力量、那思想的闪电终于驱散了眼前朦胧的雾，我们在赞美诗的浪潮退后，能够冷静地坐下来深深思考龙的腾飞和怎样用郑和摇过的木桨，去捣碎太平洋上的波浪。

于是我感触到了地球的颤动。在东方崇山峻岭和崎岖的山路上，在辽阔的田野和奔流的江河上，在金色的海滩和升腾着黄烟的黄土地上，我看到森林、铁轨、电子计算机、通信卫星在交谈、在溶化、在制造、在雕塑。在仍然回荡着远古号子的瘦河木船边，这一切是多么艰难，而这一切又是这样和谐、这样壮丽，这样辉煌。

然而，当我们阔步前进的时候，却有少数不孝的炎黄子孙，借着我们前进路上遇到的阻碍，戴着有色眼镜，在诅咒阳光和空气，搅起一阵又一阵的骚动。当然，这不过是令人悲哀的小插曲。毕竟我们的民族是成熟的，当共和国卫士又一次把鲜艳的五星红旗升上蔚蓝的晴空，当11亿双眼睛仰望云空那血红的太阳，我们又一次向世界证明：年轻的中国更清醒、更明净、更壮丽！

是啊！这就是逝去的梦，是离去的80年代留下的财富和思考。在这一个年代里，我由一名山村的普通教师走向拥有130万人大县的领导岗位。我深知自己知识的贫乏和胆识不济，我更感到历史和人民交给自己的责任重大。在跨进一个崭新年代的时刻，我该怎样思索和奋斗？

此刻，凝望对面的巍巍青山，倾听奔流而去的浏阳河的浪鸣，我仿佛听到春天雷鸣声在逼近、逼近。那声音里分明包含着土地和种子的絮语，山泉对江河的渴望，还有地球自转的足音。这是一个更灿烂的年代到来的呼唤啊！

空气和阳光，春风与白云在这个呼唤声里颤动。在骄阳下，我看到共和国的航船和风帆升得更高，那宽广无边的船舱里，载着11亿颗奋进的心；载着豪情的激荡，意志的长城，理想的灯塔，未来的憧憬；载着富强、民主、文明，和着《义勇军进行曲》，去开辟新的航程。

呵，祖国是艘巨大的航船，亿万人民是桨手。有党中央掌舵，我要用整个生命去划动这春的桨叶，去迎接90年代的挑战，我还要沐着《芭蕉雨》，在宽广的航道上去奋力拼搏，去做一个新时代勇敢的弄潮儿，百折不挠地追寻春天灿烂的梦。

重读大围山

山，可以读吗？

当然可以，而且能够重读。还可以让无数的观光者一道兴致盎然地读她的巍峨、壮丽、深邃、神奇、缥缈、秀逸。

秋日的大围山是一册用明媚的阳光之手翻开的大自然的美丽诗章，那一幅幅神妙天成情意依依、想象无穷的立体画卷和如玉珠坠盘的诗韵，让我越读越心旷神怡，越读越感觉到自己的整个身心都溶化在周围的壮丽山色之中，获得一种非常愉快的超脱。多少年后，我想，这里经人工雕塑的宛似诗人的岩石，会永远痴情地把游人的恋情向大自然诉说。

10年前，登大围山，还只能和同行的省电台记者步行至山巅。那是春日花开的季节，湿润的白雾缠绕着海拔1500多米高的五子石峰。临近中午，我们仍在雾海里颠簸，当霞光从天顶射出云幔，慢慢悠悠地卷起雾的面纱。这时，大围山的翠峰绿峦才露出她明丽的姿容。那满山满谷的杜鹃花，像一团团火焰在春风里燃烧、滚动。眼前的碧树苍石无限幸福和生气蓬勃地浮立在红色花浪里，呼唤着我们去探寻大围山的绚美梦幻。

那是伯乐树、红豆杉、香果树、青钱柳、穗花杉、鹅掌楸。这些珍树，苍劲挺拔，青翠欲滴。或伟岸或矫健，或婷婷翠立，或潇洒迎风，或绿叶层叠阳光，或青枝悄牵蝶影。那是海豹石、女娲石、恋夫石、娃鱼石、白面石、蚌石、吻石、连理石、中流石。这些奇石，各显兽禽之形，各蕴生命之灵，各露自然之神，各遗人情之性。再看那溪涧飞瀑流泉，更是动则喷雪吐珠，如碧玉生辉；翔舞的山鹰小鸟鸣则清脆悠婉，如箫笛撩人。当时留下的这些《大围山散记》，就是我初读大围山的感受。

记得那日夜归县城，我便挑灯寻读《浏阳县志》关于大围山的记载："大围山，距县百八十里，一名首裨山，耸拔出云表，冈峦迤衍，自成丘壑……按大围山脉南自江西来逾凤凰岭入铁树关。东迤尽匡庐，北边岳之平江，其西衍为连云石柱山屏立。山北与南来列峤左右相望，如城似宫故名大围……浏水发源县东大小二溪，大溪水则出自大围山北横山丘诸洞涧。"大围山景色奇秀，蔚为壮观，古人游此，有诗为证：

千里山河一望收，最高巅上正三秋。
山根东走盘吴尾，水势西流灌楚头。
斑豹画同顽石卧，苍鹰晴空淡云浮。
南衡七二峰峦外，别样岩峣足胜游。

今日重读大围山，那感觉、那情韵、那兴味就更非同寻常了。神州十几年的改革开放，给大围山吹来习习的春风，湘东的绿色明珠终于向世人展射出了她夺目的光彩。1992 年经林业部批准为国家森林公园。中共中央政治局委员、国务委员李铁映还亲自为森林公园题字。陪同我重读大围山的公园管理处刘主任告诉我，大围山国家森林公园面积有 7 万余亩，植物种类有 23 个群系，3000 多种，列入国家一二类保护树种有 17 种；已发现野生动物 60 余种，列入国家一、二类保护珍稀动物达 14 种；森林中繁殖的新蝶达 1200 多种，堪称"天然动植物博物馆"。

如果说初读大围山时，我只是对大围山的雾、花、树、石、泉、蝶、鸟生发灵感，流露情怀的话，今日重读，我则对她的博大、幽深和丰富，理念与情志，富有与慷慨，天然与创造充满着向往和崇拜，生发着无限的爱恋和投入之情。我抚摸着柳杉沉思，今日的大围山一定会像柳杉一样在浏阳人的保护、哺养下直插云霄，仰望在外，把幽梦留给人间；站在五桥喷雪的涧旁，我对泉轻吟，脚下的清流，你只管捎着大围山的花香、诗词、蝶影、石韵远去吧！让故乡开放的履痕浪迹天涯。

浏阳市电视台的主持人叫醒了我的梦："你是浏阳的老县长，又是作家诗人，请你给大围山做一首诗吧！"是该为她、为我心中永远的森林之城做一首诗。我沿着石级往山涧走去,心情更加清爽。从山涧悬岩上泻下的万道银练,万点翡翠,顿时化作了我心中的诗潮——

> 你甩着翠绿的衣袖/牵着青鸟的歌谣/走过了多少风雨世纪/朝朝暮暮做着美丽的梦/渴望世界拥抱你/这一天,终于来到了/你岩石上流出的激动泪花/又染湿了我洁白的秋衣

飘在沙漠上的迷梦

> 阳光下的黑黄和灰白
> 铺展成一片感觉的荒野
> 在微风中摇曳的杏绿
> 点染着一丛生命的气息
> 在辽阔与夕阳的相吻处
> 矗立着一座梦幻的宫殿
>
> ——题记

早晨的阳光终于代替了黑夜灯火的辉煌,把一个亮灿灿的世界显露在人们眼前。上午九时许,我们乘坐的白色巴士沿着宽阔的银灰色高速公路向内华达州的拉斯维加斯进发。只半小时,巴士便驶出了洛杉矶市区而进入一片浩瀚的沙漠地带。凝望窗外呈黄褐色的沙漠上,纵横交错地点缀着星星点点的黄绿色热带植物,给人展示出一种荒凉和冷漠的色彩。许是这几天的考察劳累,加上单调的空旷的沙漠景色没有多大的诱惑力,我们便半醒半睡地随车摇晃,并做着断断续续的梦。

下午六时,经过长达 400 多公里的行驶,巴士驶进了拉斯维加斯市区。远远望去,在玫瑰色的夕阳光霞照射下的一片稀疏的绿色树木丛中,耸立着一片楼廓的森林。伴随着夜色渐暗、无数灿烂的街市灯火立即点燃了一座不夜城。造型古典的埃及金字塔宾馆闪着古铜色的光辉。楼顶的探照灯,将一束强烈的银蓝色光柱射向神秘的夜空,撕开了墨黑色的夜幕,捣碎满天星光撒落在五颜六色的地上楼群。不一会儿,巴士便拐进了一条灯光异常光亮的大街。街口高耸的是由形似帝国大厦、克莱斯特中心、曼哈顿大桥的建筑群构建的纽约宾馆。新楼群前的自由女神高举着火炬站在一片闪烁迷离的黄蓝光霞里。车子再往前走出百多米，迎面便出现了一幢高大雄伟全是用昂贵的天蓝色玻璃装饰的米高梅大酒店。从车上下来，穿过气派非凡的前厅走廊，透过明亮的玻璃大门就可以看到有一尊金光四射的金狮蹲卧在百花丛中，正用高贵的眼光望着涌进这扇大门的奇异人流。此刻，各种不同的肤色、各种不同的服饰、各种不同的体形、各种不同的语言和眼光在大厅里流动、拥挤、摩擦、碰撞、交汇、询视。唯有大厅右墙上的宽幅电子屏幕上不时闪现的惊异镜头，会把人们的注意力吸引过去。那里有泰森的骄横眼神、酒吧女郎的忸怩媚态和克林顿的侃侃演说。厅深处排列有序的赌博机正散发出一片零乱的嘈杂声响，在搅乱着貌似神圣庄严的金色大厅里的每一条神经。陪同我们访问的迈克先生深刻地说，这座城市是用人类两个最致命的弱点支撑起来的，那便是贪婪和冒险。

　　简单地吃过晚餐，我们怀着好奇心，在这个仅有10多万市民的现代化城市大街上随意徜徉，意在感觉一下这个富人天堂的冬夜色彩。不知不觉来到了意大利的凯撒宫。这里有人造的天空和伪造的罗马大街。天空不断地变幻着时序的色彩，或太阳初上，金晖璀璨；或星月破云，银霞闪耀；或白云飞渡，天高气爽；或彩虹横空，绚丽辉煌。一切仿佛是真的，无半点的矫饰和浮作。在这里可以欣赏自然美和人情美结合，而生发的典雅与高贵、神奇与天然、富丽与幽远。接着我们又穿越细雨迷蒙，鸟声啁啾的热带丛林，去观赏海市蜃楼、火山爆发的神妙和壮烈，领略自然风光的清新、湿润、灵秀，飘逸和壮丽。这与赌博机、牌桌前闪烁的贪婪眼光、抖动的手臂形成了何等鲜明的对照呵！此刻，使我沉思千里沙漠上是怎样建起了这座辉煌如宫殿般的城市？一些人眼睛里的美国月亮应是如何的圆和亮。我惊叹有些感觉是可以改变人的信仰和生命的选择。置身这茫茫夜色中的异国械廊，我愈加感到心的苍凉。我明白在这片夜色笼罩下的每一处地方都依然在漂浮着香烟、美酒、女色和金钱的诱惑。这是一个迷梦，已经在这里飘浮了半个世纪，它的主人不仅导演了超越生活真实的电影《巴格西》、《火鸟希尔顿》，而且更导演了无数完全现实的带着绝望和鲜血淋漓的人间悲剧。在这个创造文明同时又创造社会罪恶的世界里，我的心里像灌了铅似的异常沉重。随去的朋友，一再劝我要细心观察，回去写一篇文章，向世人透露这个世界的真实面貌。所谓真实面貌，也无非是这个光怪陆离、灯红酒绿的天堂里，有的人在这里挥金如土、肆意纵欲；有的人在这里倾家荡产，走向绝路；有的人在这里铤而走险，沦为囚徒。一切都依照自己的选择去寻找归宿。文明、理念、道德和良知，文化只是作为一种色彩像夜市的灯火那样装饰着人的外壳。我眼前的这位老年美国贵妇就是这样泰然自若地一手端着咖啡，嘴里叼着香烟，一手有节奏地按动赌博机的电钮，随着银毫落盘的声响出现，她的老眼便会闪现兴奋的光亮。在这个金钱的峡谷里闯浪的人的脸几乎都浮着两种同样的表情，一种是血色的疯狂，一种是铁青的恐怖。这些又使我再一次思考着人活着的真正价值。

　　次日，一清早起来，我们就准备去走访内华达州政府的土地管理局，了解他们的矿业管理情况。早晨七时，我们穿过一楼大厅，只见眼前灯光辉煌如昼。可一排排赌博机却只有少数人影晃动。守望了一天一夜的富男贵女因消耗尽了浑身的精力，此时，只能在梦中去追逐在海边淘金的美梦。

　　一路上棕榈树和仙人掌举着绿色的伞盖在迎候我们。一天一夜的灵魂枯竭，这时才给我们注入这一片翠色的清润，内华达州土地管理局的官员们把我们带到了采石现场。耳边响的是一片机械轰鸣声，可就是看不到劳作的工人。眼前整齐而规范的石块开采层和已经复垦的矿山土地长出的小树和茅草，都让人感受到发达的科学技术与人类劳动的成功结晶，就像是人工雕塑的工艺杰作，已经安然地置放在大自然博大无比的展览厅里。现实和历史就是如此严肃的警示我们，沙漠经过人类的治理可以长出绿荫，流淌清泉，但对人类自身的治理又该怎样付出百倍的艰难努力和沉重的代价呵！50年前这座沙漠之城张开的金钱迷网，俘虏了不少贪婪的、冒险的、纵欲的脆弱灵魂，它用极端享受和超刺激的诱惑湿润和催生了无数的冒险人性，也把人与生俱来的不满足和虚荣心推到了极致，以使不少人拼着性命去走过这段惊恐和带血腥的沙漠旅程。

　　站在沙石堆积如山的采石场上，任冬日的冷风吹拂，我的心绪才有这安静的片刻。米高梅大厅的唏嘘声、尖叫声已经远去，夜色中天空闪耀的蓝黄紫绿色的迷光异彩已经散尽。眼前只留下阳光和辽阔的沙漠视野以及矿产管理专家的兴致盎然的解说。回到住所，我很沉静地翻开了此行的记录本，我又一次自我欣赏为亚利桑那州塞浦鲁斯迈阿密铜矿那位地质工程师画的速写。他穿着朴素，仪态自然，是那样极为专注，认真地给我们讲述矿山的资源状况和管理经验。当临近中午时，又是他极热忱地把盒饭送到我们手上。在这座美国有名的铜矿，我真正感受到了科学的神圣、劳动的崇高和友情的珍贵。我又一次在自己的随行记录本上写下一首永远值得忆念的小诗：

> 在没有生命和流水的土地上
> 看到了富丽和疯狂
> 我相信人类心灵的绿色
> 会滋润出春天的世界
> 让花的柔情和色彩
> 永远展示生活的斑斓和舒畅
> 即使是风雨兼程
> 即使是地老天荒

书中日月长

> 岛上一棵老银杏树
> 中午时间像静止的阳光
> 我和小松鼠默默对视
> 目光是生物世界的共同语言
> 它理解了我，我也理解了它
> 在漫长的宇宙中
> 我们都是匆匆而过的动物
> ——刘湛秋《大自然之恋：第五首》

　　我开始读这首诗时，没有很深的感触。人到中年，夜阑人静读书时，又碰上这首诗，细品味那情景就不同了。认真想想自己走过的道路，从人世沧桑中直接感受的喜怒哀乐，或是接受阳光的温暖，鲜花的缤纷，冰霜的冷漠，山野鸟鸣的孤寂，现在看来，都不过是匆匆赶路时得到了某种疲倦、熬煎和暂时的宁静、慰藉。仔细去想，人的一生，不论是从政、为文，明白了自己的所求所悟，也就轻松坦荡了。王向峰先生在《他的写意》诗中言道："他刻过的名字成千上万／可他自己却好像没有名字／一天／他忽然关了店门／没有人知道他在哪他没有人想知道／日复一日／年复一年侑人想起他／有人问起他侑人说好像看见他／进山去了／可是大家到山里去找他／人们看见／在崖壁上有尊大佛／佛脚下有一堆石头／有一只凿子和一只拐／于是人们在山前山后／喊个遍／才相信／这里确没有人。"我的整个身心都被这诗的力量摇撼着，瞬间我完全进入了心灵被净化的状态。这位普普通通到直到在人世间消失都没有留下姓名的石匠,使我感到他有如一道圣洁的光环正在照耀我染尘的心地。我深知道自己并不如这位石匠,可我得到的,如果用世俗的眼光来衡量,也许能说有了一份生命的辉煌。我是一个被人用铅字和镜头在报纸上和电视屏幕上刻这名字的人,可我现在怀疑自己,有一天不见了,人们是否会想起我,是否会问他到哪里去了。然而,我还意识到,真正的悲哀还会在于我有没有在人们的心壁上刻下一尊大佛,这个大佛是意味着你是否用心血为人民做过一点实实在在的事情,而没有去收获不应该属于自己的荣耀和享受。

因了这种心的悟觉,于是我选择了偷闲读书和写作的"苦役"。说是"苦役"有三方面的道理:年轻时想读书,要买书,无钱,只好省着生活费,受饥饿之苦去买书读;从政后,白天公务繁忙,无时无心读书,只好夜半挑灯苦读,有时竟昏然睡卧书桌前;读书偶发灵感,便伏案而文,洋洋洒洒不可收拾,甚至迎来晨曦临窗,还在苦苦耕耘。然而20多年来,我就这样自觉地心甘情愿地服着苦役。可谓是以苦为乐,乐此不疲,在这里我不敢妄言自己从政有所政绩,亦不敢自吹写出了什么好作品,我只是觉得这辈子过得充实、丰富、坦然和自觉,没有被生活支配自己,是自己在支配着生活。细细地回忆起来,这些小散文诗就是服苦役而熬出的圣果。说圣果我没有渗入个人的功利色彩。写这种诗不会出名,不会有很多稿酬。也只是想自己也成为一名石匠,要为雕刻现实世界尽一份心智,发出一声铮铮之响,让这声音也给宇宙添一缕生气和活力。

一个人的一生,可能有一些后悔的事情,我最不后悔的是服了20多年读书与写作的苦役。我最愉悦的事情也是读书后,借来思想的闪电,照亮自己人生的道路,用知识的钥匙去开启蕴藏着丰富源流的物质宝库。以人之喜为己喜,人之乐为己乐,人之悲为己悲,人之苦为己苦,来关照自己的灵魂,那是最能雕刻自己的心灵升华人性境界的雕刀。

不知道在多少年前,这一条条从山里驮来的青石板就伏在这小巷里谛听土地和山水的心跳。

人们以为石头的路,永远光滑好走,并不去想这石头是否也有自己的委屈和哀怨。其实踏着它的脊梁走过的,不一定都是好人。

石头是明白这些事理的,可它从不说话,它真正学会了沉默。

——《湘西青石板路》

江南的水巷,是一首纤细的诗。有塔里女人留下的悲叹,洒在码头的月光,仍有几许凄清。

岁月已折断她青春的桨,痛苦的舟已搁浅在古镇的沙滩。望着那幽深的水巷,正吹出缕缕的夜风。

——《水巷》

这些诗,我不认为写得好,也不一定别人很喜欢,但我自己每每读它时,总感到沉重、凄清和动情。许多的烦恼和焦躁,失意和幽怨就被这心魂里流出的风雨之力和山水之气,人性之灵所融化消解成一片宁静和坦然。

张元济先生曾说:"天下第一好事,还是读书。"这是非常中肯和深刻的。读书使我的心更年轻,眼界更宽阔,日月更亮堂,生命更青葱。多读书、读好书,可以使人的思想情操升华,进入一种高尚圣洁的境界;可以使人增加知识和智慧,提高自己改造自然和管理社会的能力;可以使人善于思考、勤于实践,不断总结成功和失败的经验教训,去逐渐完美自己和创造事业;可以激发人思想的活力和感情波浪,去展示想象的绚丽,编织锦绣文章;可以使人变得丰富、真诚、开朗、理智,成为良师诤友的好学生和好朋友;可以使人阅历丰富,豁达敏锐,学识渊博,启人以智,助人以诚。总起来说,读书可以德立业,以真立言,以善合群,以才济世,真乃天下第一好事矣!

故我要对读者说,我之不改学习写作初衷,并尽心尽职,超然人世,全赖读书之效。

这就是我对"书中日月长"的体验。

我读凤凰

要说对凤凰的情结,始于1993年的秋天,当时我在潇湘电影厂任厂长。香港一家电影制作公司和我厂合拍一部反映凤凰风情的故事片《烟雨长河》。在这段日子里,我来到了凤凰,并逐渐了解感触到了这里的美丽山水、风土人情、文化背景、历史掌故和现实生活图景。

凤凰确实是一个神奇美丽的地方。她是绿的故乡、诗的摇篮、水的天堂、美的湖泊。古城,是千年文化的宝库;沱江,是千秋风云的潮涌;木楼,是大山的青春姿态;矮寨,是乡情自然的本色。走进凤凰的山水和街巷,这里的一切无论是凝固的、灵动的、飞翔的都会注入你永恒不灭的心之灯火、情之波涛、笑之云霞,你会深深感触这里母亲的慈爱之丝,山岩的天然之奇,边城的爱恋之韵,凤凰人的肝胆之美。

读凤凰的山水之灵,就仿佛走进了一个透明圣洁的世界,一个没有任何喧嚣和污染的世界,一个没有失落和绝望的世界,一个充满想象和诗意的世界。

凤凰山水的独特风景犹如一幅浓墨浅彩的山水画,时常在我脑海中激荡、叠印、飞彩、灿烂,展现出一幅幅人与自然无比和谐的动人影像。

每次来凤凰,我都会在清晨时品读崇山峻岭的雄浑与缥缈。在山峦看高山天空的云霞总有一种诗意的梦境。这与在大海、大漠、草原、平川上看云霞感觉是完全不一样。早晨的高山因水蒸气的浓重,而生成缥缈而柔软的白雾弥漫在山巅,覆盖着起伏的山峰,像无数的蓝色岛屿。群山和近岭的岩石,远处和脚下的梯田与溪流,高耸与盘旋的山峰和公路,山村飘浮的炊烟在白悠悠的雾里时隐时现,都一齐幻化成眼前缥缈而空旷无边的宇宙景观。当朝日冉冉升起，跃上峰顶，用金色光焰拉开白色的雾幔，无数在白雾中沉浮的岛屿，便披上耀眼的霞光，变得苍翠如海，连绵起伏的山脉，便成了奔涌的绿色波浪一直涌向天边。正如沈从文先生所言："一年四季，随同节令变化，山上草木岩石也不断变换颜色，形成不同画面，侵入我的印象中，留下种种不同记忆，六七十年后还极其鲜明动人，即使乐意忘记也总是忘记不了。"人若临此境，自然会梦破凡尘事，心随海岳飞。

如果说山是凤凰的性格，水则赋予了凤凰的灵性。一座城市的美和灵性，一座城市的魂和文化，一座城市的梦和枯荣，一座城市的光和血火，一座城市的古和未来，一座城市的绿和生命，都离不开水，水是孕育这一切的雨露和乳汁，是地底的太阳之光、月亮之辉。

我记得沈老先生曾深情地写道："山头一抹淡淡的午后阳光感动我，水底各色如棋子的石头也感动我。我心中似乎毫无渣滓，透明烛照，对面前万象百物，对拉船人的小小船只，一切都那么爱着，十分温暖地爱着。"是的，每当我看到沱江的早晨玫瑰色的晨曦勾画出山野的轮廓，群群结伴的凤凰姑娘、少妇聚集到沱江边浣衣、洗菜和说笑的美丽、动人、生动、蓬勃景象；每当我入夜时分摆一页扁舟感受船舷边的浪花拍打着船身发出清脆而温和的美妙声响，我就想对沱江说："你太美了，你太慷慨了，山上的绿色可是你把它们挤进了河道里；你太多情了，硬是把一块块青光闪闪的石板嵌进了小巷那悠远的相思里。我这个从遥远的都市来的异乡之客，是你真正偷去了我那颗爱山爱水的心。"

读凤凰的文化之魂，我深切地感受到了凤凰是一座蕴涵了史学意味、美学意味、哲学意味以及文学意味的古城。它的古城墙、青石板以及名人或底层人物的命运雕塑构成了一座让人魂牵梦绕的金字塔。

品味凤凰古城的文化印痕，我耳边总会激荡着历史长河的款款涛声，浪花映着天光、水雾、花影、树色、月辉、石泽，当然也还会有沧桑的风雨、旅途的血痕、战场的硝烟、窗前的悲泪、湖畔的沉吟，抑或犹豫、壮烈、欣喜、断肠。

漫步在凤凰的青石板小巷，触摸这里的一砖一瓦，我在深深地思索、探询着一个现象：这一片世外桃源般的山野丛林，竟然在清道光二十年至光绪元年的30多年间，就出了41名提督、总兵，31名副将，43名参将。民国时期，又出了7名中将，27名少将。还诞生了中国第一任民选内阁总理熊希龄、文坛巨匠沈从文、国画大师黄永玉等诸多民族精英。是什么力量造就了这个边陲小城文星武将荟萃的文化盛景？

而当我伸手抚摸苍凉凝重的古城墙，走在幽深的青石巷里；当看到古城和山野、田园和老屋在无缝隙地承传着历史和文明从建筑、生态、景观、狩猎、人居的独特习俗中创造出的天才杰作和非凡景致时，一切都释然了。

文化是凤凰的灵魂和魅力之源。穿越千年历史风雨的农耕文化、楚巫文化、传统文化在这里交融升华，酿成了古城独特的风土人情和丰厚灿烂的文化遗存。文化底蕴的厚重深邃和文化内涵的博大精深，蕴藏于南方长城、旧坊民居、寺庙楼阁、寻常街巷、园林胜迹等丰富的物化形态；更形象而鲜活地表达于戏曲、庙会、舞蹈、音乐、绘画、雕刻、书法、蜡染、饰品等门类齐全的艺术形态；还体现在文化心理的成熟、文化氛围的浓重、文化性格的灵动上。

古老的山城是一座古老的兵城，是一座经受了漫长岁月的风雨和硝烟，灵与肉、血与火的搏斗的古老城郭。千年历史文化的洗礼，造就了凤凰人尚武崇文的乡风，无论是世家子弟还是贫家后生，一代代被军功与仕途鼓舞着，激励着，奔赴沙场去喋血功业和到异国他乡的外边世界去寻找精彩的人生。多少年来，这个倔强的民族，一群血性的汉子，就是这样勇猛地在城头擂响血鼓去与明清的官兵作战，毅然从军去参加南昌保卫、宜昌反攻、荆沙争夺、长沙会战。"兄弟们，顶上去！不要丢凤凰人的丑！"的呼喊仍在城头回响。我在读到沈从文先生墓碑上写的"一个战士，不是战死沙场，便是回到故乡"的碑文时，就感触到了中国的民族之心，凤凰的文化之魂，山水的生命之体。

在我看来，凤凰的文化是雅致而倔强的，也如湘西汉子般朴实。每当我走进沈从文和熊希龄故居、黄永玉画屋时，简约的陈设，撼人的成就，强烈的人格力量，都让我以一种敬仰心态去接受一次次神圣的人生文化洗礼。

读凤凰的风情之韵，胜似品味一坛陈年老酒，浓郁的民俗风情，浓烈的生活情趣，深厚的乡土气息，让我的心在沉醉中飞翔。

当我第一次踏入凤凰，扑面而来的是青山绿水。青山绿水之中最惹人眼目的就是女人肩上的背篓了。如果说青山绿水是凤凰写在蓝天白云下生命的锦绣诗行，那么，背篓就是在诗行中跳动的诗眼迸发的明丽霞光。它是刻在湘西脊背上最古老的符号，从远古洪荒一路走来，它一如既往地在肩头上站立，盛满了湘西女人青翠的向往和血色的情感。

漫步凤凰，我找到了在唐诗宋词中才能寻得见的意境。吊脚楼、虹桥、古戏台。这不是楼，不是阁，她是生命的塔台，是一个不停息地走着的灵魂。你看，轻盈的小船会在楼下水里徘徊，清亮的曲子会挂在楼前的柳条上滴落在少女的发辫。不是美的灵魂在飞，哪能吸引这么多聪明，高傲的眼睛。

漫步凤凰，我深深地沉醉在歌舞的海洋，激情的海洋，梦幻的海洋。那红灯万盏、载歌载舞的秀山花灯；那缠绵含蓄、优美明快的土家摆手舞；那高亢激越、即兴创作的土家族、苗族民歌；那音色柔和、曲调欢快、活泼优美的民间自制乐器"咚咚奎"；那音韵优美、旋律流畅、号称中国戏剧"活化石"的傩戏……这一切让人如痴如醉，不知归路。

读凤凰的人性之美，感悟的是一个纯静、新美、洋溢着蓬勃生命活力和近似宗教般神圣的世界。

这里的山、水、人、鸟、花、石，这里的语言、微笑、情感、饮食、愉悦，无处不充盈着真、善、美，袒露着灵秀、聪慧、豁达、希望、神奇、古典、雅致、粗犷和宁静，全然没有大都市那种喧嚣、浮华、虚伪、张狂、冷酷，甚至暴力、污染、堕落和绝望。

我感动于边城人们对美的独特理解和不懈追求。一代又一代凤凰人不顾长途跋涉的劳累，把凤凰作为终极目标，这是一种对美学的真谛、对文学的归依、对艺术的认同、对历史的评判问题的直接应答。当我到准提庵看黄永玉精心创作、才情洋溢的二十幅巨型壁画，细嚼那些智慧与幽默共生的题跋，道德感染扑面而来。在这里，我读到了凤凰人对传统的继承、对文化的吞吐、对世界的思考、对未来的憧憬。只有懂得自然、人生、艺术的结合和追寻是生命的最高境界的人创造的艺术作品，才会深含道德和人性的至美。

我惊叹于山水风情、历史人文组构的闪烁着人性感悟的清新韵律。凤凰的山水、田园、古城、吊脚楼、沱江，在山歌优美的旋律中飞翔跳跃。有花瓣落地的碎影，有山泉出涧的欢鸣，有青鸟穿云的脆啼，有水车咿呀的呼唤，有轻舟破浪的篙声，有木楼姑娘与岸边情哥的唱和，有月夜古老山寨的笙歌，有蜿蜒南长城红砂石的梦魂，有凤凰古城历史跳动的心音。清泉之韵、波浪之光、苍山之翠、石峰之奇、花草之秀、木楼之野、人性之美、乡情之烈都化作音符在山与水、土地与阳光、云与雾、鸟与树、风与雨、星光与萤火的对话和倾诉中宣泄和张扬。

我激荡于古城墙昂起的头颅折射出不屈不挠的凤凰精神中。耳际间那城头的血鼓仍在响。不管是一种风俗还是一种表演。多少年前，一个倔强的民族，一群血性的汉子，也曾在这城头擂响血鼓。在血鼓的响声里，唤醒了几多古老的传说，就连落草为王的野性汉子，也一步一步地走向曙光升起的城头，扯下那面自己亲手升起的大旗。血鼓终于在城头不再流血，而是流出一首美丽的歌，去唱红每天的早霞。

我陶醉于古城女人智慧清澈的眼神。离开纷繁嘈杂的都市，走进凤凰人平静闲适的生活。一个苗族少女与我对目而视。是这样清澄、这样温炽的目光，这样开朗、这样含情的微笑。尽管我眼前还有那么多霓虹灯闪耀，那么多如壳虫爬行的车流。然而，这目光，这微笑超越了尘世间的一切荣耀和富有。真的，人世间宝贵和美丽的东西太少，能在这里采摘一缕清纯、灿烂的目光，那是活着的幸福。

品读凤凰，我的胸中始终被一种力量撞击、感动。这座被新西兰作家路易·艾黎称赞为"中国最美丽的小城"的边城，实际上是一幅悠远深长的湘西社会的生活画卷。从这部作品人们可以读到边城的灵魂、精神、激情、力量和壮丽未来。从一定意义上说，更能读出这里的人们新鲜、独特、深刻的文化理解、文化意蕴、文化品位和文化明天。也就真切地应验了沈老先生曾说的："湘西的神秘，和民族性的特殊大有关系。历史上'楚'人的幻想情绪，必然孕育在这种环境中，方能滋长成为动人的诗歌。"

这就是我读凤凰，尽管我的感知是如此的浅陋，但我确实是十分的虔诚和百般的神往。因了这种10多年的凤凰情结，我写出了一部长篇小说《凤凰之恋》，现在又将小说改成电影文学剧本《凤凰》。目前正在筹划拍摄之中。我相信当电影故事片《凤凰》展翅飞翔的时候，古城凤凰将又会是别一番诗情画意更浓的风景。在我结束我的演讲时，我想读几段《凤凰之恋》中的文字，以表达我对这次论坛，我对来自各方的学者贵宾，对凤凰父老乡亲的敬意和感激之情。

  她翻开在街上买到的地图，沿着地图上标明的路线，她走进了沈从文的故宅。

  像这样陈旧而庄严的门槛，像这样留着岁月磨损痕迹的门槛，像这样牵动情绪和回忆的门槛，像这样储存崇拜和思想的门槛，蔓妮感到有一种从未感觉过的崇高和神圣。在美国和西方的一些国家，她去过许多文化深厚的城市，造访过许多金碧辉煌的宫殿和像森林般肃穆幽静的教堂。这一切所在的门槛，都无法与眼前相依偎的青石板街道相比，这才真正的凸现着文化的灵光和人性启迪的台阶。

  我知道，这一切是西方文化无法印证和注释的，也是我来中国之前无法感受和明白的。而你比我明白，比我钟情，比我强烈，是因为你的血液流着中国文化的因子、流动着故乡的浓于血的水。你的所爱，并不会，现在看来也不可能只是音乐、爱情，还有高于音乐和爱情的神圣使命和向往。这就是我所理解的你们中国人或者就是凤凰人的信念和图腾，凤凰是高贵与吉祥的精灵，是文化与日月的化身，是一只要飞越长天的鸟。身上的翅膀闪耀着这灵山秀水的智慧和力量之光，也凝结着家乡父老乡亲和女人的纯情与期待。

  我愿走近凤凰，品读凤凰，感悟凤凰，欣赏凤凰的所有朋友都对凤凰永远怀着美好的期待和忆念！

珍藏在心中的感激

春天来了，树绿了，花开了，小草拱出地面，沐浴着温暖的阳光，给大地铺上了一片湿润而生意盎然的锦绣。

我就这样心情怡然地站在窗前，望眼前的春色，品读绿色、阳光、清风和燕子的呢喃带给我的春天气息和美感诗画。

这时，我的手机响了，是来自北京的声音。"你是谭主席吗？我是税务报的编辑，想跟您约篇稿子，内容是名人与税。"我听完了对方的陈述，心里便生出一些感动。这时刻，约我写关于税的稿子，真没有想到。其时，我正在写关于文化建设的文章。也许正是因为我做过市长的原因，报社给我约稿，也是这个原因，我却不能推辞。

我答应完成这个作业。

我的心又重新走回到春天大自然的风景里。我的眼睛一直在兴奋地吻那一片片葱郁的树林和散发着泥草芬芳的草地，还有在彩云里飞翔的风筝。天空不像以前，现在没有了尘埃，更看不到那烟囱冒出的缕缕黑烟。我记得刚当市长的时候，望着尘烟弥漫的城市天空，多么盼望有一片蔚蓝和澄澈的天空，有清新甜润的空气和碧绿如玉的江水。可是有什么办法，拆除烟囱，控制扬尘，净化污水，处理垃圾，需要大量的资金投入，需要多个部门、行业和全社会的配合与支持。

说到资金，作为市长立即想到税收。因为有了可观的税收，政府的财政才会丰盈起来，才能拿出资金来投入到基础设施、环境保护、社会事业、公共服务、社会保障中去，真正为老百姓办实事，让公共财政的阳光雨露惠及每一个社会成员。多少年来，我在市长岗位上朝思暮想的就是如何和全体干部群众一道团结实干，励精图治，扭住经济建设这个中心，推进新型工业化，农业现代化，新农村建设，扩大开放和合作，壮大民营经济，拓展外贸领域，以创造更多的税源，增加财政收入来满足政府公共投入的需求。而税收的创造者纳税人，就是由这成千成万的劳动者，工人农民、职员、工商业主、各行各业的企业家、文艺家，还有学者、律师、科学家……是他们用自己的智慧、专长、劳动、艰辛，甚至穿越风险和历经磨难为共和国创造出源源不断涌流的财富，那一张张闪耀光彩的人民币，实际是我们伟大祖国每一个创业者和劳动者的信心、光荣和奉献精神的凝筑，它永远会镌刻下中华民族立于世界民族之林的坚实步伐和遒劲履痕。

我是一个公务员，我的工资福利，我的行政、公务支出都流淌着纳税人的血汗智慧和辛劳。我不能尽心尽职尽责地履行职责，为纳税人服务，为全社会服务，为城市的发展进步服务，为祖国的复兴服务，是一种怎样的过错失职和罪过。众所周知的原因，我也是一个业余作家，我创作过电影、小说、诗歌。我出版的作品，也要按章纳税，尽管是微小的数目，但毕竟包含着我的一份责任和感恩。因为只有在纳税的过程中，才能确切地体验这种责任的光荣和对纳税人、对社会的感恩之情。我在一篇文章中说过，我们要尊重人，首先是尊重人的人格和劳动，尊重人的选择和自由，然后便是敬畏大自然，珍爱生命友谊和健康。这段话，似乎与税无关，其实我以为它就是对税的内涵与深刻意蕴的另一种表述，因为唯有这种尊重，才会把任何一个普通劳动者和纳税人都会视为自己的衣食父母，视为心灵上永远依恋和挥之不去的人世最宝贵的精神旗帜。记得，我第一次纳税是20世纪90年代初，我担任潇湘电影制片厂厂长时写的一个散文长卷《风雨人生路》，当时由湖南人民出版社从稿费中扣出760元缴纳了个人所得税，这是我人生第一次纳税。我感到非常欣慰和光荣。也就是在这本书的封面上，有我从书中自己摘选的一段文字：

永远值得怀念的东西，是感情的生命和生命的真正价值。一个人对世界的感悟，生命价值的升华是与时代和大自然对自己的雕塑结合在一起的。

就是这本书，已3次再版，获得了许多读者尤其是青年读者的喜爱。

我知道并不是书写得多么好，而是因为这本书真实地记录了我的人生体验和感受。同时，也让我在一次又一次再一次的修改增删过程中，不断地去总结人生的得失，深悟人生的真谛，并立志永远做一个有益于社会和人民的人。

在我的生活世界里，时刻都会看到纳税人的身影和微笑。这也会让我心中心存那份没有言表的感激，永远鞭策我去用自己的智慧、心血书写赞美伟大祖国和人民的美丽诗篇。

红椰树

正月初三，清晨明媚的阳光，暖暖地洒在蓝湛湛的海面上，白色的交通艇，如一只矫健的海燕，贴着浪花飞翔，剪开一条飞溅着蓝色浪涛的航道。我的心胸也像海一样辽阔，我的激情像海涛一样澎湃，我的想象像波映彩霞般绚丽，我的祈祷像海风掠过晴空，在呼唤春天的缤纷。

3年前的新春佳节，也是初三的日子，那是2月26日，我和妻子来到三亚市的东瑁洲岛，去看望守岛的战士。也许是因为当年的军旅生活情结，我和战士们有着心灵深处的感情融合。走上岛屿，便感觉那一草一木，一花一叶都那么亲切、温馨、愉悦。

一位不知名的小战士，用刀子剖开新鲜的椰子，送到我的心上："首长，岛上的椰子汁，味道特甜，请喝吧！"

"真美、真鲜！"我一边品味着清甜的椰子汁，一边欣赏着身边战友们制作的花木盆景，军舰模型，还有用贝壳在沙滩上缀雕出的心中誓言："志在天涯，戍边卫国。"我就抑制不住万缕思绪的缠绕。眼前，也就浮现出在白云黄鹤的故乡，铁马风尘的岁月场景和王家墩机场塔台边那树树如火焰红艳的桃花，映照着战友们的红领章、红帽徽，就感到青春的奔放和壮美。我便歌吟过，我凝望蓝天的云岛，那里曾留下我青春脚步的声响。

现在我早离开了曾经眷恋过的云海、云岛、云梦，伫立在蓝色海浪簇拥的椰树岛上，倾听海涛的絮语和海风的豪唱。战士们多么知道我的心思，他们给我找来了一棵小小的红椰树，嘱我们栽在他们开辟的岛上新椰树林里。我兴奋、激动、感动，这是多好的战友，多美的感情寄托，多么珍贵的人生履痕。你们就是祖国万里海防线上最坚强、英武、挺拔的红椰树,每片树叶都写着对祖国人民的忠诚,每一条根须都注入对祖国山水的无限情意。什么样的长城能有用这钢铁意志和无私奉献的精神筑就的长城巍峨光辉!沐浴着清凉的海风,灿烂的阳光,我们庄严而虔诚地栽下了这棵红椰树,也从此栽下了我们对祖国人民永远的热爱和感恩。红椰树,快快长吧!曾经也是军人,我又何尝不想扎根边陲,为中华民族的繁荣兴旺、和谐安宁,做一个坚强的战士,书写岁月赋予他平凡而弥足珍贵的战斗诗篇和记忆乐章。

3年过去了,这对于岁月的长河,只是浪花跳跃的一瞬间,3年对于人生旅途也只是定格足迹的一刻。3年后的同样日子,我又来了,是来看望战友,看望海岛,看望栽下的红椰树。红椰树,在见到你之前,我是如何想象你的昂扬、挺拔、挥臂!我是如何想象你的红绿、蓬勃、潇洒。见面了,你让我惊喜万分,让我幸福感奋,你长得如此伟岸、坚毅、倜傥。这眼前的罕见干旱,久晴不雨的磨炼,你仍然眉不皱气不短,依然是这样沉静地挽着兄弟姐妹的手,站在海岛上迎接着一切来检验生命意志的挑战。任你是风雨、冰雪、严寒、酷暑,任你是雷电、狂风、沙尘蔽日!

谁说只有沃土才能酿造成熟的季节和丰收的酒香?

谁说只有清泉才能滋润美丽的歌声和璀璨的岁月?

不,这里只有石岩、沙砾,只有盐水和尘埃。可满岛的绿色,满岛的椰树,满岛的真情,满岛的春天仍在一年又一年地孕育和创造着属于战士也属于祖国的最美好的期待!

红椰树,快长吧!向着大海,向着长天,向着遥远的城市、乡村,向着未来青葱的向往,尽情地挥动你红绿色的手臂!

我的红椰树!

难忘的岁月

时间流逝，岁月更替，无论是历经风雨、磨难，还是饱尝工作、生活追求、创造的快乐和艰辛，远去的日子，总会给你留下一些珍贵的记忆和难忘的岁月。

16年前，我从浏阳县政府调潇湘电影制片厂任职，至今离开电影厂已有13年的时光。但每每想起那段岁月，我的心情就不会平静，总会有太多的眷恋和追忆。因为在这里，我接受了文化艺术的滋养和新的生活、工作方式的冶炼，使我在之后的征途上有了更大的精神动力，更多的向往和更深沉的人生的感悟。

记得刚到厂里，因一时腾不出房子，我就住在厂招待所。我每天按时去食堂用餐，上班在办公室主要是看有关电影制作、管理方面的资料，还找一些厂领导和处室干部及艺术人员了解情况，然后就是看电影剧本，到车间、部门熟悉人。生活是全新的，感受也是独特的。到厂里足足一个月时间，我几乎全泡在学习和熟悉情况的工作日程里。既没有去城内访友探亲，也没有去歌舞厅潇洒一回。

我需要掌握新的知识，了解和结识新的朋友，以便能早日进入角色，真正投入工作，做一个名副其实的电影制片厂厂长。

恰恰这个时候，正是邓小平的南行讲话在全国全面贯彻落实的大好春天。对于敢于开拓创新的人们来说确实面临一个大显身手的极好机遇。面对这种机遇，我心里好不遗憾！我想，要是这时还在县里工作，真可以甩开膀子大干一场。而现在我面临的却是一个陌生的领域，一个未涉足过的艺术天地。不仅需要学习、掌握必要的影视业务知识，而且需要实践，从剧本的选择、剧组的组合，从摄拍现场到制作车间，从演职员的工作特点和艺术要求等方面探索管理、领导电影创作的规律和方法。对于这一切没有一个较为全面和透彻清晰的了解，你就下车伊始，乱说一通，除了制造一个日后供人们言谈的笑话之外，不会有任何收获。

时间过得很快，一晃两个多月就过去了。我厂投拍的故事片《刘少奇的44天》正在抓紧进行。按照故事片反映的时间是春天的4月，正是早稻插秧的季节，可是现在已进入6月。天气渐热，给拍摄带来了很大的困难。许多场景还要按春天的时令来设计布置。演员甚至还要在高温下穿着棉衣演戏，其拍摄的艰难是可想而知的了。为了尽快熟悉电影创作生产的业务，我在6月两次到拍摄现场实地体验生活，而且和摄制组的同志一起商量如何把这部表现我党的领袖注重调查研究、清除官僚主义、与人民群众保持血肉联系的影片拍好。担任这部影片的导演张今标曾经拍过《毛泽东和他的儿子》，是一位艺术素养很高的导演。我们虽相识不久，但他对艺术的执着追求和对人的坦诚谦逊使我非常感动。我们一见面便很自由地探讨起人物塑造等问题。

为了使影片真正成为精品，后来我和导演还多次认真地推敲台词。其中有一段对话是少奇同志批评当时的浮夸风。为了使这段台词生动、真实、准确，我还特地翻读《刘少奇选集》，找到了他在60年代初的一次讲话：有的地方连打了多少苍蝇也要统计，并说有些假话是上面逼出来的讲话内容。我们把这些原话加以修改，变成台词就显得更真实而生动。后来这部影片在党的"十四大"期间放映，获得了中央领导和代表们的一致好评。影片还被评为1992年度全国电影政府优秀影片奖和中宣部精神文明建设"五个一工程奖"。

《羊城晚报》于1993年6月23日载文《岁月悠悠，炽情永烈》这样评论道："故事片《刘少奇的44天》，用一个个纪实性的镜头，展示出少奇同志热爱人民的深厚感情和甘当人民公仆的孺子牛精神。那一幕幕'感情戏'淋漓尽致地刻画了少奇同志关心群众疾苦的炽烈情怀和实事求是解决农村问题的优良作风。影片《刘少奇的44天》发人深思，予人启迪，它不仅具有重要的历史意义，而且具有重大的现实作用……少奇通过调查感慨：人民群众的生产劳动，只有与他们的直接经济利益挂钩，才能最大限度地调动其生产积极性。我们的错误，也许正是忽视了群众直接的经济利益。多么深刻的结论啊！我国农村改革的巨大成就，证明了这个从实践中找到的答案是何等的正确！"

1993年5月，我去北京参加《刘少奇的44天》的领奖大会，恰遇我国电影界的老前辈丁峤同志，他高兴地握着我的手说："你干电影的时间这么短，就用'深沉、凝重、冷峻、炽烈'8个字概括了《刘少奇的44天》的思想、艺术特色，真不容易。我赞成你的评论文章。"我当时非常感动，想不到我写的一篇小文发表在《中国电影周报》上还让他老人家认真读了。由此可见老一辈电影艺术家对一个年轻的电影厂厂长的关心和爱护。直到以后我厂组织创作投拍《秋收起义》，丁老不止一次地直接找我交谈，给我指点，丁峤老部长的谆谆教诲至今仍在耳边回荡。

然而，面对前进中取得的初步成果，需要冷静思考的东西却是很多很多的。不是吗？随着电影市场的滑坡，在电影界有人提出了"什么样的电影赚钱，就拍什么电影"的观点，甚至有的权威人士也明确提出"电影就是商品"的命题，至于说社会效益则不必去顾及。因此，一段时间内，把电影界的人搅得昏头昏脑，武打片、艳情片、警匪片等一哄而起。不是鲜血淋漓，就是赤身裸体；不是偷情盗女，就是黑吃黑，粗制滥造、格调低下，胡编瞎扯的低劣影片充斥市场。面对这种形势，我们是迎合，还是抵制，还是要走自己的路？电影改革出路在哪里？就像是在大海上行船，岸在何方？

北京的秋天，已是寒气逼人。全国电影厂厂长会议正在空军招待所举行。广电部部长艾知生和大家一起讨论怎样深化电影改革，拍出具有社会效益和经济效益的影片的问题。然而，只要人们一触及电影市场和拍摄电影的资金问题，以及拍主旋律影片亏本的问题大家就哑然了。没有完整的答案可以解答这些实际存在的现实问题。尽管会上有的厂长慷慨激昂地揭露社会上播映黄色录像和影片严重干扰文化市场的问题，然而大家终未寻找到一个可以使自己摆脱困境的办法来。

我没有发言，我在思考怎样让电影厂的改革深化下去。三天的会议，我看了大量的材料，思考了许多问题，我把要讲的话写成了一篇《切莫忘了文艺创作的责任》的文章发表在1993年10月7日的《中国电影周报》上，总编辑李文斌开玩笑说，这是一篇导向性的文章。我在文章中这样写道：

> ……现在，我自己处在电影创作、生产的领导岗位上，又该如何处理好文艺的社会效益与经济效益的问题呢？我认为重要的还是要坚持毛泽东同志《在延安文艺座谈会上的讲话》精神，警醒自己，任何时候不能忘记文艺创作的重大责任。
>
> 如果因为我们要搞社会主义市场经济，就以为凡是市场上出现和存在的东西都是合理的，想怎么干就怎么干，不受任何约束和限制，那是完全不对的，是一种误解。事实上，现实生活也说明，真正反映人民愿望和美好情感的作品，广大群众是非常欢迎的。尽管我厂拍摄的《刘少奇的44天》没有赚到什么钱，但它在党的十四大放映给代表们看，得到一致好评。大家认为这是一部歌颂我们党的第一代领导人坚持实事求是作风、联系群众、与人民同呼吸、共命运的好影片。因此，在第五届哈尔滨冰雪电影节上，采取投票的办法，被广大观众评为金奖。
>
> 也许在某种特定的条件下，某种场合，某个时候，那些真正反映现实生活，描写创造历史的工人、农民、知识分子、士兵的作品，可能经济效益不佳，但这些作品往往催人泪下，激人奋发，如电影《蒋筑英》、《烛光里的微笑》都极其生动、形象、深刻地揭示着主人公的思想美和情操美，是引导人民奋发向上的精神食粮。而恰恰相反，在一个时期，在某种情况下，那些表现凶杀、暴力、色情和堕落乃至庸俗下流的性描写的影片、录像、文学作品可能赚钱，甚至发财。但这些东西，又确实在污染和腐蚀人们健康的灵魂。难道说，这些钱赚得值么？而另一方面要付出多大的代价啊！
>
> 这种令人心酸的现象，如果我们不能正确处理的话，就会像全国政协委员吴冠中先生讲的：鲁迅说过，金钱买不到自由，

但可以把自由卖掉。同样金钱买不到精神文明，但可以把精神文明卖掉。

……我很赞同冯骥才先生说的："无论古今中外的文艺创作都不是发财的职业。"我还要说，要发财就别当作家，别当艺术家。至于有的作家发了财，艺术家发了财是否是文艺创作造成的，我不愿更多地去评说，自然人们心中有数。

我依然相信鲁迅说的："文艺是国民精神所发的火光，同时也是引导国民精神前进的灯火"，这句话不会过时。

虽然我的这种观点，不一定被任何一个从事文艺和电影创作的人所认可。但我始终认为必须这样做。我在潇影厂任职期间组织确定拍摄的25部影片，没有一部是消极的和在审查时受到挫折的。特别是我们和天津厂合拍的《凤凰琴》在中国的电影观众中引起了强烈的反响，无论是社会效益还是经济效益都达到了理想的高度。实践使我体验到，即使在茫茫的大海航行，只要始终注意寻找航标灯照耀的方向，你就会绕过险滩和暗礁，平安到达彼岸。

1993年11月去广州参加中国第二届金鸡、百花电影节，我就好像是一个在大海上驾驶轮船前进的船长，又登上了一个美丽的岛屿，欣赏了一番绮丽的异地风光。

很巧，住进花园酒店那天下午，我头一个碰上的是女演员剧雪。她在我厂和天津电影制片厂合拍的故事片《凤凰琴》中饰演女主角张英子。剧雪一双透明的眼睛放射着聪敏的光芒，她腼腆一笑，温情洋溢光彩照人。张英子那山村女教师的质朴、纯美就从那清澈的眼湖里荡漾出来。剧雪很高兴"本命年里走好运"。她对我说："希望下次合作得更好！"

"那是宋大成！"一位记者的喊声，把我的视线牵向了李雪健的背影。我匆匆赶去向他招呼。李雪健回头看到我，又是"宋大成"的憨厚一笑，"我们又见面了！"是的，我厂和中影公司合拍的故事片《幻影》在天津开机时，我就见到了李雪健和台湾著名影星张艾嘉。当时，我还写了一首诗送给他。后来刊发在《中国电影周报》上，诗名叫《给雪健》：

> 初秋的雨
> 扯断了幻影的梦缕
> 留下一盅渴望的清酒
> 赠予谁人去浇那浓浓的离愁
> 是一个伟岸的男子
> 怎会有这么多痴烈的情恋
> ……

正当我们交谈时，《渴望》的导演鲁晓威也走了过来。晓威颇有个性，留着满脸的络腮胡子，给人一种成熟脱俗的感觉。我笑他是一个寻梦的人，昨天一个《渴望》让千万观众牵肠，悠悠岁月，叫人困惑和沉重；今天一个《幻影》又让台湾同胞泪湿衣襟，如烟往事，使人倾怀难诉。

在这里，我要特别提到已故的导演周康渝，他是我厂改革的热心支持者。这里我要特地为他写一段文字。因为他在改革的道路上迈出了艰难而成功的一步。就像是一个得力的桨手，把电影厂这只航船摇到了一个风光绚丽的岛岸。这个岛岸，就是我厂第一个准制片人实践的成功。

那是1994年5月间，周康渝从北京拍片归来，我们坐在一起谈到了厂里推行制片人和导演目标管理的改革举措。我谈到《真假情人》已经正式按改革的方案实施投入和产出效益承包目标责任制。周导演听后，非常感兴趣，当即表示自己也愿意试一试。在很短的时间内，周导演就拿出了一个电影文学剧本《古龙镇谍影》的初稿。我当天中午就阅读了一遍，觉得很有特色，表现"抗日"的主题也很好，而故事情节复杂，不落俗套，谁敌谁友扑朔迷离，斗智斗勇难见真伪。于是我提议他再大胆朝前走一步，干脆来做一次准制片人。方案是厂里给他贷款，由摄制组出利息，包死上交基数，超收全部自己。我还给他分析了三个有利因素：一是周导演曾拍摄过《特殊身份的警官》、《天国恩仇》、《湘西剿匪记》、《秋收起义》等影响大、质量高、经济效益和社会效益都比较好的影片，在观众中有很好的印象；二是《古龙镇谍影》故事情节引人入胜，剧本基础好，加上在省内拍摄成本低，只要严格管理，控制成本，经济包袱不会很大；三是抓紧拍摄，精心制作，大造舆论，搞好宣传广告策划，形成声势，可以产生良好的市场效应。周导演认为我的分析有道理，表示回去考虑商量。

几个不眠之夜，几度反复推断，几番良朋磋商，几回谋士咨询，周导演毅然决定签约，成为中国第一个个人贷款拍片的准制片人。对于他的这一举动，我从内心佩服和感激。他不仅支持了我厂的改革，也支持了整个中国的电影改革。

经过精心准备，周康渝带领他的摄制组上路了，他们日夜兼程，全身心地投入；他们注意节约每一个铜板，精心拍摄每一组镜头，全组30多人团结奋战，整整一部影片，仅用26天就拍摄完毕。这是潇影厂历史上拍摄周期最短的一部影片。

至于影片的质量和效益如何？下面这个数字就足以说明问题。影片《古龙镇谍影》由上海电影发行公司以120万元一次性买断版权，而该片实际成本为75万元。在1995年2月召开的全国电影创作会议上，电影局局长滕进贤一再赞扬这是一部思想性和艺术性很强的影片，是一部走改革之路的成功影片。

周康渝成功了，我们为他高兴，向他祝贺。省委宣传部文选德部长还特地为他的成功敬酒，这自然代表了我们的心愿。

然而，《真假情人》摄制组却遇到了挫折，其发行收入与承包合要求相比，要罚款2万元。作为厂长，我曾经承诺：如果达不到目标，我与剧组一同认罚。当我将1000元罚款交到财务室时，心里感到十分的踏实。因为我相信，改革付出的代价，定会成为日后收获的投资，而且将来收获的定是一个黄澄澄的季节。我始终认为交这笔罚款值得。人生有什么比同事之间真诚团结去勇敢开拓未知世界更幸福、更具有壮丽色彩呢！

步入这银色的世界，我感到生活为我展示了一片绚丽，展示出一幅又一幅充满诗情画意的现实图景。那悠悠的、甜美的、飞驰着遐想的琴声，常把我带入一个无限美妙、温馨的梦幻之中，让我去欣赏领略人世间、自然界最圣洁、最美丽的风光和情感。

当然做一个电影厂厂长,并非都在鲜花、掌声和愉悦中度过。有时他的痛苦和忧郁注入了生活的分分秒秒,让沉重的步履叩击地面,抒发着自己深沉的情感。《中国电影市场》杂志的裕子小姐曾采访我后写了一篇很长的《厂长忧思录》。从这篇文章里可以看出当时我心之某一隅有时是那样酸楚和无奈。

湘江边的岁月,有时对我来说是一串沉重的日子。尽管我窗前的绿树依然苍翠,阳台上的花开了又谢,谢了又开。然而作为一个电影厂的厂长,心中的那份责任,肩上的那副担子始终是沉甸甸的。一方面,要使拍出的影片有积极的社会影响;另一方面,又要创造一定的经济效益,最起码不能亏本,因为有近600人的吃饭问题需要解决。

然而,在那些遥远的窗户内和烟雾升腾的斗室里,却有人在胡编乱造,甚至一味地编织着宣扬色情、凶杀、暴力和灰色、绝望人生的影视作品。他们在用心表现哀怨和浮躁、堕落的人物命运……有人告诉我这些可以赚钱。

夜已经很深,我仍踏着淡淡的灯光在室内徘徊。我不时凝望窗外庭院水泥道上那一地碎银似晃动的月光。我为这部反映农村改革题材的影片《女人的选择》是否投产而苦苦地思索着。

已经多次修改,已经多次咨询。有从事几十年电影工作的老艺术家,有具有丰富发行经验的拷贝推销人员,还有那么多关心电影生产成败的职工。很多人劝我不要轻易投产,这类影片风险太大。现在剩下的就是我怎样作出最终的决断。我推开房门,沿着楼梯走到了铺满月光的庭院,我看到耸立在灿烂月光下的潇友影视商贸城。它那威武的雄姿在告诉我,看准了的事,要下决心干下去。而我回头走过摄影棚,又看到高高的红墙内耸立的古建筑群是那样阴森地生发着昨日岁月的凄清和惨淡。那角檐上被月光镀上的白色的光泽,使我感到心情异常的凄然。我没有再走动,我的灵魂里正展开一场坚毅和脆弱的紧张搏斗。

也是这样的月色,也是这样的时节,也是初秋的冷雨挂满枝头,也是窗外的树影编织散乱的月光,我在伏案创作一个电视剧。剧中的主人公是一个在改革中艰难奋进的青年企业家,他历尽艰险,倍受夹击,甚至招致妻子的误解,但他终于迎风踏浪坚定地走到了成功的彼岸。《雾岸》对我的启示是深切的。特别是大胡子美工那树枫精心设计的女模特们带着用红绸编织的镣铐表演的镜头使我悟出人生奋斗的悲壮和豪放。那也是一种乐趣，也是一种幸福啊！尽管那场风暴随时可能把人卷去。但我相信，落到地面时，真正的勇士仍然会站立着。不知道什么时候，妻子来到了我的身边，她把风衣轻轻地披到我的身上。我禁不住握住妻子的手："谢谢你！"

多少年啊！多少个冷风冷雨之夜，多少个我心情沉重的日子，是妻子守望着我生命的旅程，抚慰我痛苦和忧伤的心灵。我感到此刻有一股力量在心中升腾。我仿佛觉得月亮顿时放出了异常灿烂的光芒，眼前是一片辉煌的天地。

《女人的选择》终于在常德市一个繁华的小镇开机。尔后拷贝带着5个女人的不同命运色彩出现在观众面前。多谢厚爱电影的观众给了它深情的关怀。这部影片不仅创造了可观的经济效益，而且荣获湖南省1994年度精神文明"五个一工程"大奖。

人生中有许多珍贵的机遇，就像是一个梦，从来不曾想过的事，却可以成为现实。在电影厂工作生活的日子里，留给我一个又一个的故事。

我的案头摆着正翻开的长春电影厂故事片《天地人心》的剧本，这是一部弘扬正气的感人之作。影片着力塑造了县粮食局局长杨守本在天灾人祸的考验面前，始终把保障人民的基本生活放在首位，千方百计为老百姓排忧解难，坚定不移地同党内的腐败分子进行不调和的斗争，这样一个一身正气，不屈不挠、富贵不淫、威武不屈的艺术形象。读着剧本，我心潮起伏，思绪万千。今天的社会，正与邪、善与恶、是与非的斗争无时无刻不在我们身边发生和进行着。扶正祛邪，惩恶扬善，始终是每一个有良心的公民应该努力支持并做到的正义行为，也应该是文艺作品的重要主题。

读着读着，我眼前出现了《天地人心》的导演那庄重和真诚的面孔："请给我们的影片写一首主题歌词，你一定要写，要写出我们时代的呼声！"

"我能写好么？"我怀疑自己的水平和能力。因为这不是一般的歌词，也不是表达一般的主题，这个主题太重大、太深刻了。

我忘记了吃午饭，星期日在家休息的妻子，已经为我热了两次饭菜，她几乎要发脾气了，但她看到我坐在书桌前苦苦思索的神态，便又一次端着牛奶走近我："先喝了这杯牛奶！"

1994年12月22日下午，北京，广播电影电视部的小放映室正在放映长影新片《天地人心》，一阵热烈的掌声过后，广电部部长孙家正站起身来，热情地紧握着导演的手说："这个影片很感人，我看这部片子对加强农村工作，加强党与群众的联系，端正党风都有教育意义，影片在农村放映一定会受欢迎，在全社会，特别是对于党政机关也有普遍的教育意义。"接着田副部长又说："我觉得影片题材选得很好，演员表演很好，表现手法也不错，推出这部好影片，你们做了一件好事……影片的主题歌是一曲人间正气歌，很昂扬嘛，很好嘛！"当时的王导演激动得热泪盈眶。整个放映室内呈现一片祝贺和欣喜的气氛。

……正如片中主题歌所唱的：风萧萧雨茫茫，滔滔雨水诉忧愁。面朝黄土抓三把，背向明月甘作牛，测得出天下心善恶，算不清贪官几人仇。劝君一生当清正，万古江河水长流。

这是一首新时代的"劝善歌"，也是对影片主题的抒发。《天地人心》的成功，就在于杨守本的形象为今天的共产党员和广大干部树立了一个正气凛然、无私无畏，人民称赞的好榜样。

生活是有情的，艺术是有缘的。一个长期从事基层党政工作的干部，步入这样神圣的艺术天地，从最初的迷茫到获得这样一种欣慰和快乐，这是我始料不及的。我深深地体验到电影艺术家只有走向生活，走向群众，走向社会，生活、人民、社会就会走向你，走进你的艺术世界，甚至走向你的生活，走向你人生的长河，为你扬起多彩的浪花。

电影节的会歌《你走近我，我走近你》，当刘巍巍和林萍满怀激情地唱着走向辉煌灿烂的舞台时，我激动得泪如泉涌。这是我的心声，这是发自肺腑的呼唤。祖国，人民，我的母亲，你听到了吗？

你会听到的。因为此刻湘江边的古城长沙披上了节日的盛装，来自全国各地的电影艺术家正在这里欢聚一堂，共叙友情，共商发展中国电影的大计。岳麓山已层林尽染，枫叶流丹，湘江波浪上正千帆竞发，载着芙蓉国的无限秋色。

往日的故事、昨日的美丽，是人生的宝贵财富，它不是用价值可以衡量的；拥有它，便拥有了一个不平凡的无怨无悔的人生。

一同走过风雨岁月，
一同走向新的世纪。
我们捧着金灿灿的太阳，
我们拥有蓬勃勃的生机。

这，就是人生的电影，这，就是人生的艺术，这，就是人生的创造，这，就是人生的寄托，这，就是人生的收获，这，就是人生的潇洒，这，就是真正的人生！

啊！银色的梦幻，你带给我太多太多的想象和依恋。

闪耀在星空的足迹

> 谁如此神奇走在北京的夜空
> 用闪耀和震撼人间的璀璨和鸣响
> 踏出奥林匹克走来的 29 个庄严的足迹
> 让世界为之惊叹欢呼深情守望
>
> ——题记

2008 年 8 月 8 日,北京神秘、迷人的辉煌夜晚。隆重、热烈、壮阔、神奇、梦幻般美妙、充满激情、欢乐,展示绿色、美好、和平、友谊和憧憬的北京奥运会开幕式晚会徐徐拉开序幕。此刻,全世界的目光,都通过电视屏幕在注视北京,在倾听北京,在拥抱北京,在祈福北京。美轮美奂,如缕如织的锦绣"鸟巢",似真似幻,若玉若冰的圣洁"水立方",典雅幽静,飞绿溢金的奥运村在缤纷的霓虹灯光芒勾画下,凸现出诱人的姿态和亮色。

当时针指向 20 时 3 分,随着"鸟巢"晚会现场飞出雄浑、激越、奔放的音乐声,在奥运广场上空萦绕,北京天安门的上空突然礼花轰鸣、火花银树,异彩竞放。紧接着无限奇妙的特效焰火空中影像奇迹般地出现了。你看奥运的象征图案五环,以它无比灿烂的光环在天安门上空闪耀;饱含热情和温馨的焰火笑脸,把激动人心的笑容绽放在"鸟巢"和"水立方"的云端;凝聚奥林匹克精神和意志的"历史足迹"从永定门外的上空沿着空中的中轴大道经前门到"鸟巢"上空,闪电般地走来 29 个庄严而光芒四射的足迹。这光和声同时飞腾的足迹,踏响了北京奥运会最雄伟、壮丽的旋律，激荡着海潮般的欢呼，让世界震惊！这就是北京，这就是中国献给人类最珍贵难忘的记忆，铸造的当今世界走向光明和谐未来的闪光足迹！

此时此刻，我不知道所有看到星空足迹的人们，会有什么感想？心灵会受到如何的震动？但我却清晰地看到，有一个高大而壮实的北京汉子，此时正在北京古城的某一街巷，抚摸着乌黑的还在发烫的焰火矩阵框架流出了晶莹的泪滴。他心潮起伏，感慨万千。他仍然在凝视天空那片已经消失却会永远镌刻在观众心中的灿烂。

他叫陈延文，是北京大陆优力达科贸有限公司的董事长。这次使用的"焰火膛压精确发射系统"，成功地进行了"圆环"、"笑脸"、"历史足迹"造型图案的定点定型现场燃放，就是他主持组织研制并投资的。人们不禁要问，一个从事电子产品生产经营的企业家原本与焰火燃放毫无关联，他为何要做出这种庄严的选择？

两年前的3月，也是一个美丽而宁静的夜晚。

坐在书房里，陈延文翻开了尘封的相册，他又找出了36年前在武汉空军黄家墩机场拍的一张照片。刚20出头的他，身穿空军地勤服装，戴着红五星军帽，朝气蓬勃地站在机场塔台前。他眼前是一条宽广的白色水泥跑道。屹立在跑道边的银色战斗机和停泊在机坪的各类军用运输机，辉映着灿烂的阳光，显得更加威武矫健。离开部队，回到地方20多年来，他没有忘记曾经生活、学习、战斗的部队，依然充满着对祖国蓝天的向往和眷恋。在改革开放的大潮中，在党的富民政策的指引下，他办起了民营企业，形成了一定的生产和经济规模，面对祖国的飞速发展，国际地位的日益提高，他感到光荣、自豪、充满开拓奋进的力量。当中国申奥成功，全国人民都在为着筹办奥运作贡献的日子里，他一直在想，作为一个复员军人、企业家该怎样表达自己爱党、爱祖国、爱人民的心愿？他不止一次地在天安门前的金水桥上沉思，在热气腾腾的正建设中的"鸟巢"工地徘徊。孩提时的梦想和现实的梦想在撞击他的心灵，使他萌发了用焰火发射，实现在空中呈现欢庆奥运图案、文字的创意思维。他要给世界展示中国的灿烂文化和人文精神，要给北京奥运献上一份厚礼。此刻，他又想起了在部队里学到的机械原理和空气动力学，还想起了在电话中鼓励支持他实现这个梦想的,当时的部队教员和现任长沙市市长。他决心去中国的花炮之乡长沙浏阳实地考察焰火燃放情景。曙色临窗,一夜未眠的陈延文还在异常兴奋地伏案描绘自己心中激荡的豪情和瑰丽想象。

初春的浏阳河畔,青山叠翠,田野泛绿,古老而蓬勃的山城,高楼林立、大道纵横。陈延文兴致盎然地走进了一家又一家花炮生产企业,访问了一个又一个花炮技师,观看了一场又一场焰火燃放。在他的脑海里升腾着奇光异彩,在他的心中,奔涌着豪情和力量。他深知,火是人类文明的象征,而焰火更是当代文明升华的灿烂展示,他一定要让神奇独特的焰火在北京的天空绽放,寄托全人类的美好追求和灿烂希望,凝聚人间欢乐和倾吐激情。回到北京,陈延文便全身心地投入到"全自动礼花型空中视屏"的技术开发和燃放装置研制之中。他请来了焰火专家,北京理工大学赵家玉教授指导,他从有名的花炮企业请来了富有经验的工程师,他与久负盛名的国有企业"618"厂精诚合作,经过千多次实弹试验,700多个日夜的辛勤奋战终于研制出四代样机。制造出近千台基础发射单元和矩阵框架。在不断探索的实践过程中,又创造了"燃气流量控制","膛压分压调控","系统误差补偿"等三项技术发明,形成了"预置弹后空间的发射控制理论,奠定了世界首创的特效焰火燃放发射"焰火膛压精确发射系统"。实现了专用 APX 高效焰火发光体在"黯然光迹点火药"、"无烟发射药技术"、"焰火药剂无残渣"等方面技术创新。使之在点火性能、燃烧性能、储存性能等方面都完全符合国家标准规定和奥运会环保安全燃放要求。

然而这种探索是异常艰难的。陈延文经历了一次又一次磨难。除了技术攻关之难,另一道难关就是意想不到要支出千多万元的巨额投资。他的企业争得利润和自留资金要全部用来进行研制发射系统。两年来,他的全部精力都投入到这项事业之中,企业的大多数职工理解他、支持他,但也有两名职工看到企业效益受到影响,而含泪离去。面对困难,他没有退却。头发白了,身子瘦了,甚至失眠,他没有动摇,女儿和妻子都深切安慰他、照料他,他们只有一个愿望要为北京奥运争光,为祖国争光。

2008年8月2日，在奥运会开幕式第二次彩排采用焰火膛压精确发射系统燃放，动态空中影像升空取得成功后，陈延文哭了，他的公司的职工也哭了。这是成功者的流泪，创业者的流泪，是对祖国的热爱和感恩的流泪。在这里我要特别提到的是负责北京奥运会开、闭幕式视觉设计的艺术家蔡国强先生，他除了多次关注支持试验外，还指导创意"历史足迹"焰火表演，这一连串空中足迹终于"给世界一个惊喜，给人类一个震撼"，用光的语言和图案，诠释了第29届奥运来到中国的非凡人文内涵。

　　永远的北京，永远的中国，永远的灿烂，永远的飞腾。陈延文用自己的心愿和艰难探索和他的团队，书写了一个中国企业家对北京奥运最美丽和真诚的企盼和祝福。他坚信，伟大的祖国，从今宵开始，每一个前进的足迹，都会踏出遍地春色，壮丽歌唱，荣耀与辉煌！

　　呵！北京奥运之夜，灿烂之夜，激情之夜。你是一首永远镌刻在人们心中凝固生辉而意境深邃的美丽诗篇！

2008年8月9日凌晨

带着祝福去理县

写完抗震诗集《敬礼,以生命的名义》后,我就有一个心愿,一定要去灾区看望受灾的父老乡亲,深切体验伟大的抗震精神和生命的不息光芒,人间的大爱大义大情的涌动和互慰。

是在秋风萧瑟的九月中下旬,我终于踏上了去四川理县的旅途。汽车在蜿蜒曲折坎坷的公路上颠簸前进,路两边的田野、村庄、河流、山峦、工厂都不同程度地袒露着创伤的肌肤和容颜。有的村庄和集镇已成为废墟,有的河流被截断,有的公路被淹埋,有的桥梁被压塌,有的青山被切开,露出苍白的肌肉。这一切在咬痛我的心脏,又在震撼我已似乎平静的灵魂。

如果说当时写出这70多首地震诗,是在那段让人痛苦欲哭的日子,从电视报纸上知道那么多的悲惨、壮烈的苦痛、绝望、抗争,而现在治理破损的山河和人心创伤的日子,来到这块苦雨中的土地,我又一次让自己的心和灵魂走进了忧伤和感奋的天地。

这是一个坐落在海拔2600多米的桃坪羌族佳山村。我们的车子沿着狭窄不平的盘山公路艰难地爬行。到了半山腰,一个人口集中的石头寨子,我们看到了路边堆满了鲜红的大辣椒,村民们正在帮助城里来的司机装运辣椒。村长含泪指到眼前已变成废墟的寨子说:"这里90多户人家的房子全部震塌了,现在村民们都在尽力抢修房子。"站在倒塌的房前,我看见村民们正在埋头清理断石、木料,有的已经重新垒起了石头墙壁。村长还告诉我,他自己也是羌族后代,这些石头垒的房屋之所以像城堡,是他们一代又一代的羌族人彻起来的。几代人的心血,毁于一旦，可以想见乡亲们此时的心情。顺着山脊往下看，层层山坡地里长满了玉米和绿油油的大白菜，路两边的苹果树都已结满了果实。透过眼前的丰收景象，我们还可以想见正在富裕起来的高山村民，又是如何面对这场掠夺式的无情打击。

我问村长这些农产品的价钱，村长很忧虑地说："现在这些辣椒只能卖3毛一斤，白菜2毛一斤。即使这样，也卖不出去，主要是交通不方便。"我们接着走过一道山梁，又去踏看了另一个倒塌的石头寨子。身边的羌族村民热情地招呼我们喝茶，并向我们挥手，从他们的眼神里，我读到了纯朴、期盼和自信。

整整一个星期，我去了不少的乡镇村寨和正在动工重建的学校、医院、住宅、饮水工程、道路施工现场，我真切地感受到理县的干部群众立志重建家园的决心和顽强意志，也看到我们援建队员的负责、吃苦、合作的团队精神，认真细致的工作情景。他们虽然住在板房里，还要夜以继日的工作，但从与他们的交谈中，仍然感觉到他们那种甘愿担当、不怕危险、乐于奉献的情怀，正迸发着巨大的活力，转化为一个又一个实际行动，我相信，在这块受伤的土地上，他们一定会留下自己坚实的脚印。

这就是我前面讲到的大爱大义大情。我始终相信，这种中华民族的伟大道德情操，一定能扭转乾坤，重整山河，再建美好家园。也由此我被感动、被激励、被鞭策、被震撼。这三首不拘格律的小诗，也许可以作为我这次理县之行的心得吧！

一

风尘慰访川西北，
非是闲庭赏黄花。
眼前病树说悲壮，
冷雨霜风唤新家。

二

峡谷深深留履痕，

山高雾重更添情。
使命在胸尽全力，
数逢余震心不惊。

三

平生足迹任西东，
此处山川苦雨中。
乡亲对看心欲碎，
晚照清风望暮松。

    那天去米亚罗镇看已倒塌的学校原址已是中午时分，太阳光已强烈的照耀着四周的山岭，后山葱茏的树木已经成微黄的颜色。学校的老师仍住在板房里，几个天真活泼的小孩在布满石头、瓦片、断砖的操坪上嬉闹。乡长认真地在向我们介绍重建学校的设想。他反复说，这件事情一定要办好。站在我身边的工作队队长张银桥接过话说："我们湖南的援建，省委省政府要求很高，一定会让你们满意，让你们放心。"

    这是使命，庄严的使命不是写诗所能表达的，最终的表达和结果，必将是带着湖南人民的美好祝福和深厚情谊，我们三湘儿女会在这片土地上写下永远铭刻在理县人民心中的友谊与幸福的美好时代乐章！

万佛山探妙

入通道县城,星光已辉映万家灯火。临水的灿烂光霞,点缀着穿越而过、弯曲闪烁着波光的双江河,宛如一道银练在圣洁的月白里,柔美地轻歌曼舞。

接待我的县政协欧主席,以一种异常兴奋而自豪的口气对我说:"明天我陪你去看万佛山,那可是你无法想象的石宫林海奇观呵!"要说世界上的石山林海,我还真寻访过不少。许多国内外著名的奇山、巧石、林涛、雾海都在我的诗歌、散文中留下了它们的雄姿、彩韵、梦魂和生命的律动,美丽的飞扬。唯通道的石宫林海之奇妙,我还是头一回听到。

天公作美,雨后放晴。次日清晨的阳光就格外的妩媚明朗湿润,散发着春天暖和而清爽的气息。山径边绿草丛中绽放的野花,尤惹人眷恋,很像梦中的彩蝶,悠然地在芬芳中栖息。

车子沿着狭窄的山路朝万佛山自然风景区驶去。这条刚修筑的景区公路,就给我一个良好的印象。因为路修得纤细别致,几乎没有损坏山边的一丝半星的植被,只是在绿色的立体画图上轻描了一条朦胧优美的曲线。更让我惊叹的是眼前偌大景区,竟看不到一栋楼房、一座牌坊、一个水泥坪、一条宽广的车道、一缕摇曳的炊烟、一片嘈杂的喧嚣。这是不是奇观,我不知道。但我的心灵和眼睛已经感触到这种从未有过的宁静、自然、生态、绝尘、空灵和秀雅脱俗之境。

好奇之心,感动之情已经让我的灵魂在悄悄地与流逝的时间对话,与幽深和美妙的尚不知庐山真面目的奇崛石峰,梦幻般涌动的林涛握手、致意!

循着花径步入幽涧，两边石岩摩天，望不到峰顶，只见一线蓝天在头顶闪耀。脚踏在古藤编织的溪桥，青石板铺设的小路，就觉得步步是景，处处生情。有涓涓泉流在脚底下蓬松的草地上低语。肩头耳边蝶飞蜂鸣，偶尔有花瓣坠落衣襟，有树枝翠叶撩拨头发。树杈上的鸟巢，仿佛装满了小鸟的歌唱，在微风里播撒着欢乐。攀缘至山顶岩边，回头凝望西北方向，巨大的石屏障，如一座石头宫殿。刀削如镜的圆形石壁上，大自然之手，鬼斧神工地雕刻出神态各异的环绕着巨石的万尊石佛，一齐向东方的苍茫朝拜。这时辰，阳光极亮、极美、极灿，它照耀着座座耸立的如柱、如城、如宫、如塔，从林海波涛中站起的石山，就似蔚蓝浩瀚的海洋上，高扬的无数能触摸高天云彩的乳白色的船帆。那壮观、雄伟、飘逸，堪为绝妙！凝望许久，就觉得这片纵横168平方公里的石宫林海，在眼前奔涌旋转。它的身前身后，胸间和周身的血脉里蠕动多少奇妙、精致、鲜活、哲绪和宇宙万物里所有生命的契合、交融、沉淀、升华、寻觅、支撑的佛之心经，禅之清泉的歌吟。如果要我用文字来表达，这里的山之灵，石之奥，花之美，泉之魂，我便萌生无雾看山，却堕入有雾之谜；无雨登山，却留恋有雨之绵；无风品山，却感知有风之影；无雪封山，却饱赏有雪之雅。是可谓石之神奇、天成，去雕饰，自然灵动，花之娇丽、野趣、缤纷，含柔美，纯情依旧；树之挺拔，如虹，叠翠，藏雄气，叶片若云。春日游万佛山，让我对"自然的美，才美得自然"又有了更深的体验和感悟。其实，大自然的至美，是无法比较，也无须比较的。甚至用再好的文字去描绘诠释也会是苍白的。而只有人对美的发现、感触、思考和珍爱、呵护才是智者见智，仁者见仁的。这就会极自然地使我想到平常人们常说的，心中有佛便是佛。我们身处世事纷繁，价值取向扑朔迷离的尘世，认真地、冷静地观赏眼前的万佛山，心中又该生发怎样的万千气象和妙思呵！大自然这把灵秀明智的钥匙定能打开生命美丽的心灵窗口，让你瞭望和感知大自然山水、树木、石头、花草，乃至泉鸣、月光、雨雾的神韵、梦幻，从中深探社会、世事、人生、爱情乃至曲折、痛苦、悲哀、绝望和重生的壮美；生存追寻的凄清与眷恋，忠孝与诚笃的延续。这样，人就会从身边的一草一木一叶一花的血脉流动的微波中去理解，去询问，触摸那颗远离世俗、尘埃、狭隘和妄想的心。最终发现灵魂、精神、血性、文字又何尝不在大自然的绿色佛光中涅槃成耀人眼目的石之崇高，林之苍凉，雾之淡泊，水之奔突的壮美图腾！我这人有些怪：纵是满怀激情读山林岩泉，也不太喜欢随意点染一些总难免俗的山名石名树名，甚至编造一些离奇的传说和故事。我以为，这种做法不可取，无疑是对神圣自然和天地造化的误读和轻率。我要做的，始终只是执意去探求大自然心灵深处埋藏的无穷幽诗、画魂、禅意乃至不可言状的浓情、妙境。

我也从万佛山的照片注解文字里知道，万佛山风景区是我国最大的丹霞地貌群之一，已被国家列入自然遗产申报名录，并正在与全国其他丹霞地貌捆绑申报世界遗产。我在想任何一个独具慧眼的专家、学者抑或普通游客，只要他不怀对大自然的冷漠、娇情、轻薄，肯定会把自己对大自然和人生际遇的淋漓感怀，注入这石宫林海的血脉之中，去和大自然一道滋润永远青葱的生命和快慰的心灵！

天若有情天亦老，山若有情山常青！

自然世界的土地、苍山、碧水、慷慨、圣洁、笃情和人世间的生息、磨难、迷茫、梦想、坚守、依恋，我以为只要置身于这个消失了冷漠、恩怨、贪婪、虚伪、脆弱和绝望的世界，你一定发现人原本就是大自然雕塑的结果。他的灵魂、心性、血液乃至情爱、快乐、渴望、豁达无不沸腾着山水云雾阳光雨露和泥土花草的丰厚淳澈、璀璨、秀美、深刻与温馨、绚丽。

让我们一同祈祷吧！

用感恩的心灵，为大自然赐予人类的永恒福祉，吟唱一首赞美的歌！

唱给祖国的歌

浏阳河，弯过了几道弯
几十里水路到湘江……

阳春三月，正是油菜花开放的季节，浏阳河畔的田野山坡开满了金黄耀眼的油菜花。微风拂过，油菜花编织的金色绸缎，在阳光的照射下，如波浪起伏奔涌，散发着阵阵诱人的芬芳。行走在这令人陶醉的辉煌的景色、温馨的村庄、蜿蜒宽广的乡路和繁荣山城的街巷里，我有一种从未有过的兴奋和激动。

家乡的父母官告诉我，为庆祝新中国成立60周年，浏阳要举办盛大的花炮艺术节，主题就是"赞美祖国，点燃梦想"，并嘱我为艺术节写一首主题歌词。

这是一个深情的期待，也是一个庄严的使命，更是我一个游子表达对祖国无限挚爱之情的最好的方式。我当然应当尽心为之，让奔流不息的浏阳河水，带着140万浏阳儿女的歌声汇入湘江，奔向北京，奔向未来。

夜深了，窗外树枝上镀着的如水月光，给低吟的虫儿绣上了斑斓的梦幻。我推开窗门，倾听夜中万物的恬畅呼吸和湘江上传来的清脆笛鸣，还有土地轻轻的脉动。

一切是这样的静谧而有微响波动。

一切是这样的舒展而有情绪潜入。

我的心，顿时激动起来，我听到了，真的听到了，那来自四面八方，遥远和未来的歌声和呼唤，那是一个美丽无比的梦，正在我的笔尖跳跃飞扬。

> 大地和天空一道飞彩
> 心花和烟花一起绽放
> 歌声和笑声汇成海洋
> 乡村和城市披上盛装
> 这是中国最隆重的庆典
> 缤纷的焰火描画人间天堂
> 满怀深情赞美祖国
> 永远像今夜激情飞扬

这不只是一个人心中的歌,这一定是一百多万浏阳儿女的歌,一定是全中国人民唱给祖国母亲的歌。

> 这是全中国最欢乐的节日
> 腾飞的脚步在彩云间回响
> 锦绣神州万紫千红
> 和谐盛世拥抱梦想
> 满怀深情祝福祖国
> 永远像今夜灿烂辉煌

是的,我们对祖国母亲的深情、挚爱,早已埋藏在心底,早已写在祖国的大地、蓝天和彩云、奔腾的浪花、跋涉的征途上,早已变成万里神州高扬的旗帜、灿烂的星光和永远感恩的壮丽岁月。

就这样,我为"赞美祖国,点燃梦想"的焰火晚会写出了题目叫《拥抱梦想》的主题歌词。是呵!祖国,你给了我这个农民儿子生命的乳汁、智慧的星光、飞翔的天空、理想、意志、力量和歌唱。此刻,请让我从唱给您的千万首歌曲中给你轻轻地,但却是深情地唱几首吧!我愿您从这几首歌曲里,看到听到您的儿女心底的爱、心底的情、心底的梦、心底的笑和心底永远的依恋和期盼。

这是一支跋涉的歌。这是您的孩子，用新中国诞生时的十月阳光的金丝线编织的。在新中国诞生的礼炮声中，我来到了这个充满阳光的世界，我和共和国同龄。从此我的生命就与祖国共命运同欢乐。我的一切都是祖国母亲给予的。巍峨的天安门已成为我生命的灯塔。尽管在您带领全国人民前进的岁月里，我也看到母亲身上的创伤和心灵的痛苦，但我仍然跟着您跋涉，在那饥饿的岁月、动乱的年代，我曾含着眼泪，但没有迷茫，我上学、参军，我读书、思考，我在人民解放军的大学校里，开始了青春的歌唱。

> 飞过巍峨的群山
> 掠过奔腾的江河
> 脚下田野翻卷金色的波浪
> 我驾战鹰过韶山
> ……
> 我是天空中飞翔的雄鹰
> 我是大海上搏击的海燕
> 用白云的圣洁抒写生命的诗行
> 用浪花的壮美表达战士的忠诚

唱着自己写的歌，我从部队回到家乡，上师范，回农村，当上了人民教师。在党的十一届三中全会胜利召开，中国开启了改革开放大门的重要历史时刻，年仅30岁的我，有缘从学校走进了浏阳县委机关，开始了新的工作和生活。党的十一届三中全会揭开了建设特色社会主义中国的序幕，在解放思想，拨乱反正，实现党的工作重心转移的雄壮歌声里，祖国开始了新的长征。

这是一支奋进的歌。这是您的孩子，用春天的旋律和着时代跳动的脉搏编织的。我清楚地记得，党的农村改革的第一个中央文件发出后，中国的农村一夜千树万树梨花开，亿万农民兴高采烈地承包了集体的土地并在合同书上庄严签字盖章，从此农民有了种田的自主权，有了自己支配的劳动时间，有了发展家庭副业，开展各种经营的更大空间和广阔天地。不到两年的时间，一批农村万元户、专业户大量涌现出来，乡镇企业如雨后春笋般异军突起，农贸市场普遍开放。走在农村的乡间小路上，到处能听到鸡啼、猪叫，能看到水塘鱼跃、花圃蝶舞。我从一个普通机关干部，沐着改革开放的春风，走上了县长岗位。这是一段让人难以忘怀的岁月。在那些风风雨雨、开拓奋进、改革创新的岁月里，我和全县的广大干部群众一道落实当时县委和政府提出的"两上一下"的工作目标（即把经济搞上去，把财政搞上去，把人口降下来），一时浏阳工业农业迅速发展，财政收入大幅度增长，成为湖南首批财政过亿元县。浏阳历史上第一条水泥公路，浏阳河上第一座株树桥水电站就是在改革开放的鼓点和号角声中诞生的。当那源源不断的电流流进千家万户，流入工厂和城市，点亮浏阳的山山水水时，浏阳又破天荒地办起了首届国际花炮节，构建了文化搭台、经贸唱戏的大舞台。从此浏阳烟花代表中国在摩洛哥上空夺魁，在美国夏威夷海湾争彩，"花炮之乡"浏阳饮誉全球。新的时期、新的画卷、新的春天铺展在浏阳河畔。更让人无法想到的是，在新中国诞生60周年的大喜日子里，浏阳株树桥水库的千顷碧波会引进长沙古城，让市民喝上真正的纯净水。你听那歌声正从浏阳儿女心中唱出来。

> 花雨飘天外
> 灿烂全中国
> 火花银树众人栽
> 万紫千红映山河
> 锦绣蓝图山乡铺展
> 小康事业手中开拓
> 浏阳河心中的河
> 流着岁月的斑斓
> 流着时代的激情
> 日夜唱着奋进的歌

这是一支豪迈的歌。那是您的孩子，用锦绣山水和奔涌的激情编织的。我至今仍历历在目，1997年7月1日香港回归的壮丽画面，五星红旗在香港上空辉映那火红的朝霞。接着不久，澳门又伴着妈祖庙的钟声、"七子之歌"的庄严旋律，扑向祖国温暖的怀抱。30年的改革开放，潮起潮涌，我们既经历了"非典"的疼痛、冰雪的创伤，更经受了汶川地震的生死磨难。请记住2008年9月北京奥运成功举办的伟大庆典，驱散了全国人民心头的阴云迷障，即使是目前我们正面临的全球金融危机，也不能动摇我们已挺直的腰杆。时下，宝岛台湾与大陆的直航、经贸合作，携手共商外交、军政大事，一道开辟创造祖国的和谐、繁荣、幸福。目睹这一切，作为您的儿女怎不心潮澎湃、百感交集！是呵！您的孩子，有多少心中的话要向母亲倾诉，有多少心中的歌要对母亲唱！我就这样一直在写，一直在唱，那是用我的整个生命和热情呵！我在这30年间写下了一千多首诗歌，数百篇散文，还有歌词、小说，最近创作的电影《袁隆平》，就是献给您的一首生命壮曲。这次创作让我明白了一个真理：新中国是阳光中国、年轻中国，是对人类有贡献的中国，是人才辈出灿若群星的中国，是永远立于世界民族之林的中国。

    一万年的土地挽着江河流淌
    五千年文明铸造世纪辉煌
    世界屋脊架起通天大道
    高峡平湖诞生光的太阳
    飞船上天神话变光辉现实
    北京奥运谱写时代华章
    民族和美大家庭
    月光下宝岛相望
    举杯同唱祖国好
    我爱中华胜爹娘

  这是一支感恩的歌。这是您的孩子用心灵的渴望和生命的血液编织的。这些日子，我不止一次站在岳麓山巅凝望古城、湘江、天心阁、沿江风光带、橘子洲、杜甫江阁和四周的田野、远去的山脉。我从天空的蔚蓝、江水的澄澈和街道社区的绿荫深处，老人、孩子们的笑脸上看到了长沙的变化和时代前进的履印。想起了自己这个从山村走出的农民儿子，曾经在这座城市，接受历史文化光辉的照耀、时代精神的熏陶、市场经济波涛的冶炼。作为市长，祖国和人民赋予我光荣的使命，我知道尽管没有能尽到应尽的职责，但是广大市民对我的关怀、支持、宽容，却让我永不忘怀，刻骨铭心。我不会忘记改造拓宽五一大道的日日夜夜，兴建贺龙体育馆的只争朝夕，推动新农村建设和新型工业化、农业产业化、新型城市化的一步步脚印；我不会忘记发展义务教育，免除"两费"，推进社会保障，创造文明平安城市；不会忘记抗洪抢险，抗旱保苗；不会忘记市民对我的体贴支持，去医院看望的深情慰勉；在下农村去企业调研时递上的杯杯热茶。人生什么是幸福，这就是幸福！更不会忘记我在东京、瑞士，在纽约世贸大厦的演讲，那是我的祖国和我生活工作的城市的光荣和自豪呵！

在那些个难忘的时刻，那些个奋进的日子，我之所以倾情、倾力、倾心，一切都是为了感恩于人民、感恩于党、感恩于祖国、感恩于时代和社会。祖国，您是一个无限丰富、美好、自由幸福和拥有梦想的世界。在您的阳光、春风、芬芳和雨露里，我看到了人生的真谛和永远的眷恋与追寻。假如我能活一百次，就要一百次去为您奉献，倾注一切。现在我双鬓已经飞霜，但我的心灵依然青翠年轻，这是因为我的血管里流着母亲的血液和温情，我深深懂得：

> 最初的那个梦是您用甘甜的乳汁酿成
> 最初的那盏灯是您用智慧的心血点亮
> 最早的那条路是您用温暖的阳光照亮
> 最早的那支歌是您用大海的激情教唱
> 忘不了您用纺车编织童话
> 忘不了您用犁铧唤醒太阳
> 忘不了骨肉情深患难相依
> 忘不了天涯海角举杯相望
> 故乡给我幻想的天空

祖国给我奋飞的翅膀
　　愿家乡山水飞金叠翠
　　愿锦绣中华灿烂东方
　　这就是我心灵的祈祷
　　永远感恩的赤子情肠

祖国，母亲！您听到了吗？这就是您的孩子要唱给您的歌，他会永远唱着歌走向生命的彼岸。

守望橘子洲

> 历史注定要在这个小洲上打一个惊叹号。
>
> ——题记

端午节这天,夏风格外的轻柔清爽。蓝天如洗,朵朵白云在从容地飘动,抑或它在思念着屈原那缕缕比碧玉更纯粹的感天动地泣鬼神的爱国忧民情愫。因此这风这白云才如此情意缠绵地亲吻着太阳的光芒。

粽子和艾叶及菖蒲的香味不断地从窗口溢出,酒虽然不再添加雄黄,但它的内涵和造型确实比以往变得更华贵和古典,就连杯盏也似乎更注重其雅致和文化的张扬。时代在演变,纪念节日的方式自然也会渐渐地要融入新的价值观念和审美选择。

一清早,我就来到了橘子洲。这不是橘子成熟的季节,自然也就没有橘子的影子和清芬。有的只是橘树满身的翡翠和摇曳在风里的多姿多情。这时,我抱着小孙女楚楚在绿意氤氲的树木、竹林、花间穿行。她天真的笑和小手活泼的指点、挥舞,总会不断地让我的心回归青春的时光,让我的情沸腾幸福的快感,让我的思绪飞翔美妙的畅想。当然,小孙女并不知道这个绿岛的神圣、深邃、秀美、炽情;这片时空的蓬勃、律动、经典、遥远。但她却在甜美地吸吮着阳光的妩媚,清风的温馨,游人的欢畅,还有彩蝶翔舞和柳絮翻飞的轻盈。

橘子洲,我不知道已经来过多少次,每次来的原因和理由都不同,但每次的感悟和心情却总是那样油然而生无限感慨和百般敬仰与依恋。而今天,我透过小孙女灿烂而粉红的笑,我似乎第一次把它的容颜、神韵、风姿领略得更加清晰、流畅。眼前的如茵芳草、葱茏树木、诗意奇石、幽雅修篁、绕湖涟漪、陈色古阁、风华碑亭，无不激情飞扬、灵气浩然。这一切都极其自然而亲切地被岳麓山高扬的紫雾，爱晚亭流泻的泉响，岳麓书院飘出的书韵，乃至古城天心阁上的霞光，湘江波涛上的帆影簇拥成一腔豪情、一颗文魂和一轮艳阳。而现在矗立岛之东南面位置的青年毛泽东的艺术雕像仍未改日出韶山时的风流和喷薄的神采，依然放射着耀天暖地、滋润万物的万丈霞晖。此刻，我匆匆走回峥嵘岁月和历史长廊，去倾听湘乡东山学校和湖南第一师范早晨那声声清脆的钟鸣。那是怎样吞吐烟波和撕碎心灵的悲壮时日；那是如何欲穿苍茫、叩问大地的沉重朝夕；那是断然抛弃功名、爱恋的风险选择；那是多么肝胆如焚、书剑在胸的青春年华。这个时刻，这群青年来到橘子洲。我敢料定当时的橘子洲肯定摇晃过，湘江浪肯定在急促地呼吸过，古城的石巷也肯定颤抖过。这实际上是文化号角被吹响，是精神的旗帜被高擎，是力量的惊雷在滚动，更是光明、自由在呼唤。正因为如此，100年后的青年毛泽东又走回他曾经击水放歌的沙洲，再一次用青春的微笑和飘洒梦想长发的衷肠来慰藉乡亲的怀念。我当然知道，就是因了这楚人与故土的秉性，一股担当民族兴亡的沉浮勇气，才在汹涌的涛头铸就绝世词响。问天也罢，问地也罢，问贾傅，问范公，问苍鹰，问红枫，毛泽东没有月迷津渡、雾失楼台的惆怅，只有坦荡淋漓、视万户侯为粪土的激奋心澜。

我知道，楚楚的妈妈在她朦胧婴儿心灵上，已用从多方面获得的智慧钥匙去开启她认识世界的窗户。告诉她眼睛、鼻子、耳朵、嘴唇还有头发和手肢的位置和形态。可现在她的眼前，有一个巨人，她无法想象母亲的描绘。她一定想问我，为何他的眼睛、鼻子、嘴唇、耳朵、头发和肩膀竟是这样和早晨的太阳一样充满朝气和活力，洋溢智慧和开朗。当然，我应该告诉她。这个巨人也是一个在平常的农家出生成长的孩子，只是因为他自己在迷茫中找到了路，找到了灯火，找到了曙光。他的眼睛才变得如此智慧明亮；他的鼻子才显得高峻雅秀；他的耳朵才如城似宫；他的嘴唇才抿得温厚滋润；他的肩膀才巍峨宽阔；头发才像自己的书法遒劲飘逸。他的整个音容都像他的诗词、文章、演讲那样凝重、浪漫、奔腾、壮烈、豪迈！是的，这个青年很普通、很潇洒、很时尚、很温情、很笃意,因此他会永远屹立在阳光、风雨、冰雪、清风中微笑、思索和遥望。是的,他的心中血脉里会永远澎湃古老中华民族灿烂文明和三湘山水与韶山乡情的浩气血液和天上黄河流成的汹涌乳汁。

人如山水,山水如人。思想、情感、意志、梦想、哲学、宗教、生理、艺术会在某个时刻、地点、环境中集结;会在某种缘分、相知、默契中涅槃;会在某次颠簸、断裂、缝合中升华。这便是天地人结合和酿制的千古绝恋和世纪轰响;这便是艺术精魂共山河生辉的真实写照;这也是水滴石穿、金石为开的现实启迪;这更是从容攀登、众山俯首的生动证明。

我在对楚楚说,这不是石头的雕塑,不是作秀时代的偶像,也不是神,而他是中华文化养育的潇湘之子,因之,他更不是雕塑家黎明和他的艺术团队的奇思梦想和艺术痴情所致,而是他们从青年毛泽东的一张旧照片上看到了这个潇湘之子,大地之子,炎黄之子曾经在深刻的理性思考后绽放诗意的一笑。而这笑容收拢之后,他的前额便呈现一片丰厚宏大的思想原野,双目放射的穿越岁月的亮光照耀乌黑长发的随风泛起的波浪,神灵似的梳理着艺术家们的复杂思绪,扫荡着艺术家心中的郁结。顿时,让艺术家们领悟和辨析了这个青年学子的宽阔胸怀和壮丽展望。此刻,艺术家们这才懂得,走回橘子洲的青年毛泽东,就是要用自己的心中的气韵和头颅肩膀线条流转成装点宇宙和大地之间的美丽精神世界。然后,他要让滔滔北去的湘江,永远唤回洞庭湖和长江逝去的青春波浪。

太阳慢慢地向中天移去,江风也缓缓地穿梭在洲上的络绎不绝的人流笑语里。橘子洲此刻在悠悠回旋着美好的忆念,生活的斑斓,渴望的甜蜜和梦幻的绚丽。这些留在曲径上的细微足印,亲密低语,还有照相机镜头前的虔诚面容,都在倾诉对一个远去老乡的深情感激和问候。我看到杜甫江阁上的琉璃瓦,湘江潇湘大道上奔腾的车流和大桥的肃穆凝望,都始终不曾卸下那份积蓄了漫长岁月的凝思和梦影。

如果要说自然之美、人伦之美、艺术之美是酿造冶铸人间天堂和美好人性的神灵,而我要说,不是神灵,而是上帝的愿景和本来的福祉在支配这个可知而未知的世界。上帝呵你就是祖国,就是上下五千年的文明和生生息息的黎民百姓。

我抱着楚楚继续向前走去,我走向了从韶山小路携来的阳光、雨露、彩霞和怀念与感恩的祈祷深处。我相信我们生存的世界不会是美国电影《2012》的绝望,也不会是阿凡达没有艺术生命和真挚的高技术魔幻。到橘子洲来吧!来品读一下湖湘文化和现代文化之积淀相融而锻造的天地之道,平民之心,江河之胆,自然之灵,文化之根吧!

　　充满阳光、绿色、梦幻的橘子洲呵!

　　勃发鲜活、雄奇、眷恋的橘子洲呵!

　　我永远守望你!

血脉深情的见证

> 人世间有许多奇迹，
> 人比所有奇迹更神奇。
>
> ——索夫克勒斯

那个难忘的秋日，上午的阳光还灿烂地照耀着这片刚刚拂去灰暗尘土的受伤土地。午后突降的稠密雨点，只一瞬间，两岸高峭的山壁便变得朦朦胧胧，就连脚下弯曲的杂谷脑河也只能听到浪涛的喧哗，却看不清它真实的面容。那是我心的伤痕尚未缝合的日子。确切地说是2008年的9月19日，我第一次来到理县。

接着在一个星期的时光里，我驱车走遍了我们湖南对口援建理县所定项目的村寨、峡谷、山巅、河畔。几乎每到一处都看到被地震恶魔撕碎和吞噬过的血痕和残迹，还有生命哭泣和亡灵留在残枝瓦片上的丝丝哀号与缕缕叹息。

回到住宿地，我很难入睡。远在北京的作家朋友知我到了理县，不断地给我发信息，嘱我保重身体。此刻此情，我倍感友谊的珍贵和人间真爱的无疆。我便用手机将在理县的感受又传到了千里之外。

> 感君抚慰步从容，
> 此处山川苦雨中。
> 乡亲对看心欲碎，
> 使命在胸沐东风。

东风来自北京，来自伟大祖国的大家庭，来自五千年文明生生不息的民族血脉。沐浴着从天安门广场吹来的浩荡东风，我看到整个灾区展现一片重建家园的壮美景象。

记得离开理县那天，我就向理县的同志说我一定会再来理县。两年后，我相信理县的灾后重建会是一番令人欣喜和振奋的情景。那时，我要组织湖南的文艺家来实地记录理县与湖南援建者们携手建设美好家园的雄健步伐，描画的山水新姿，弹奏的生活新韵。用文艺家的激情和祝福永远给理县人民留下美好的回忆和岁月的歌唱。

今天，我们真的来了，正值盛夏。许是老天也动情，天刚破晓，一轮金光四射的朝阳便升上山巅。我们乘坐着吉普车很快就来到了桃坪羌寨。那是我上次来时，曾含着眼泪穿过的古老石碉城堡和连片的石屋通道。当时悬在石屋顶上那块块狰狞的乱石影子至今留在脑海里。

此刻，桃坪羌寨的碉楼城堡就矗立在我眼前，露出兴奋的笑容。它的头顶白云飞渡，山鹰欢鸣。峻岩上的绿色树木正在挥臂向前来采风的文艺家们致敬欢呼。石桥下的山溪水也变得更碧透和声脆。

我细看，就发现原来碉楼和四周被损伤和毁坏的石屋都按照修新如旧的意念，经过精心设计，采用原始工艺和用料修复重建。一座重新用片石垒成的神形依旧又镀上了岁月风尘的古石碉城堡神话般地重新站立在蓝天下，放射着不灭的羌族文化的历史光芒。据《晋书·符登载记》中记载，"徐嵩、胡空各聚众五千，据险筑堡以自固"。桃坪羌寨是典型的羌族古堡。以古老的片石建筑户户相连的通道和纵横交错的地下水网而著称，被世人誉为东方古堡。我们走进碉楼寨子，羌族的姑娘热情地献上红色哈达和青稞美酒。这时，我激动的心完全淹没在这片石头长成的森林里，我又听到了来自遥远历史走廊悠扬羌笛吹奏的美妙曲子。也就是这飞入心中的美妙曲子，使我深深地感受到，我们总是生活在真爱和希望中。因为有爱，我们一道拭去悲伤的泪水，让痛苦、鲜血、抗争、挺立，铸就生命的阳光，融注热血深情和创造音乐、诗歌。

我们继续前行，途经峭壁的地段，还时有乱石凌空坠落。但我们都很镇定、踏实，大家明白，这种情况对于援建队员已经习以为常，他们总是乐呵呵地对我们说，什么苦和累，险和难，到了灾区才真正体会得到。两个小时后我们来到了被誉为红叶之乡的米亚罗。这时一条新修的盘山渠道出现在脚下。听陪同的援建队员说，是藏羌兄弟领着援建队员，爬坡攀岩寻找水源，开渠筑池。现在一条条流淌着清泉水的渠道和渡槽，在山岭峡谷之间穿行搭桥，把清泉送到了理县农村的千家万户。这是藏羌同胞日夜盼望的清水，现在真正流进了半山翠绿的菜地，流进了栽种着玉米和苹果、樱桃的高山梯田，流进了古老的山寨，也流进了乡亲甜蜜的梦里。我前次来就知道，这个叫作"三湘情"安全饮水和灌溉工程是湖南援建理县最早开工的项目。谁能想到这个惠及全县13个乡镇81个村占全县百分之九十人口，接近4万人的饮水和灌溉四万亩水田的巨大工程，只用了11个月的时间。而这些工程大都在海拔3000多米的高山地段施工，其艰难和复杂程度可想而知。当我在储水池旁边看到当地群众立下的碑牌上书"流水汇集三湘情，清泉喷发报党恩"的话语时，心里便泛起无限感慨！这时，我眼前又浮现了援建队长张银桥向我描述当时决策建饮水工程的情景。那时，他们刚进驻理县，还住在木板房里就挑灯熬夜听取各组下乡调查实情汇报。当他听到第3组的段云峰谈到浦溪村的严重灾情，居住的全部是羌族同胞，面临饮水困难时，一夜都不能入睡。第二天，就在乡党委书记恩波头的导引下驱车一路颠簸爬上了云朵之上的半高山蒲溪寨子。站在浦溪村寨的坍塌的石屋前，一眼望去，整个蒲溪乡的休溪、奎寨、色尔、河坝四个村子也尽收眼底。那些被地震撕裂割断和震塌的盘山公路和房屋、田园，看得让大家痛心流泪。恩波头用沉重的声音说："现在浦溪乡的当务之急就是抢修公路和解决饮用水问题，否则所有救灾工作都无从谈起。"恩波头的话震动了张银桥和工作队员，他们顾不得休息，接着就跟着老乡步行到三公里以外去找水源。一路上，当他们看着一栋又一栋被震塌的房屋，一条一条被撕裂的水渠，一群又一群向他们诉说的羌族兄弟，心里像灌了铅。乡亲们实在太难了太难了，一定要尽快帮助他们解决饮水问题。就这样，工作队立即把这个想法与理县的领导沟通，迅速地作出了决断。

是呵！地震过后，为什么灾区的一切会变得越来越美好？我们抚摸胸口、伤口，静下心来想一想，眼前就会浮现中南海彻夜不眠的灯光，全国哀悼日的半旗，特殊党费的红色纪念证，一个3岁儿童的庄严敬礼，神州曾出现的举国大救援行动。这一切只能在中国，也只有共产党领导的中国才能创造这种惊天地、泣鬼神的救援奇迹！

"要带着特殊感情全力做好对口支援工作，让党中央放心，让灾区人民满意！"当时的湖南省委书记张春贤、省长周强到理县看望援建队员们就是这样满怀深情地对大家说。这些话字字句句都刻在援建者的心灵上。来自湖南各地的上万名建设大军在高原山区安营扎寨，破雾迎日，他们克服重重困难，战胜严寒和强烈的高原反应。筑路的工人甚至冒着随时都有飞石和塌方的危险作业施工。就这样他们把一条条公路修进深山高坡，把一栋栋新建的民居集中区连接起来，形成新的居民点。一个又一个乡镇医院，一所又一所乡村学校都在新选的地址建立起来。明亮的玻璃窗，宽阔的走廊，洒满阳光的教室、病房，绿树和鲜花掩映的门楼，就像一幅油画在乡野铺展，闪耀着美丽的彩光。看到乡亲们的笑脸，听到孩子们的歌声，援建者们也笑了、乐了，他们的心中也和当地的村民一样荡漾着温暖和幸福春风。这是一条新修的理县小路，全长40公里，弯弯曲曲像一条美丽的哈达，一直盘旋到4000多米高的山巅。来自湖南的援建队员，一趟又一趟在翻山越岭勘探询查精心设计创意，一定要把它修成一条开放路、致富路、绿化路，因为路的一端正好连接着美丽的原始森林毕棚沟风景区，他们知道，多少年来，老乡在梦中都盼望有一条路把毕棚沟的神秘和绿色梦幻送到山外的世界。没有想到，在地震后的创痛里，这个愿望终于实现了。我们走在新修的公路上，仿佛看见一辆辆旅游车正披着灿烂阳光欢快奔向白云飘飞的美妙大自然的天堂。

在这里我要特别提到的是在地震中受重创的县城所在地杂谷脑镇。这个古镇名存七个朝代，有着自己独特而深厚的文化底蕴。县城位居一条稍宽的峡谷地带。理县所拥有的繁荣和风情、传统和习俗、特产和服饰、热情和古典、向往和追寻都在这里汇集流转和沸腾。正是目击这一切的深邃、神奇和张扬、律动。湖南把民俗博物馆、文化馆、广播电视中心、群众艺术馆和体育设施等场馆融为一体的文体中心建设，作为扶助理县的重点公益项目之一来精心设计和组织建设。这项巨大的综合工程在理县县委、县政府和各部门的大力配合下，已经雏形隐现，目前已进入装修阶段。近看这座高大雄伟而富有藏羌建筑风格和鲜明民族色彩的建筑群，我的心情异常激动！

这该是一片怎样美好的风景；一幅如何诱人的立体画卷；一首何等激动人心的凝固乐章；一条涓涓流向锦绣未来的知识和欢乐的河流。

接着，我们又来到了新建的潇湘大桥上，我让自己的眼光从脚下玉带般向前延伸的三湘大道向空中扫描，便看到了新建的理县医院楼顶上鲜红的"十"字和福利中心灰色的屋顶。一切是这样的鲜活、庄严，这样的蓬勃，充满血脉、深情、生命和绿色的神韵。当我们走进医院，看到来自家乡的医疗专家，握着他们颤抖的手，望着他们饱经风霜的脸庞，我的眼泪夺眶而出。是的，此刻，我在这片两年前飘洒着悲痛苦雨的天地里，看到了天空和煦的阳光，看到了碧绿的湖水和鲜花一样明媚的姑娘笑脸。我从新修的公路和新架的大桥的絮语中，我从轻柔的清风与新盖的楼房窗口的亲吻中，我从住院的病人和福利院老人的感激的眼神里，掂量到了祖国大家庭的深深情爱和无私支援的天高地厚，感触到了龙的传人的精神气和中华民族的一往无前的巨大凝聚力。

一直陪同我走访的理县县委书记蒋刚多次动情地说：理县的山水知道，理县的土地知道，这湘理深情浇灌的援建成果，会永远铭记在理县人民心中，会成为理县与三湘人民美好情谊的思念心结。在理县这片古老、美丽而遥远神奇的青山绿水间，我和湖南的文艺家们真真切切地在感受到世界最圣洁、最丰厚、最平实、最永恒的至爱和至美。我们一定会用心灵和心血，用虔诚和崇高来礼赞和雕刻这种流淌着血脉深情的生命灵魂之美。

这时，有悠悠凉风袭来，太阳慢慢隐进云层，天空飘拂着柔软的雨丝。四周连绵起伏的高山峻岭，渐次幻化成一片如帆如岛如宫的苍茫。我感到眼前的世界突然变得异常的静谧、清新、缥缈和梦幻。此刻，我的心感受到了一种从未有过的宁静和幽远，从未有过的清爽和慰藉。我真想让自己也变成一片绿叶，飞向天空，飞向细雨迷茫的杂古脑河沿岸的树林，永远栖息在这片绿色生命的海洋里！

梦回都江堰

> 宝壶口的江海情怀，倾吐着不绝的文化血脉和雨露恩泽。
> 离堆山却无时不在感叹头顶的烟雨，脚下的沉浮和岁月的颠簸。
>
> ——题记

头顶上的天光云影，眼前苍郁山岭撑开的葱茏翠盖，脚下奔涌的黄色波浪和飞溅的雪浪花，耳边的秋风瑟瑟的琴鸣，道边野草萋萋的曲径，给我勾画了一个极美的秋的盛景。我有心第二次瞻仰都江堰，是想来寻觅一个曾经失去的梦。

我凭栏伏龙观，目睹从前方苍茫峻岭间奔涌而来的岷江，继而远望阳光照耀，却仍显朦胧的映秀小城轮廓，心情又一次异常沉重。随行的旅游局同志告诉我，8月13日映秀地段又发生泥石流，伤口刚刚缝合的小镇又遭重创。这段日子来都江堰的游客明显减少。

就是因了这几句话，我置身其间的都江堰，突然变得更加巍峨神圣，变得更加深邃古幽，壮阔雄浑。两年前的汶川地震，虽然极其疯狂残忍，却只撕裂开它袖口的几道微缝，摇落了山峦庙堂和龙观的几片青瓦。这不能不使后人惊叹，2000多年前这座庞大的水利工程的神奇坚固精微雄壮，超越古典的敏锐，敬畏善待自然造福生灵的意志慧光。

我在想，一定是在岷江洪水汹涌，吞噬了两岸的村庄，淹没了千里平畴的那个血色黄昏。他站在玉垒山巅含泪伫立，让只识自身汹涌澎湃之势的岷江撕咬自己的心脏，让在浊浪中倒塌的房屋和旷野无归的百姓悲愤地诅咒。

他是李冰，年轻的秦国蜀郡守，就是这样一幅悲惨的水患图，不知道熬煎了他多少不眠之夜，刺痛了他肺腑之中的条条神经。他的感伤和自责是无以言表的；他的近虑和远忧是凝铸朝夕的。我又想，一定是在那些水涨水落，雨泼雪压的昼夜，他总会徘徊江岸、堤口观察、探测千年万年不被人寸心相系的水情洪情旱情灾情与自然的生生息息相连的所有举动和行径。他已经下定决心要拯救川西平原的百姓于洪波、天旱之中，他要担当起造福百姓的庄严使命。就是这个李冰，历30年之风雨，率众修筑了盖世无双的大型无坝引水工程都江堰。西汉史学家司马迁在《史记·河渠书》中这样写道："蜀守冰，凿离堆，辟沫水之害，穿二江成都之中。此渠皆可行舟，有余，则用溉浸，百姓享其用。至于所过，往往引其水益用，溉田畴之渠以万计，然莫足数也。"从此两岸"水旱从人，不知饥馑"，遂成"天府之国"。究其大智，李冰的所思所为所作所成，全在心系苍生敬畏自然遵循规律，既承袭了秦以前的治水经验，广泛采用了当时已知的治水器材和工程方式，更为巧妙的是他利用地形，水流的走势，别出心裁地设计出鱼嘴分水堤，飞沙堰溢洪道和宝瓶引水口三大水利工程。他的治水三字经"分四六，平潦旱，深淘滩，低作堰"的成功实践，创造了古老中国的治水奇迹，凝结成了中华民族灿烂的文化瑰宝，也铸就了善待自然造福人民的李冰精神。

这是多么光耀人间的壮举，值得后人代代相承的都江堰物华和精魂。然而，历史的演进，总是不以人的意志为转移，会在某一个时刻因多种因素和偶然发生令人心痛的逆转和偏移。曾几何时，人们无视自然的生命生息，轻薄自己的庄严使命，竟异想天开地做出了许多让天地哀怨、百姓遭不幸的选择。那种"喝令三山五岳开道，我来了"，"人有多大胆，地有多大产"的疯狂与浮躁，所造成的巨大悲哀，莫出水患。

此刻，我手摸着笼石的显露着黑色斑点的纤细篾条和用篾条绑扎的圆木三脚架，还有从江底打捞上来的2000多年前的古老石马，心中泛起别样的感慨。这是历史见证，更是历史的诉说。它在告诉我们，为政者应当怎样立德、立言、立功？心绪如水，云梦振翅，我坐在现代交通工具无声息的电动车上缓缓地穿行于绿树丹花、人流之间，仍然有一种轻松中的沉重，感叹中的痛楚。注目还残留在飞沙堰沙滩的树兜、断木、残枝，就又好像脚下的土地在晃荡，就好像头顶上的安澜桥在颤抖，就好像二王庙的金顶又在悲泣。真的，这便让我想起，当年李冰面对岷江水患的心情，该是何等的悲凉而夜不能寐。我也曾为一市之长，曾为江城的堤防而心焦和朝夕不安。每每遭遇洪水，看着浊浪排空，拍击堤岸，眼前就会自然出现大禹、李冰的身影和目光。是呵！寒夜晓月，路遥苍茫，茶马古道，庙堂钟响，庭前牡丹，篱边秋菊，赖有这种治水精魂、冲天勇气和风险担当，才能挽狂澜凿岩导江，才能伏苍龙而恩泽八方；才能万户洗悲泪，千里稻谷香。是这般人间秋色才能染出一城金甲，绣出千古镀金重阳，即使是白发登高也会气舒心畅。

这就立即让我情不自抑地要去看灾后都江堰的几个重建的项目。我的双脚一踏进那新建的医院、学校和居民社区，一看到眼前高耸的楼房和新剪裁的绿化场景，心里就萌发千红万紫的世纪憧憬和推心置腹的感动倾诉。这就让我想起梁衡的一篇文章《假如毛泽东去骑马》中的一段话，毛泽东"由吴堡过河到临县，向西柏坡进发，定都北京。他登上东岸，回望滔滔黄河水，激动地讲了那句名言：'你可以藐视一切，但不能藐视黄河'。"我知道自己没有能力解读毛泽东这句名言，但我依然朦胧地感到人在大自然面前应该是深怀一种怎样的情怀、态度和立场。其实这种情怀、态度和立场正是来自对国家、民族人民命运的深刻思考和理性把握。唯其如此，纵是天崩地裂、山河欲碎，天道、地道、人道会一起来支撑宇宙，扭转乾坤。汶川地震后，全国的大救援，两年的大重建所展现的气魄成就，时空转换，不是已经和仍在继续印证么？

此时此地此境，我心潮澎湃，浮想万千，我揭开矿泉水瓶盖，我要把水当酒，洒向滔滔的岷江，洒向宝壶口，洒向离堆，我不仅仅是祭奠远去的蜀守李冰，而更是庆幸曾经李冰为我们用竹片编织的那个梦，又回到了都江堰的涛头和离堆的绿荫花光里。

读雪归来

三月的北京,依然春寒料峭。

一早起来,我踏着尚未融化的积雪,来到了掠燕湖边,眼前的风景,在寒风里虽然生发着几分萧索,湖边的树木也未泛绿,地上的小草仍然绽露着枯黄的涩态,但湖畔亭阁边散步、跑步、骑自行车、打太极拳的人群,却是这般自如地挥洒着生命的活力和洋溢着对生活的盎然神往。

有一首写雪的古诗,其中两句立刻从我的脑海里蹦了出来。

> 梅须逊雪三分白,
> 雪却输梅一段香。

这诗描绘的梅和雪的形神、意蕴、韵味、美感,呈现出的精神内核与审美感觉是何其的奇妙、雅致、明秀、灵巧和古典、风润啊!诗人对于雪,对于梅的阅读,已经远离了常人的直观表达,而是从灵和情,真和洁的通透人性的感悟,从心底自然迸发出的对人世生命价值的明彻感叹。

有念于此,我停止了散步。我在深情地细看这覆盖在地上的残雪和湖上浮沉着的冰块雪朵。这时,太阳的光芒逐渐变得明亮耀眼,映射在残雪和浮冰上,立即散落成无数的金色光斑,随着气温的升高,便氤氲成一层层镀金的温暖,在柔意地抚摸着这个正萌动着无限诗意和宁静的初春世界。

我的心,突然被这种莫名的感动袭击,让我在瞬间忘记了自己所迷恋的圣殿，好像有一个声音在呼唤我。可我真不知道，这声音来自何方？

是的，我该回去了。每每这个时刻，是我读书和写作的时间。

我回到了自己的房间，我坐到了自己最熟悉的书桌前。这张桌子和我朝夕相处的桌子几乎是一样大小，一样的颜色和一样的木质材料，窗户也同样阔大和明亮，只是已拉向两边的窗帘布略显得要豪华和庄重些。没有关系，这丝毫不会干扰我的阅读和写作。

我捧在手里的中央党校教务部编印的《改进文风阅读材料》，竟让我不肯放下，尤其中那篇孙犁先生《读修辞》的文章，让我的心一次又一次地被震动和唤醒。

"语言，在日常生活中，以及表现在文字上，如果是真诚感情的流露，不用修辞，就能有感人的力量。"

"从事文学工作，欲求语言文字感人，必先从诚意做起。有的人为人不诚实，善观风色，察气候，施权术，耍两面，不适于文学写作，可以在别的方面求得发展。"

这真是至理至慧至明之言。孙犁先生把文学的灵魂和感情的神圣，全揉在一个"诚"字之中，该是一种怎样的情怀和目光呵！

这就让我想起仁者看山，能看到山之高远、深远、平远、阔远、迷远和幽远，智者临水就能感受水的自然、清澈、明净、淡定、从容和禅让。古代画家徐谓云："鸟学人语，本身还是鸟"，也在告诉世人艺术的无尘和崇高自然是真诚至上。就这样读着想着，我又想到了窗外的雪，我又立起身来，去望窗外那闪耀着银光的雪。雪呵！梅呵！人呵！心呵！也许都是雪捏得，才这般绵厚、蓬松、柔软、圣洁、无瑕。我就这样望着雪，我还没有放下手中的书，我在读雪。

> 我读雪的圣洁崇高与丰厚，
> 我读雪的细润雅净与飘逸，
> 我读雪的淡定坚守与深情，
> 我读雪的豪放幽远与壮烈，
> 我读雪的古典豁达与雄美呵！

读雪让我明白，我今后的读书和写作，一定要"心如明镜，清泉，不能掩饰虚伪"，这就是要珍藏梅之香，梅之魂，梅之秀。一定要记住叶圣陶先生的教诲"要站在读者的地位上着想。我们和读者就是靠文章来交心的，这个一点也不能马虎。这就叫群众观点。"作为一个作家，有了雪的情怀，梅的品格，就有可能真正做到有高度的文化自觉和文化担当，真正能为自然而鸣，为人伦而呼，为迷茫而叹，为深邃而泣，为悲壮而歌，为绝美而醉，为光明而殉！

　　这时，楼下草地的小路上来了几个环卫工人，他们推着小斗车，挥动着铁锹，在铲起堆在路边的积雪，一锹锹地往车斗里舀。看到这情景，我心情好惆怅，我好像会要失去什么！到底会失去什么！我自己也想不清楚。

　　就这样，我站在窗前，茫然地望着。

璀璨绽放梦想

奔流不息，九曲蜿蜒的浏阳河，从巍峨大围山的怀抱流淌出来，滋润着土地的斑斓和岁月的辉煌。在这片古老而美丽的历史天空，千百年来，浏阳河滋润和哺育了众多的英雄豪杰，领袖将军，他们的创举和声名，如天空的星月放射出耀眼的光芒，似云间的惊雷，回响在浩瀚的苍穹。

因之，人们都惊叹大地上有一条如此神奇而清澄的浏阳河，人们也愈加向往浏阳这片生长着故事和诗歌的热土和从浏阳人心中绽放出的梦想之花——浏阳烟花。

我曾经为浏阳烟花写过一首歌词，其中有一段是这样写的：

> 这是没有国界的庄严庆典
> 这是超越时空的共同梦想
> 神奇的烟花在空中开放
> 绚丽的幻景在眼前辉煌
> 闪耀东方文明的花光异彩
> 凝结五洲朋友的友谊向往
> 飞翔和平吉祥升腾幸福希望
> 今夜世界同欢乐今夜无眠月更亮

这段歌词我想表达的已经不是烟花的本身，而是因烟花燃放的效果所表达的深厚文化内涵及其审美价值。是想通过描绘烟花的璀璨编织的诗画梦幻情景，来书写烟花的美感与人的向往和欢乐的共振体验。

托尔斯泰曾经说过："艺术起源于人们把自己体验过的感情传达给别人，在自己心里唤起曾经一度体验过的感情，在唤起这种感情以后，用动作、线条、色彩、声音以及言辞所表达的形象来传达这种感情，使别人也能体验到这同样的感情。"以西方艺术大师的这个精辟论述来印证浏阳烟花所包含的感情体验、艺术创造、审美情趣以及将感情美、形象美、音乐美献给人类和世界的至爱情怀，那是再明确不过了。翻开中国烟花发展史册，我们知道，浏阳是中国烟花的发源地。有史料记载，浏阳花炮始于唐盛于宋，从极为原始的爆竹作为喜庆和驱邪之用，在民间流传。直到现今成为现代文化产业的重要支柱产业和品牌产品。它始终是凝结着一代又一代浏阳人热爱生活、向往欢乐幸福和追求美好梦想的情感与精神载体。尤其是当代浏阳烟花人，在科学高速发展的新时期，以智慧和想象的翅膀，托着烟花这个神奇的"精灵"，在祖国的天空乃至世界各地的星空，放射出火花银树、奇光异彩、梦幻图腾，并随着美妙音乐旋律呈现出如诗如画，如神话般奇妙的幻景和对美好生活的期待、寄托、展望、憧憬。

烟花的璀璨，实质上已经融于了烟花创意创作，燃放者的人格之美。著名学者刘再复就说过："在智慧、信仰、爱这三项人间精神高塔中，爱是最重要的。"就是因为浏阳花炮人懂得爱（人性之爱、自然之爱、祖国之爱）忠于爱，创造爱，奉献爱，也倍加珍惜感受爱。他们的智慧、信仰、意志和力量才会如浏阳河大围山那样源远流长，坚如磐石和蓬勃激扬。浏阳烟花放射的每一道光彩，飘洒的每一缕芬芳，都是爱与美的绽放，情和梦的飞腾，是心灵与自然的深情拥抱，是理想与光影的巧妙升华，是形、色、声、力的相融共辉，是诗书画乐的天成胜景。这一切无不倾诉着浏阳花炮人的美好追求，艰难探索，风险攀登和朝夕守望的赤子之心，海岳之情。从这个烟花星空建构的精神高塔，我们可以瞭望着一个无比纯粹、深邃、神圣、至爱至美的欢乐世界和心灵天堂。

有思如此，无论是从美学、诗学，还是人文学、经济学的视野来判断，我以为浏阳烟花也应是真正意义上的非物质文化遗产和独具历史沉淀，悠久传统工艺与深厚文化内蕴和心理慰籍功能的典型文化产品。

正如美国文化学者克罗伯和克格克洪在合著的《文化概念和定义的

批评考察》一书中指出的:"由外显的和内隐的行为模式构成;这种行为模式通过象征符号而获得传递;文化代表了人类群体的显著成就,包括它们在人造器物中的体现;文化的核心部分是传统的观念,尤其是它们所带的价值;文化体系一方面可以看作是活动的产物,另一方面则是进一步活动的决定因素。"这段精辟的文化"定义"论,用在浏阳烟花上何其贴切和类似,何其精当和透彻,又何其客观和能动。浏阳花炮作为一种文化产品形态,它确实是"外显和内隐的行为模式构成"的巧妙表达和展现,而且其象征符号又是那样的鲜明、形象、生动而富有色彩、内蕴和神形、灵魂。其核心是由传统观念的演变发展,到今日的科技和文化艺术,审美环保高度,都全方位地向世界展示其存在和发展的经济与文化的双重价值。

我们可以用更多的语言,选用更多的典型事例,乃至古今中外人们对烟花欣赏的思想、感情、艺术、审美的不同表达和论证来说明验证和阐述浏阳花炮的悠久、古典、原创、深邃和创造、升华,开放与时代性、文明性、娱乐性、演绎性的结合,更可以通过今天这样的高层研讨会的形式来集中大家的智慧和远见卓识,不断探索、提升创新花炮文化的角度去开辟更宽阔的花炮科研发展升华空间,使之在中华文化产业的大花园中盛开得更加缤纷、繁茂芬芳和光华四溢。

因我是浏阳山村走出的孩子,从小的梦幻便摘自浏阳花炮系列产品中的那朵朵绚丽如霞如蝶如伞的花光彩影,自然对花炮便情有独钟,而把记忆刻在心中,浪迹天涯。

曾经梦想自己也是一朵烟花,可惜我没有能绽放一星光彩。

今天应邀参加这个盛会,说出这些思考已久的话,能否算是表达了一点心愿,还请诸位指教!

油菜花的诗意

阳春三月，弯弯曲曲的浏阳河两岸的田野盛开着金黄色的油菜花。勤劳的蜜蜂在湿润的风里翔舞，忙着采摘春天的百花酿制的醇蜜。

我应家乡乡亲的邀请，去参加他们举办的油菜花节，看到乡野铺开的金色画卷，一栋栋新房掩映在绿树丛中，听着山村学校和果园飘出的书声、歌声，我的心也像灌了蜜，有说不出的甜美。

这时，河岸的山坡上从绿树里透视出的一座极富文化韵味别致的醒目的建筑映入我的眼帘。未等我开口，和我同行的镇干部便告诉我，这是新建的潭花小学。潭花小学，多么熟悉的校名，37年前，我从师范毕业分配到杨潭中学教书，潭花小学就在学校的附近。我还清楚地记得，当时的潭花小学不在山坡上，是在山脚下，学校的房屋是土砖盖瓦，连窗户都没有安玻璃，到了冬天是用旧报纸糊上遮寒风。因为这里偏僻贫困，那时许多到了学龄的儿童都不能上学，一到油菜花开的季节，在我们中学的操坪里经常看到一群群的少年儿童在玩耍，有的还趴在窗户上朝教室里好奇地张望。

看着这些失学的孩子，作为一名教师，我的心是沉重的。

后来，我离开了学校，到县里工作，直到在长沙市任市长。尽管岁月流逝，祖国大地发生了翻天覆地的变化，改革开放使城乡的面貌不断改观，然而处在偏僻山区的农村教师仍然处在艰苦的工作环境，孩子们上学依然困难重重。

这种真实的农村教育现状常常让我极度地不安。

如何改变农村的教育状况，让城乡孩子们都能沐浴祖国义务教育的温暖阳光，曾经有多少人民群众在盼望在呼唤！

2004年3月的全国人大会上，我和湖南代表团的十几位代表联名向大会提交了《改善农村办学条件，实行义务教育免费》的议案，同年的8月，我又接到全国人大科教文委的通知，参加了关于义务教育的座谈会议。当时，我的心情非常的激动，我在座谈会上非常动情地表达了人民群众迫切要求改善城乡办学条件和义务教育实行免费的强烈愿望，在座的代表都发出了同样的心声。

随着时间的推移，喜讯终于传遍了祖国的四面八方，让全国人民拍手欢呼。2005年12月24日，国家发布了《国务院关于深化农村义务教育经费保障机制改革的通知》，首次提出农村义务教育免费，明确流动儿童享受同城待遇，进城务工农民子女在城市义务教育阶段就读与所在城市义务教育阶段的学生享受同等政策。

这是从北京吹来的春风，这是党的政策播撒的阳光雨露，从此中国的义务教育开辟了崭新的天地，走上了金光灿灿的宽广大道。

现在到了江南油菜花开的季节，我们便会看到成群结队的农村儿童，背着书包，有的还穿着统一色彩和样式的校服，兴高采烈地去上学。他们真的就像一群群小蜜蜂在金色的田野上飞翔，沾花采蜜。像一只只春燕在树林穿梭唱着欢乐的歌。人们再也不会看到已经到了上学年龄的儿童散漫地在村头上坡上和田头玩泥巴，捉泥鳅。农民兄弟多少年日日夜夜的盼望，朝朝暮暮的等待终于如愿以偿。他们感谢党中央，感谢祖国的心情是无法言表的。他们脸上绽放的笑容，血脉里涌动的幸福，更加激发着他们去创造美好的生活，描绘时代更美的画图。

我知道，这个重大决策的做出，是党和政府倾听人民代表心声，反映人民的共同愿望的果断抉择，是党和政府关注民生，尊重民意，为人民和祖国未来着想做出的。这不是一个简单的决策，这是关系到建设全面小康社会，实现中华民族伟大复兴的重大决策。从党的十六大到党的十八大，10年时间，我国义务教育进入了普及时代，每一个老百姓都深切感受到了公平之光的普照。据有关部门对全国社会事业调查统计，老百姓对义务教育的满意度连年排在第一位。这个第一位来之不易，它是在人民群众的渴望和焦虑中盼到的第一位，它是在党中央把教育放在优先发展的地位创造的第一位。这个第一位，让曾经农村出现的"漏房子、黑屋子，里面坐个泥孩子"的现实一去不复返；这个第一位，让我国所有的孩子人生起点的第一课就能得到公平正义雨露的滋养和人格尊严的光芒沐浴。

这是中华民族的伟大担当和自豪！

这是新一代学子最大的幸福和荣耀！

想到这里，我的心情异常的激动。望着眼前这片放射着温暖阳光的金色油菜花，倾听者从山坡学校飞出的琅琅书声，我看到了祖国辽阔大地万紫千红的壮丽景象，感触着崭新时代前进的雄浑节拍。我迈开大步，沿着脚下宽敞的乡村公路朝潭花小学走去。

一阵阵沁人心脾的油菜花香，在春风里荡漾，一只只美丽的蝴蝶在路边的花丛中飞翔。此刻，我真切地感受到了春天的温馨和烂漫。

爬上山坡，一栋栋高大明亮的教室就耸立在眼前，穿着黄色镶着蓝色领子和袖边的学生们，正在操场上伴着音乐做操，那整齐的动作，朝气蓬勃的姿态，就像是田野盛开的油菜花在有节奏的起伏，摇曳。

我们走进明亮宽敞的教师，看见一台台电脑摆在课桌上，孩子们正在认真地操作。他们不时抬起头朝我们点头微笑，那微笑早已驱散了我心中残存了30多年的阴影和忧伤。老师还告诉我，现在农村贫困家庭的孩子政府还补助寄宿生生活费，学校里自己又栽种了无污染的新鲜蔬菜，孩子们能够健康活泼地学习、生活、成长。

这是一种怎样的历史转变啊！这是何等感人至深的画面和生活影像。她是中国农村教育的一串精彩镜头和珍贵光明的缩影，是古老神州大地永远绽放不谢的智慧和知识的锦绣花园。

啊！浏阳河岸的油菜花，你是我的梦，是一首写在乡村土地上深邃而缤纷的诗。

寻梦东江湖

很久以来，被誉为"山水岩雾经典"，位于湖南郴州资兴的东江湖，就像一个梦，在我的心中萦绕。

在月明桂花飘香的中秋佳节将在人们的期盼中走来的时候，我随《十月》杂志组织的全国知名作家来资兴采风，便有幸去一睹东江湖的雍容芳姿。

清晨，去东江湖的路上，车子跑得很快。一路上我就在想象这个时空将呈现的美好风景。只见沿路的山岭森林在秋风的微吹中轻轻的颤动，即使偶然看到一片稍宽阔的旷野，都好像一洼沉淀的翠绿默默地躺在秋阳的光辉里甜睡。再凝望远处的山脊，不管是横卧在山峰之间还是独立在云霞之下，都会同样染上微蓝的色彩。我就是期盼欣赏这样的诗意风景。因为这种风景才真正注入了人的幽思和审美享受，才能在这样的时空感受生命的怡然和时光的抚慰。

上午九点时分，我们乘坐的大巴缓缓驶入东江湖的坝下河流小东江。细看这小东江，实际上就是一条蜿蜒20多公里的修长峡谷。自从小东江的水从大坝底下的导流洞流出，就出现了明显的温差，于是便形成了小东江奇特的雾现象。此时，我从照片上看到的小东江飘浮的迷茫的白雾编织的幻景便出现在眼前。这种既朦胧、悠淡，又细微透明的水雾如薄薄的轻纱，在水面上散开渐次向空中升腾，慢慢变成了乳色的雾团氤氲在峡谷的长廊上。两岸耸立如翡翠的屏障和依稀可数的民居建筑都一隐一现地，像梦一般在阳光映射下闪耀。

这是一种无法用文字表达的空蒙、飘逸和缠绵、幽深。

这种时刻仿佛流动的河水，行驶在公路上的车，移动在沿江木栈道上的人影，都没有任何声响，只有清爽的微风卷着桂花的清香在雾里飘散。即使偶尔在淡淡的雾缕里出现的扁舟上的渔夫抛向空中张开的渔网的影子，仍然是隐约在寂静之中。

老乡告诉我，这种幻景对于他们来说，已经习以为常，可是从全国各地和海外慕名而来的摄影家们，却是如同来到了天堂。总是流连忘返，朝夕眷恋以至守望通宵达旦，极其用心用情地去捕捉他们心中的自然梦幻。

我当然能理解这些摄影家的心思，就像我知道自己的心思一样。我是诗人，我也多么想在这里寻找到自己的诗魂呵。穿过这片小东江的美妙雾幔，车子载着我们这些已经驿动的心，轻盈地向久以神往的东江湖飞去。

只一瞬间，横空出世在两岸青山最狭窄处的一座高157米，长438米的弧形水泥大坝就耸立在我们的视线内。我从半山腰向大坝仰望，就特别清晰地看到大坝的非凡气势和它那如峭壁般险峻的威严面目。这时，东江湖大坝就像是巍峨长城被截断的一段。此刻，正飞跨在云雾山巅。那还在升腾的雾气，如同鸟儿飞舞的白色羽毛，既无声又轻盈地朝天空飘浮。这是在城市上空无法看到的神奇幻影和大自然的美妙精灵。

在我们的神经兴奋点还没有被东江湖的神秘、神奇、神圣煮沸到极致的时刻，这时东江湖就完全赤裸的如冰清玉洁般，清澄地出现在我们的眼前。那真是神的造化呵，眺望这纯粹如天蓝色的湖水，荡漾着岸上的树木，映照着天空的云霞飞鸟，欸乃着湖面上的游艇和渔舟，簇拥着湖中的绿岛和丛林。鲜活地勾画着湖的轮廓与矫姿。显然，东江湖独有的温柔与自尊，深蕴的神奇与圣洁就全在湖水的荡漾与流泻里抒发得淋漓尽致，美妙绝伦。

我知道，这座大坝是历史与现实，理想与力量共同创造的治水经典，是时代的召唤和乡亲的期盼共同书写的生态文明建设的杰作，是大自然的恩泽与青葱岁月凝聚的生命记忆和人与自然亲近和谐的深情赞歌。

大坝锁注了无尽的春色和激扬的蓬勃。大坝抱住了160多平方公里的碧波雪浪，拥抱着81亿立方米的澄澈温情与浩瀚相思。

如舰如帆如城如宫的绕湖苍山和湖心岛屿,牵着云之手,披着雾之幔,白天在湖中照镜梳妆,月下伴着涛鸣凌波起舞。当你走进湖中最大的岛屿兜率岛则又是另一番风景。沿着石头台阶拾级而上,进入名叫"兜率灵洞"的天然溶洞,人们便会感觉到自己真正置身于一个神奇、缥缈、空灵、圣洁的世界。这洞全长一公里许,面积有近6万平方米。灵洞分前厅、中厅、后厅,其面积中厅最大。矗立洞内的钟乳石,其形状、大小、色泽,其鲜活、形象、造化让人叹为观止。无论是貌似太上老君,形如龙凤,状若龙宫,白胜冰肌,细比珍珠;流泻垂石幔,挺立傲琼树,玉烟饶雪塔,银佩落瑶池的千奇百怪的钟乳石,还是洞中飘浮的瑞气祥云,闪耀的星光皓月,生发的清静意蕴和无尘禅境,就会让在洞中徘徊游移的灵魂顷刻坠入梦幻天国,飘飘欲仙而远离俗世。这就是东江湖的玄妙之处,兜率之神。正如宋朝谢岩,他在所著《兜率岩记》言道:"大抵自岩口以至深邃,群石纵横曲折,四维上下皆钟乳石滴沥凝结而成,不留纤隙,玲珑穿虚,左右逢源,洞口辉映,入之迷人。"确实让"见者渴于咨嗟,未见者发于梦想。"

更令人感怀的应是那日日夜夜不息的推动发电机旋转的清流,东江电站从1989年建成发电,20多年来,它总是含情脉脉地把光明和灯火送到城市乡村,送到寻常百姓的家中,送到老人和孩子的欢笑里。

当我们弃舟上岸来到清江乡的万亩橘园,走进白墙青瓦、木地板、木栏杆的崭新农舍时,就真切地感觉到果然来了水乡桃源。

眼前漫山遍野的香柚和蜜橘沉甸甸地挂在枝头上,与碧波荡漾的湖水,形成了一幅异常生动丰美的秋光山色图。我们的到来,老乡们很是高兴,亲手把自己家的蜜橘送到我们手上。那份热情厚意,就像湖中的水,在我们心中泛起波浪。

乡长对我说,这个山庄的主人叫李万利,他今年70多岁了,是1978年修建东江湖的第一批移民,在山上他已深情守望了30多年。他带领乡亲们种果树,养鸡鸭,捕鱼虾,保护山林生态,发展农家乐,走出了一条湖区人民的致富路。在湖乡广泛流传的"唱山歌,种果木,捞鱼虾,走水路,奔小康"的顺口溜就是湖区人民的真实生活写照。为了纪念光大湖区移民的奉献和奋斗精神,资兴市委市政府还特地在县城的西山巅修早了一座"千福塔"。

是的，在东江湖的短暂旅行中，我们寻到了梦，发现了美。东江湖就是东江人民心上的画，生活中的音乐，创造中的雕塑。它是大自然的恩泽，鸟的天堂，水的故乡，春的摇篮。作家、画家和诗人想象中的深邃和灵秀，也是我寻觅了半生的生命寄托，情感归依与创作的源流和波澜。

我们泛舟回归，行进在东江湖的深情流盼与湖面太阳光构筑的金色航道上。这里的一切都归入了无尘的清静和无限的清凉。轻舟在水的光环里旋转飘动，湖的峡谷与湖的森林隧道便牵手朝我们走来。它们披着一肩的翡翠和一天的蔚蓝。我们身边这些数不清、叫不清名字的树木、野花、荆棘、芳草，还有缠绵的藤蔓和苍老的岩石，依稀在湖边山峦伫立的土屋楼阁也在湖水的清悠与柔软里晃动、伸展、跳跃，用壮阔、婀娜、苍劲、飘逸倾诉着远古和现实，空灵与丰盈，轻捷与敏锐的秋思与坚贞碎玉的婵娟情怀。

事实上，在近日落时的东江湖已变成了一面镜子，一面神奇的魔镜，它照耀着这个无尘有声，无语有形，无束有序的世界。用上帝赐予的圣洁、赤诚、真爱、妩媚、慰藉着近邻远客和来自异域的从天上飞来的地上走来的心灵和履痕。

东江湖的老乡呀！千万不要着急忧虑这万顷湖水会默守故土；这千般妖娇会藏在深闺，这绮丽风景会逊色天湖，这山水灵气会消逝云烟。因为东江湖，有东江湖的海洋胸怀，有东江湖的渊源深度，有东江湖的奇珍滋韵，有东江湖的文魂诗骨，更有东江湖的缠绵爱意。

你知道吗？因为在美国的康科德有个瓦尔登湖，19世纪中叶的美国思想家、文学家梭罗就写出了一本被称之为超凡入圣的好书《瓦尔登湖》，教诲世人应当去如何亲近自然，去感受心灵的纯净，精神的升华，而自觉履行好保护自然生态的神圣使命。可是，比这更重要的是现实世界的残酷，让现代人对水有了更多的获取和掠夺，甚至几乎为生存，为享受，为娱乐，为虚荣都对水，对愈是原生态，愈古老的湖泊与河流，用愈现代化的手段在索取它的血液、灵秀、纯粹、妩媚、明澈乃至宁静恬淡和深幽。20年前，我曾挥汗参与筑坝建造出的"株树桥湖"，就因为它的澄澈、生态、纯净并拥有2亿多立方的蓄积量，终于也在近年内被铺设100多公里的巨型水管把它引到了繁华喧闹的省城长沙，成为古城长沙的第二水源，让长沙居民喝上了没有污染的纯净水。然而，我知道，它也许是大自然怀抱永不枯竭的生命之水，但它不一定是人类取之不尽的生息之水。当我作如此思考时，我的心就会不安起来。是的，水对于人类，对于社会、对于自然本身、对于现代人的多种渴望，享用和贪婪它太重要，太面临创痛了。就因为这样，我也是始作俑者之一，参与了在湘江长沙望城蔡家洲修建综合枢纽的重大决策。其主要功能是通航、发电、蓄水、调洪、生态环境保护，从而达到提升航运力，增大蓄水量，储能发电，涵养水分，改善美化古城生态环境，装点城市景观和风姿，雕刻湘江形象和升华城市文化的精神气象。现在这座巍峨横跨湘江的航电枢纽大坝已经蓄水通航了。然而，怎么能讳言这也同样会是百利之中会有一弊呢。而对这可能出现的弊，我们又该怎样重视它，采取切实措施除弊兴利呢？我也知道，目前我们进行的"环境友好型，资源节约型"的"两型社会"建设，正是朝着这个目标努力的，这才是真正的以人为本的可持续协调发展啊！我还知道，现在省里也在研究规划如何将东江湖的水引到长株潭新型城市群，直接造福更多的人民群众，为全省的经济社会生态文明建设发展发挥更大的作用。然而，人应当是明慧的，在收获一种成就、荣耀、丰硕与自由时，也应知道可能会造成的某种伤害，丧失与不幸，乃至意想不到的毁灭和无法挽回的损失，只有读懂大自然，读懂古老原生态与文明，我们的生存探索才会更明智，更有价值。

因此，站在秋色中的东江湖边我要说，千万不要轻易去为它化妆抹彩，为它戴金镶玉，为它宣言鼓噪，为它电光霓虹，为它奏响华美旋律。要知道愈是高耸的山峰愈容易看清它的容颜，只有低洼的湖泊才永远沉淀不可猜透的谜底和恒久的忆念魅力。

而我在这将别离的时刻，想为东江湖祈祷。

东江湖，愿你的青春和雍容与天地不老！

湘江北去

这个秋日的早晨,让我很难忘记。

这是我近些年来看到的最美丽的湘江早晨。大约凌晨六点的时候,我就独自朝岳麓山的峰巅攀登。此刻的山林空气异常清新,山路上弥漫着一层薄薄的雾,它朦胧着山岭树木花草。雾气里散发的丹桂清香,在诱惑我张开大嘴,把这片清爽和温馨的香气吞进腹中。这时,曙色初露,如梦如缕,缠绕着山巅的阁楼和森林中的一切动静,包括鸟翅的轻轻扇动。

我伸开双臂,在山巅的观景台上,拥抱了氤氲漫山的湿润而恬静飘逸的气息后,天空的朝日,便撩开雾的面纱,将如金色瀑布似的光芒倾泻到眼前的苍翠山巅,林中幽径;铺展到闪着波光,滔滔北去的湘江和湘江两岸高耸的楼群。

天蓝得透明,蓝得晶莹,蓝得妩媚。江面上的轮船,大桥上的车流、江岸的树木,都极其清晰和异常生动地呈现在我的眼前。

我顿时激动万分,我的心跳得欢乐,我的眼角有热泪滚动。

十多年前,也是这样的秋天的早晨,我也来爬岳麓山,可身边匆匆而过的汽车喷射着浓浓的尾气,还拉响刺耳的喇叭。站在浑浊的空气里,阳光里晃荡着阴霾。凝望江岸耸立的楼群,在高高烟囱冒出的黑烟里,隐约隐现。那时的湘江就显得很老,很瘦、很黯淡。已经到了枯水季节,江边早已露出了它的百孔千疮和褐色的憔悴面容。而这种景况,曾让人心生发生活痛苦,而失去美好记忆。时任市长的我,就这样站在江岸上望着,我的心在流血。

那是2006年的夏天，我在日内瓦国际城市市长论坛的演讲中说："每一个人都有自己心中最美的城市。对于城市美感与魅力，感知与体验，正是我们对自己生存状态，自身存在以及生命价值的审视和体验。我相信，只要我们在城市的发展、管理和建设的过程中，更多地尊重自然，尊重文化，尊重科学，尊重人性，尊重环境，我们就一定能用自己的智慧和双手，雕塑出更美好的城市。"我从内心发出这番感慨时，自己也正沉浸在日内瓦这座美丽城市的山光水色和干净、有序、生机盎然的良好生态环境中。当时，我就想，我的城市，我心中的湘江，什么时候也会回归到这样的面貌？是的，湘人是有风骨的担当之人，也一定会在较短的时间里，雕塑出自己城市的崭新形象和生存空间。这些年来，长沙人就在以澎湃的激情和行动在实践科学发展观，用自己的智慧和双手，描画现代城市文明的新蓝图。我还清楚地记得，当时仅仅用了不到一年的时间，长沙城内外的烟囱就全部被拆除，接着大规模进行滨江两岸的棚户区改造。市内360多条大街小巷整理一新。尤其让人振奋的是，2007年12月，国家批准长株潭城市群为"全国资源节约型和环境友好型社会建设综合配套改革实验区"。这一重大决策，犹如浩荡春风，给湖南的绿色崛起，注入了强劲的"国家动力"。就这样，长株潭城市群开创新的一轮"两型社会"发展空间的序幕正式拉开。人们多年盼望的三市"融城效应"迅速凸现出来。从此，湘江流域的重金属污染治理，长株潭城际铁路建设，京广高铁，长株潭绿色生态核心区，湘江风光生态景观带、梅溪湖国际新城和湘江长沙航电综合枢纽工程建设项目，相继启动和全力推进。有数据显示，仅湘钢集团通过技术改造，每年减少使用煤炭43.5万吨，脱硫6000吨，回收固体废弃物280万吨。现在先进装备制造、新材料、生物、新能源、电子信息、文化创意和节能环保等七大战略性新兴产业，在实现发展转型的进程中，开辟了"两型"的试验巨大空间。从2007年至2011年，三市的国民生产总值就从3462亿元增长到8320亿元，占全省经济总量比重由37.0%上升到42.4%。尤其是两型社会的建设投资和绿色消费更加明显，科技进步对经济增长的贡献率已达51.5%。创新能力排全国第五位。新能源汽车、节能家电、文化旅游成为消费热点。长沙实现空气质量优良率、河流断面三类水率、污水和垃圾无害化处理率达"三个100%"。原来全国十大污染城市之一的株洲也迅速蝶变为绿色生态宜居城市。从此以天蓝、气清、绿油油、水灵灵的新面貌，告别了曾经黑乎乎、灰蒙蒙，常年向湘江直接排泄气味刺鼻污水的悲惨历史。

我沐浴温和的秋天阳光，欣喜地登上蔡家洲航电枢纽的雄伟大坝，放眼耸立在波涛之中的雄伟船闸，凝望正在蓄水的湘江辽阔水面，即将出现的湘江平湖的碧绿壮阔雄姿，想起人民群众曾经的热切期待，从此长株潭地区将告别枯水的困扰，千吨级乃至两千吨的轮船，一年四季可以通航的美好现实已经到来。再看看现在的湘江两岸已经筑起的固若金汤的防洪大道，堤上绿树成荫，堤坡花繁草茂。我心中的那份感慨与感激是无法言表的。当初我流泪的眼睛，今天却又一次流泪，这次是欣慰和感动的热泪啊！

当我驱车穿过洋湖湿地生态公园，我的心又开始驿动，我已经完全离开了往日的喧嚣和尘埃世界。望着眼前这些摇曳的青草野花，蹿飞的水鸟，闻着散发着湿润与泥土香的空气，就像置身在一个遥远而亲切的故乡梦中。继而我又走进岳麓山下的梅溪湖国际新城。这是一幅打开的诗意画卷。面积达三千多亩的梅溪湖，在秋风吹拂下，荡起轻轻地涟漪，四周的楼阁、绿树倒映水中。一座座弯如新月的桥梁跨越湖畔，接送着一群群的游人和一串串的歌声笑语。几天前，在梅溪湖中央绿轴室外剧院举行的"梅溪湖国际文化艺术周"的交响音乐会的精彩场面重新出现在我的眼前。享誉国际盛名的杰出索菲亚爱乐乐团首席指挥马丁·潘德列夫指挥的德国柏林交响乐队演奏的贝多芬第三交响曲《英雄》和中国歌曲《茉莉花》的优美旋律，仿佛又在梅溪湖的绿色空间波动飞旋，让我又一次陶醉在美丽绿色、柔美圣洁的诗意月光和水色情景交融的梦幻音乐世界。这时刻，我很自然地想到美国海洋生物学家、生态学创始人雷切尔·卡逊女士在《寂静的春天》给我们的提醒，由于工业发展带来很多的地方春天不见鸟鸣的可悲境况。由此也常常引发我对城市发展过程中，如何节约资源和保护生态环境的深沉思考。然而，眼前的现实在回答告诉我们，只要我们在城市建设和经济发展的过程中，始终重视和实施节约、保护、珍惜资源，治理环境污染和控制破坏、发展保护生态的具体措施,我们就会真正做到人与自然水乳交融,人的精神追求和审美渴望,社会的文明程度就会达到理想的高度。就会给自己创造出生态、甜美、纯洁的世外桃源而领略真正的幸福舒适和清新华丽。忘却尘世的纷繁、虚荣、浮躁、抱怨、消沉,让内心充满美好的向往,而真正诗意地栖居。美丽中国之梦就会变成生活的现实,朝我们大步走来。是的!每当我乘车经过新修的宽广平坦的城市林荫大道,望着高耸入云的楼群,沿着秀丽而洋溢着深厚文化底蕴和人文关怀气息的滨江风光带散步,徜徉在一片又一片绿意葱茏的草地和广场;流连在展示着现代化高端魅力的高新技术产业园;望着夜幕下闪耀着梦幻般神秘和星河般灿烂的亮化景观,仿佛置身于一个充满眷恋、美感,流动温馨的梦里。我知道就在这个梦里,人们在做"前无古人"的伟大事业,在用科学发展的雨露播种"两型"理念,让它也在孩子们的心灵上发芽开花。让"两型"的绿色、生态,发展循环经济的生产、生活新方式变成人们精神和物质生活的新潮流。

现在,我的灵魂又游走到了湘江之滨的靖港古镇和乔口渔都。这是一片别有洞天、景致淡雅而鲜活,极富文化韵味的新美世界。这里有层楼树影、古阁回廊、临水街窗、依岸栏杆。阳光和清风在和柳影絮语;历史记忆和现代风情在亲切握手。大自然的灵慧、古典的凝重、街巷的深幽、塔楼的弛张,都同时生发着历史的气息与当代生活的风采,还有游人的梦幻与审美慰藉。我走进用石板铺就的街道,眼光在触摸古老店铺柜台的凝亮光泽,门楼灯笼的童年记忆。看到小木船正从拱桥下穿过,我更体验着这个古镇和渔都的人们用微笑与轻松在打开江岸生活的空间,让彼此愉快地走出自己的住宅、庭院与近邻闲谈,在江边散步,让湿润的空气滋养自己,丰富的文化抚慰自己;让路过古镇和渔都的好奇宾朋,能尽情欣赏这美好的古镇风光。如果要我用最简约的语言表达自己的感受,我就要说,靖港古镇,就是用一个"古"字,在点染装饰了一批明清时期的古建筑群,把我们的灵魂牵进芦苇荡里白鹤亮翅的仙境中,去咀嚼款乃声中的渔歌丽韵;而乔口渔都,则用一个"水"字,为纽带串起了极富灵韵的渔乡水景、水产、水乐,让我们的双脚,被水的清波紧紧缠住,寸步不愿离开,只想多品味一回莲藕和渔姑的清纯与柔姿；而隔江相望的铜官瓷城，则用一个"陶"字，在显现"千年陶城"的古典风华，让人遥望红焰岁月的繁华景象，并将珍贵的遥想，直接抵达海上的陶瓷之路，重温"黑石号"上，打捞的五万多件长沙窑瓷器的神秘之谜。此刻，忆想起1200多年前远销西亚，写在瓷瓶上的"柳色何曾见，人心尽不同，但看桃李树，花发自然红"的诗句，就可以尽情想象，当时湘江铜官江畔的明媚春色，瓷镇盛况；当时的人文情致、开放胸襟。真的，于此一斑，就让我们看到了湘江在漫长的历史长河沉淀、流淌的湖湘文化神韵与人文精神波光。在这里，我不能不提到，在时下，湘江新河三角洲创新立体用地，实施人车分流，节约用地的新模式，在全国引起的强烈反响。再过几年，到这座新城建成时，你若来到这里，在地面上你会看不到汽车，只有来去匆匆的行人，而汽车尾气和噪音全部随着在地底奔跑的车流而悄然消失。这种中国目前唯一的城市建设模式，完全体现了绿色生产、绿色生活、绿色消费、绿色发展、资源节约、环境友好的新理念。仅以用地而言，节地率达40%，这个经验得到国土资源部的肯定并在全国推广。眼前正在冉冉崛起的新城高楼大厦，和江边的标志性文化建筑，博物馆、图书馆、音乐厅，显得雄姿挺拔，线条清晰。头上的蓝天白云和地上建设者，精心保护、栽种的树木、花草、绿地，一道放射着一片明亮和碧翠的鲜艳色彩。

  真的，已经发生的这一切，确实让居住生息工作在这里的人们始料未及。这是历史的一个瞬间，就创造了生活长河的一个精彩乐章。去年10月3日，我去了广西的兴安，是专程去寻访了湘江的源头灵渠。站在灵渠边上，看到依然碧绿晶莹如玉的渠水，我心中便有蓝色的海洋梦在徘徊，便有古老的秦月在闪耀，便有史禄披着绣有牡丹的长袍在开渠工地飘拂的影子。我情不自禁地在心中发出了"远古、原始、荒凉、苍茫缥缈成最初的波澜岁月，最初的文字、最初的竹简，总在书写最初的开拓和最初的繁荣"的深沉感叹。然而历史演进到21世纪的最初岁月，时光给我们送来了一个亲切、宜居、快乐的新世界，打扮了这条又美又宽阔又年轻的湘江。这是让我们的思想、理想和情感从低向高飞的崭新天地。它是让自然的精灵、哲学的思维、宇宙的神秘，乃至人们的想象都自由放飞的人间天堂。在这里不会再有禁锢生命和心灵飞翔的藩篱，而是更壮丽而美妙的憧憬在向我们招手。

　　此刻,夕阳从岳麓山巅收拢它最后一抹霞光,月亮已钻出云层,朝大地洒下温柔如水的光辉。我动情地站在杜甫江阁,朝轻笼着融融银色的橘子洲凝望,我在倾听月下湘江的轻声夜语,在企盼周末灿烂的焰火出现。这时,优美的音乐果真响起了,那如江雾般缥缈,似波浪般激扬的旋律,仿佛是从江涛里升起来的,给人一种润泽心扉,撩拨思绪的感觉。那随之在天空升腾的七彩焰火,绽放的奇异幻景,更像一群仙女,在蓝天上恣意翔舞,播散缤纷和辉煌。霎时,就把江心的橘子洲,装点得光彩绚丽,美不胜收。这也是湘江夜最美妙的时刻,也是会让世人叹为观止,展示湘人梦幻和创新锦绣的最壮丽时刻。这时刻,我们会看到耸立在橘子洲头的毛泽东青年艺术雕像,显得格外清晰和光芒四射。是啊!在上个世纪之初,青年毛泽东就是站在橘子洲头,激情满怀地沉吟着"看万山红遍,层林尽染,漫江碧透,百舸争流,鹰击长空,鱼翔浅底,万类霜天竞自由"的诗意秋色。而今天长株潭"两型社会"建设的浪涛,真正澎湃出了一幅活生生的,绚烂多彩的立体秋之画卷。这是雕刻在人们心上的崭新现实生活图景。然而,我知道,这只是一个起点,更加瑰丽的乐章和灿烂美景还在后头。

　　赞美湘江,我们用生活的创造和甜蜜。

　　湘江北去,永远滋润我们心中的梦想和期待。

总有花开

四月二十日，北京的阳光格外明媚，街道、亭院、绿地、广场，盛开的花朵和流翠的新枝，氤氲着一片灿烂而温馨的春光。这一天，也正是星云大师的"一笔字书法展"在中国博物馆隆重开幕。我有幸应邀出席此次书法盛典并又一次聆听大师的启示之言。看着大师的一幅幅书法作品，细细品味字中的深邃禅蕴和书法神韵，我仿佛置身于一个空灵、智慧、圣洁、深幽的世界，在沐浴一颗圣心的光辉，感触文化的血液在通体流动。睹字见大师，此刻，今年一月二十五日去台湾佛光山拜见大师的情景又在眼前浮现。

这天，下午3点50分，我从黄花机场乘机直飞台湾高雄市。

飞机在阳光与白云间飞翔。我凝望窗外的金色光芒与飘浮在高空的白色云朵，心中也奔涌着感情的波浪，脑海里也飘浮着记忆的流云。

那是2005年的7月间，已年近80高龄的星云大师来长沙讲学。当时他的眼睛视力就已经很差，几乎认不清事物的真实面目。但他静如止水的心境和他的博学、禅定与高尚修为，使得他的记忆清晰异常，思维逻辑如缕如丝。他演讲时，娓娓道来的妙语真言似潺潺流水，从他心中悠悠涌出，滋润着受众者的若渴心田。

岳麓山原本也是一座圣山、佛山和书山。大师在这里讲学，自然就会生成一种极好的情绪环境与虔诚氛围。我记得当时的听众十分踊跃，听得也十分认真，人人脸上都露出了欣慰的微笑。

星云大师演讲的内容，是他一直倡导并阐释的《人间佛教》。他始终主张以出世的思想做入世的事业。他认为传播人间佛教思想，就是要给人信心，给人欢喜，给人希望，给人方便，把佛法落实并应用到日常的生活中。他在演讲中反复告诫人们：身处纷扰的世间，人人无不向往到一个清净的国土。那么净土在哪里？其实，净土不在他方世界，也不在未来的时光，而是在当下。只要身做好事，心存好念，口说好话，当下人都可以创造，人人都可以庄严自己的人间净土。我还记得，演讲完毕，大家还久久不愿离去，众人心有所眷，因为人间真佛就在眼前。

回到宾馆，星云大师依然神采奕奕，欣然挥笔写下"千古长沙"四字条幅馈赠我。我愧领其赐，知是启迪之辞，故当倍加珍视，引为躬行。在这片平和与静穆的气氛感染下，我也冒昧地即时写了一副对联呈星云大师教诲。

　　　　星海若禅境
　　　　云辉映佛光

这副对联我现在重写后，留在自己的书房中。我想它应当成为我珍贵忆念。

我乘坐的飞机仍在平稳地疾驰。置身于这浩瀚云海，沐浴这霞辉万道，我感到自己离佛光山越来越近。

佛光山原来是一座荒山。1967年星云大师来到这里，他兴奋地说："人不来，佛来就好。"然而"云水三千，法弘五洲"。真的"人间佛教"之佛来到了佛光山。

未登临佛光山之前，我在飞机上尽情想象佛光山的巍峨、深幽、古典和神奇乃至缥缈禅境。然而当我的双脚真正踏上这片人间净土，我看到的却是如此的庄严、圣洁、典雅、宁静与文化、生态、灵秀。这座由荒山建成的大佛城，是在一道佛光的灵感点化下规划而雕刻而成的。它的每一寸土地，每一棵草木，每一朵丹花，每一颗石子，都可以读出一个故事，一句圣经，一株菩提和一缕馨香。

进得山门，左侧巨大壁照上写着的"如意"两个大字，就让来者的心迅速变得怡然而舒展。就在这分秒之间，感触到了此行的温暖与欢悦。

因为此时日，已临龙年的岁暮，山上的佛教学院学生正在搭桥竖架、张灯结彩，准备以佛光山寺历年的习俗迎接新岁的到来。

第二天清晨，我独自在大佛城的弯曲幽径上行走，细数这眼前出现的宝殿、佛塔、大佛、碑廊、禅林、会馆、云楼、水坊，可谓是处处生禅语，步步闻妙音。就是在树木、花草上闪耀的光芒和绽放的翠绿殷红，无不生发着瑞气和慧华。

星云大师已临87岁高寿，双目几乎失明，只能看到一片朦胧的光影。不可以看清世上任何一件物品的真实面目。对此，他坦然面对，依然笑语不断，不时还挥手示意。一个下午的时光，他竟执意导引在前，给我们讲述佛光山的今昔沧桑和创业艰难。为我们揭开佛光山开山历史的奥秘与人间佛教的光明世界。

我的感动是无法言表的。我知道，星云大师每到一处时的亲口讲述都寄托着他的一生念想和追求。他是怀着"我是佛"的心性，在给我们讲述他心中的善美和神圣，意念中的福祉与慈悲，一笔字间的云水与天地。

我从他的每句话、每个字中都看到了星光对尘世的照耀，生命对生命的关怀，佛性对人心的抚慰，自然律动对人世冷漠的温情。这时，我把在长沙写的一个"佛"字，委托湘绣大师精心刺绣成红底金字相赠予他，星云大师非常高兴地接了过去。

尽管他不能看清楚这幅湘绣的"佛"字，但我知道人性、山水、天地流动的信息，全凭他的宁静心智与博大胸怀完全可以真切的感知和审视。我从他的书法那一笔成章，挥墨有致，气韵流畅，风华盎然的疏密、淡浓、张弛有度的墨采和章法，就已经领悟到了他胸中和眼前的光明透悟和心灵深处的美韵滋润。

在我要离开佛光山那天清晨，我应邀去星云大师禅房告别，没有想到他在写字。只见他淡定挥毫，墨随意流，粗细相宜，一笔而泻。"花开见佛"四字便跃然纸上，照耀心扉。

"花开见佛"是何禅蕴？

我真想问大师，可大师便回头对我说，也给你写一幅字吧，你们湖南山水灵秀，不同凡响，我就写"湖光山色"行吗？

"当然好！"我惊喜万分。

"湖光山色"在他的挥毫瞬间呈现在禅案的素纸上,那应该是一片极其美丽而圣洁的山水与文化气息。我知道大师心中的"湖光山色"是什么,那便是尘世间的自然之灵、自然之美、自然之魂、自然之妙、自然之神。因此,这"花开见佛"不就诠释清楚了吗?在这里的"佛"我想应是人与自然的和谐相处相生相荣相承之福啊!

　　回到湘江之滨,我的心仍在大师身边徘徊,我一次又一次拿着我和他在一起的照片凝视,总想把心中的企盼表达出来。又是一个清风吹窗的清晨,我披衣起来,洗漱完后来到书房,立即想起大师挥毫的神态与气韵,也铺开了一大张宣纸。这时我看到了大师,看到了佛光山的寺顶、佛塔和天空的白云,还有山巅树上闪耀的红灯笼。

　　　　　　久慕大师怀大千,
　　　　　　慈颜细语道真言。
　　　　　　玉宇星云生紫气,
　　　　　　一笔字里有禅天。

　　接着我又想起大师跟我讲他的寺庙祈佛不焚香,只用纸卷托着小花朵放置佛前的水池表达虔诚之心。我亲临其境,那感觉是神圣极了纯净极了,也淡泊极了。于是我心中萌生了另一番感慨:

　　　　　　香炉静立不见烟,
　　　　　　尽沐芬芳共欢颜。
　　　　　　花开见佛由心定,
　　　　　　滴水知恩路万千。

　　是的,大师不止一次对我们讲要做"三好人",做好事,做好人,存好心。这样的人就是心里花开了,自己也就成了佛。其实,我们在世界上行走的人,都是食人间烟火的人,都有自己的梦想,都有自己生活道路的念想、伤痛、渴望、收获和欢乐。经过了漫长的跋涉岁月之后,能饱尝人生的酸甜苦辣,也感知了生存的沉重与期盼。在岁月中沉淀的悟觉与向往始终隐藏在内心绽放向善与向美的欲望，即使是无数的生活碎片也会像阳光一样温暖自己明亮的追寻，串起不停息的履痕去丈量生命的长度与厚度。我们不必也不一定成为完全脱离世俗的圣人，但我们一定要有心系霓裳，怀抱光明舞蹈于海阔天空，脚踏实地，勇于洞穿黑暗，战胜苦难，让自己的灵魂和心抵达纯净天地的坚韧意志。即便是走进曲折和颠簸，甚至沼泽与重峦，但无论如何，不能抱怨、失望、退却和徘徊，而是要把这种经历和沧桑，多读出一份心情和壮美，多思索出一份凝重和醒悟。这也许就是活着的另一种风光和生活的另一曲骊歌。

所以，我一直以为，人面对这人世和宇宙中的一切纷扰杂芜乃至惩罚、寒霜，只有一种精神才是永远的生命旗帜，那便是懂得对自然、对人生一切滋养自己身体心灵的雨露阳光、清风灵气的真诚感恩。这就是我认知的"心定"。这心定自然是一种修为和坚守，更是一种把握与自觉。如此，世上的知恩感恩者，脚下怎么不是路万千啊！

我从佛光山归来，我带回了故乡的"湖光山色"，带回了盼望花开的心灵祈愿，带回了祖国花好月圆、彩云同归的美好明朝。

此次，我从北京归来，我又带回了大师"一笔字"的紫气瑞彩，星光禅天，神韵心悟与总有花开的斑斓的岁月。

珍贵的人生忆念

八月流火，江城已进入酷暑盛季。

如果用镜头拍下湘江两岸的绿树亭阁，高楼大厦，江上的船影，山巅的云彩，你同样能看到满目的蓬勃生机。照片上构建的诗情画意，会让自己的心灵顿时浮起一片清爽和欣慰。这就是摄影艺术的奇妙和摄影家梦想寄托的生命价值。

李锦荣先生已年近70岁，他就是在这样的炎热天，带着自己的摄影作品集来到我的书舍。他想我能为之写序。我和锦荣先生早在20世纪70年代末就认识。当时，他在浏阳县委宣传部任摄影干事。县委、县政府的一些重大活动，县里发生的一些重大变化和重要新闻信息，都是他用镜头去捕捉和记录下来。

时间流逝，30多年过去了，翻开他的作品集，我不禁浮想联翩，感慨良多。这本集子收集的40多幅照片，生动地、真实地、及时地记载着时代前进的脚印，社会发展的缩影，浏阳独特的山水风光、文化胜迹、百姓忧乐、城乡变化和改革开放，创新图强，广大干部群众同心同德建设全面小康社会的动人情景和风采风姿。可以毫不夸张地说，每一个照片，都凝聚他的心血和智慧；每一个镜头，都折射了他的艺术坚守和奉献精神。我知道，李锦荣先生为人真诚善良，事职忠诚敬业。他的思想和品格，他的才华与精专，都能从他拍摄的作品中看到其沉淀的深邃思索和审美情趣。

收入集子中有一幅是我和时任县委书记张绍春，陪同革命老前辈王首道视察株树桥水电站现场工地的照片。

这张照片极为珍贵，它真实地反映了革命老前辈对家乡老区建设，经济社会发展，家乡父老乡亲，生活改善的亲切关怀和深情眷恋。那时，王老已80高龄，他坚持自己步行考察。一路上，他还谆谆教诲我们，要发扬革命传统，艰苦勤俭办事情，要时刻为人民群众着想，尽快改变老区的贫困面貌，真正把家乡建设好。株树桥水电站的建成发电，直到今天可从株树水库把洁净水引进长沙城，可谁又知道，其根其情其源却是真真切切地来自老一辈革命家的为民情怀和对家乡人民的一往情深。

人生苦短，但人生珍贵；人生如梦，但人生丰富。一个终身与摄影为伴的艺术家，无论他身在何处，行走多远，但他留下的这一切生活剪影，无声的呈现，真情的诉说，都会是永远鲜活、纯粹和不朽。因为它是历史和现实演进的最好见证；是时代与社会发展最真实的记录，是人民群众创造美好生活最生动的写照。

这些作品足见先生仁怀致远，精诚入化，高格纯朴的艺术品质。这本摄影集，可成为李锦荣先生奉献给家乡的一份美好期望，也是他自己珍贵的人生忆念。我真诚地祝贺李锦荣先生的摄影集出版面世。也愿李锦荣先生和他的摄影作品一样，永远洋溢和散发着梦想的光彩和生命的明晖！

心中的珍贵感念

有些感念，会伴你一生。

20世纪70年代末，我当时正在浏阳河畔的一个偏僻山村教书，我亲历了"文革"岁月，农村出现的颠簸和贫困生活现实。党的十一届三中全会后，农村在很短的时间里就发生了天翻地覆的变化，农业责任制的推行，农民脸上露出了久违的笑容。我任教学校的邻居家有位小青年很会拉二胡。在那些令人振奋的日子里，他几乎每天晚上都要坐在湖塘边拉一些动人的曲子。如《春江花月夜》、《洪湖水浪打浪》、《浏阳河》。这情景，其时便成了我曾经的乡梦。因了这种情之所系，我写了一首题为《湖夜听琴》的小诗。

> 十年，沉没了爱的梦，
> 冲走了他心中的歌唱。
> 人，也变成了水中的石子，
> 任岁月的酸楚悄悄流淌。
>
> 今宵呀！小溪里流着星星，
> 花枝上淌着如水的月光。
> 在这彩色的夜晚，
> 是谁深情地把二胡拉响？

这首诗邮寄到《湖南日报》后，编辑鲁安仁大姐非常热心地编发了，很快就见了报。我是从部队刚复员回乡的文学青年。那年月，身在僻乡的我能在省报发表作品，心中那份感激和兴奋是无法言表的。我坐在学校泥土屋的窗前，把刊登着诗的报纸看了一遍又一遍。我1968年参军，在部队就萌芽了文学梦，也发表过一些诗歌、散文。可也因"文革"的凄风苦雨，把这梦剪成了碎片，裹着我受伤的灵魂回到了家乡。真让我没有想到的是，这个曾经破碎的文学梦，又在故乡的土地上被省报的温暖春风吹出了新芽，终于在我眼前绽放出梦幻的朦胧晨曦。

写诗实际上在很大程度上是诗人信仰、梦想、血性、情感和向往的一种深情袒露与心底倾诉；诗会在自觉的构建和吟唱之中，把自己对生存世界的感悟、品读和自我生命的融入，以至心灵的激荡与慰藉，化作诗的意象与美感韵律最真实地表达出来。人在艰难跋涉中，渴望看到光明的前途，在痛苦的选择时，期待真情的抚慰。就是这样一首小诗的发表，自然会给我希望和力量。常有人说，读一本好书或者记住了哲人的一条古训，可以改变人的一生，给予他一个更加丰富而辽阔的生命世界。我以为这种感悟是理性的，也是被很多人的实践所证明。

我之所以几十年来，对《湖南日报》常存感激、感动、感念，一方面是她导引、扶持、激励我走上了文学之路；另一方面，在我从政后，无论是在基层工作，还是在长沙市任职直到今天，仍守望在文学艺术的百花园中，历届的报社领导、编辑、记者都是我的良师益友，都给予我以极大的、真诚的、及时的、充满友谊和热情的指导、帮助、支持。这些年，我在省文联工作，为宣传湖南文艺三百工程，《湖南日报》就和文联共同开辟了"湖南文艺家"专栏。为全省的文艺家亮开了一扇接地气，感触生活与时代脉搏，通向现实世界与艺术高境的窗口。在这个窗口，它让三湘四水的父老乡亲，尽览了湖南文艺的无限风光，注目了当代湖南文艺家的卓识风流。

今年是《湖南日报》成立65周年。回顾它走过的光辉历程，铸造的丰盈业绩，开启的辉煌新途，我为它自豪，为它感到光荣。欣看今日湖南发展呈现出一片欣欣向荣的局面，改革开放铺开的锦绣蓝图，"四化两型"、"三量提升"，全面小康社会建设迈出的铿锵步伐和正在书写中国梦湖南精彩篇章的政通人和的万千气象，作为省报，所作的贡献，起到的舆论引导、提神鼓劲的作用，是值得我们大加点赞的。我深深知道，湖南人爱自己的省报，办报人更珍惜自己的责任。每当我们翻开《湖南日报》，就能真切地感受其敏锐的思想光芒，宽阔的开放胸襟，激扬先锋的文风品格，求是担当的创新精神。它始终把宣传党和国家的方针政策，表达人民的心声和期待，作为自己的庄严使命；时刻把忧党、忧国、忧民的情怀与崇尚真理，歌颂光明，鞭挞黑暗，传导正能量，结合起来，尽其最大的努力，去激发人民创造美好生活，为实现中华复兴的中国梦而奋斗，作为自己的毕生追求和人生幸福。

有感于此，在此，我深怀敬慕和感念之情，真诚地祝福《湖南日报》永远年轻、勤达、敏慧、壮美、辽远。是可谓：

一报频传千万家，春风尽润芙蓉花。
岁月难摧纸笔老，只因有梦在心涯。

湘江浩荡的人文气象

暮秋时节，岳麓山的枫叶红了。站在岳麓山巅望满谷的红枫，心中燃烧着一种久违的激情。自从湘江航电枢纽拦江蓄水，江城的秋天再不见了往日湘江干涸的惨景，裸露的河床和浑浊的江水，便一去不复返了，重现在眼前的是久日盼望的"漫江碧透"、"百舸争流"的新美景色。

湘江是长江中游南岸重要的支流，干流全长856公里，自西南向东北斜贯湖南省东部全境，途径永州、衡阳、湘潭、长沙等17个县市入洞庭湖。2013年5月，国务院水利部和水利普查办认定"湘江源头在永州市蓝山县紫良瑶族乡国家森林公园的野狗岭"。从此蓝山被正式确定为湘江的源头。

从远古流来的湘江，虽然它只是中华神州大地的一条不大不小的河流，但数千年来，它承载的历史文化丰盈积淀和近当代文明的厚重璀璨，犹如灿烂星空的那条银河，放射着无比夺目照耀人世的光芒。

我是湖南浏阳人，浏阳河是湘江的支流，我也是喝湘江水长大的。因此，对于湘江这条母亲河的爱与神往胜过对自己生命的珍视。对于湘江的遥远昨天，乃至今天的寻觅阅读思考，就自然多了一些凝重、苍凉和激越。而今天，我要在本文里侧重叙说的是湘江独特的物华景观和浩荡的人文气象。或许这样，最能表达它的灵魂精义，天地肝胆，江海情怀和精神形象。

湘江，是一条乡愁浓郁缠绵的江。只要我一翻开《离骚》读到"临沅湘之玄渊兮，遂自忍而沉流。卒没身而绝名兮，惜壅君之不昭"就仿佛看到一位形容枯槁的老人站在江畔，任满头披发在日暮的江风中飘拂。他望着滔滔流淌的江水沉吟："哀民生之多艰，吾心向善，虽九死其犹未悔。"然后，他怀抱一块大石头，一头栽进滔滔的汨罗江。这就是战国时楚国的屈原。他是我国历史上第一位伟大的爱国主义诗人。他是抱着忧国忧民的家国大愁,而投江明心。这份沉重和悲怆,是数千年来的龙舟竞发都无法承载的,因而著名的《乡愁》诗人余光中发誓"要做屈原和李白的传人,与永恒拔河"。唐代诗人杜甫也曾经支撑着自己清瘦的身影,在湘江岸边寻幽仿古,留下了"夜醉长沙酒,晓行湘水春,岸花飞送客,樯燕语留人"的诗句。而坐在江边"独钓寒江雪"的柳宗元,更是全身心地被潇湘沃土缠绵乡愁的浸染,不仅写出了"披草而坐","倾壶而醉","意有所极","梦亦同趣","余无以穷状"的《永州八记》,更有反映湘江沿岸劳动人民底层生活痛苦的不朽之作《捕蛇者说》广传后世。柳公在文中悲叹"孔子曰:'苛政猛于虎!'吾尝疑乎是,今以蒋氏观之,犹信。呜呼!孰知赋役之毒,有甚于是蛇者乎?故为之说,以俟夫观人风者得焉。"如此,另一种滋味的乡愁,不能不令人刻骨铭心。只要沿湘江泛舟而下,现在依然可以看到江岸山碧如翠屏,林壑掩古寺,老树依瓦屋,泉飞深涧,雁越群峰,花草拂路的秀美画卷。如果你走进江边的靖港古镇和乔口渔都,这里的层楼树影,古阁回廊,临水街窗,倚岸阑干,柳影花光,还有石板铺就的街道,小楼的灯笼都会挂满缠绵乡愁,和遥远岁月沉淀在款乃水中与木船上的渔歌丽韵。而隔江相望的铜官窑,早在唐代就有大量的陶器远销南亚和北非,开通了"海上丝绸之路"。从沉在海底"黑石号"上打捞上来重见天日的5万多件长沙窑的陶器,就可以让我们想象当时湘江之滨陶城的红熔奇观与瓷镇盛景。据史料记载"釉下彩"最初就是从湘江边的铜官窑烧出来的。当时盛传的"入窑一色,出窑万彩"的流行说法,就形象地描绘出铜官窑技艺的神妙无双。不仅如此,把诗词和广告的创意融入铜官窑的陶器之上也是长沙人的首创。如陶器上书写的诗:"君生我未生,我生君已老,君怨我生迟,我怨君生早。""去去青山远,行行湖地深。早知今日苦,多与画师金。""春水春池满,春明春草生。春人饮春酒,春鸟弄春声。"以及"郑家小口天下第一"的广告语就可以看到1100多年前湖南当时的开放胸襟、文化异彩和流向世界的别样乡愁。即使到了20世纪中叶,湖南画家齐白石笔下的莲蓬、虾影;作家周立波书中的《山乡巨变》都仍然散发着浓郁缠绵、扣人心弦的乡愁乡音乡恋。

湘江，是一条文化悠远卓绝的江。讲到湖湘文化久远的历史渊源，我认为"三皇"中的炎帝创立的农耕文化，如《周易·系辞》中说："斫木为耜，揉木为耒，耒耨之利，以教天下"就为其奠定了文化之基，而后舜帝南巡"崩于苍梧之野，葬于九嶷"。他弘扬的孝敬父母、谦恭礼让、以德治国、举贤任能的道德文化，同样深植于潇湘沃土，滋养着湖湘文化的久远源流，渐成江涛澎湃于神州大地。自从20世纪70年代在湘江东岸马王堆出土的西汉长沙国利苍及其妻、子的墓葬和发现的3000多件珍贵文物，其中，尤以轻若烟雾、薄如蝉翼、织技高超的素纱蝉衣的重见天日，惊绝于世。相隔20年后，在走马楼出土的涉及社会、政治、经济、军事、法律等方面内容的三国吴简，都以月轮开残照，文字若玉鉴，辉耀古今的卓绝之灵，鲜明而凝重地展示出千古长沙的深厚文化积淀，放射出湘江长流不息的人文智慧波光。若步入和走近依然肃穆地伫立江岸的贾谊故居、岳麓书院、岳阳楼和重修的杜甫江阁，你就能听到看到长沙太傅贾谊挑灯孤吟，挥泪写下："纵躯委命兮，不私与己。其生兮若浮，其死兮若休；澹乎若深渊之静，泛乎若不系之舟。不以生故自宝兮，养空而浮；德人无累兮，知命不忧。细故蒂芥，何足以疑！"独自感叹"夫祸之与福兮，何异纠缠；命不可说兮，孰知其极！""天不与虑兮，道不可与谋；迟速有命兮，焉知其时。"的《鹏鸟赋》；更有范仲淹伫立岳阳楼，掩卷沉思，发出"先天下之忧而忧，后天下之乐而乐"的焚心倾怀。在这里我想印证的是，湖湘文化的源远宏阔和兼容并蓄。以张栻为例，他是四川绵竹人。因他在长沙成长并入仕途，而又在岳麓书院常与朱熹坐堂会讲，启迪学生，故他的思想自然融入了湖湘文化的滚滚波涛并放射出奇光异彩。如他在《静江府学记》中说道："凡天下之事，皆人之所当为。""然则讲学其可不汲汲乎？学所以明万事而奉天职也。虽然，事有其理而著于吾心。心也者，万事之宗也。唯人放其良心，故事失其统纪。学也者，所以收其放而存其良也。"在这里，张栻明白地指明，万事明于"物理"，"性理"又能力行其事，全在发挥"心"的作用，即"心也者，万事之宗也。"但"心"既可以是"良心"，也可以是"放心"（缺失了的良心），故只有"收其放而存其良"才能真正"明万事而奉天职"。这就深刻地阐明了学习的目的在于"收其放而存其良"亦即"正心"。在这里，我要特别提到湖南道县人周敦颐，世人又称其为濂溪先生。他24岁步入仕途，虽长期担任州县小吏，但为官清正、勤勉，处世超然。大诗人黄庭坚称赞他"人品甚高，胸中洒落，如光风霁月"。周敦颐是中国思想史上享有盛名的湖南籍人，他的《太极图说》、《通书》被公认为宋代理学的开山之作，他对湖湘文化弘扬发展起到了砥柱作用。就以他所著《爱莲说》为例，就成为世世代代的读书人喜欢阅读并藉以修心养性的座右铭。如文所言："予独爱莲之出淤泥而不染，濯清涟而不妖，中通外直，不蔓不枝，香远益清，亭亭净植，可远观不可亵玩焉。"其文采、精义、哲理无不撼动人心。这就充分验证了他在所著《通书》之《陋》中所言："圣人之道，入乎耳，在乎心，蕴之为德行，行之为事业。"这种修养的功夫的关键是"诚心"，亦即纯其心。而我以为《爱莲说》的精魂就在于他形象而生动地诠释了心性修养的高标与通达。这就从儒家文化的维度揭示了人格理想实现的途径。

当潇湘云水，南岳紫气，驻足韶山，时光流逝的滴水之恩于19世纪末，又在湘江边的湘潭县孕育了天之骄子毛泽东。当他走进湘江边的湖南第一师范学校，他便得到了杨昌济、徐特立等进步教师的影响指导，在那里他结识了蔡和森、何叔衡、萧子升、杨开慧、向警予等怀梦者、寻梦者。那一天，他和同学们游过湘江，伫立橘子洲头，望江上的风帆，天空高飞的苍鹰，一腔热血涌上心头，他猛然发出了"问苍茫大地，谁主沉浮"的天问。自此，他胸怀"改造中国与世界"的伟大理想，开始寻找点燃梦想的火把。他读《新青年》认识了陈独秀、胡适。他在北大图书馆，如饥似渴地读书，终于在茫茫黑夜中看到了俄国十月革命的光芒。从此，这个湘江的优秀男儿，他背着行囊走进农民、工人的队伍中，走进大革命的洪流，走进血与火的岁月，开始抒写关于太阳照亮东方的壮丽史诗。

简略地回顾这些，就会让你从心里沉甸甸地感知湖湘文化的源远流长，厚重丰盈，博大精深，更为其独特的思辨触角，公利天下，居德行仁，求变求新，自强不息，文武张弛有度的湖湘风格和气派所倾服。纵横流长，不断创新，开放兼容，在发展中不断激发活力的湖湘文化，犹如湘江是众多支流汇合涌起壮阔的波澜一样，推拥着湖湘文化在不同历史时期出现一个又一个高潮。影响深远的湖湘文化既熔炼出尧舜古风，屈贾情怀，朱张文气，毛蔡风流的文化禀性、文化气质和淳朴重义，忠勇尚武，自强不息的文化精神，又哺育了一代又一代英雄的湘江儿女叱咤风云，为民立极，在风雷激荡的历史长河中，掀舞时代狂飙。正如史学家孟森所言"嘉道以还，留心时事之士大夫，以湖南为最，政治学亦倡导于湖南。"细数这个历史时段，在中国大地站立并举帜行进的湘江骄子确实灿若群星。从被称为"晚清第一人才"的湖南安化人陶澍开始到之后的曾国藩、左宗棠、魏源、贺长龄、胡林翼、彭玉麟、罗泽南、郭嵩焘等代表的湖南人开创了"同治中兴"的历史局面。

湘江，是一条思想深邃激扬的江。湖湘文化实际上是求是新锐，笃行担当的文化，它极具负重奋进，务实求真的人文品格。我们走进岳麓书院就能看到悬挂在头上的"实事求是"的匾额。这就是湖南人思想之所以迸放闪电的思想内核，也是湖湘文化思想的精髓。从王船山提出的"天理广大"、"格物致知"到魏源倡导的"公天下"、"利天下"、"富天下"，在《海国图志叙》中提出的"师夷之长技以制夷"、"经世致用"思想和毛泽东把"实事求是"作为中国共产党的思想路线，都充分说明千古湘江赋予中华思想文明史的惊世杰绝的非凡贡献。

在这里，有必要对湖南衡阳人王船山对中国哲学的非凡贡献作适当的注释。王船山14岁中秀才，曾就读岳麓书院，后因为抗清救亡奔走，被清廷通缉，隐居家乡的石船山著书立说，留下了逾八百万字，包括《周易外传》、《周易内传》、《读四书大全说》、《读通鉴论》、《宋论》等名著在内的百余部著作，成为整个宋明理学的反思者与总结者，也成为此后中国哲学新取向的预示者，与顾炎武、黄宗羲并称为明末清初三大家。王船山在《读四书大全说》（卷8页944–945）中说："唯天之命，于穆不已"，只是动而不已。而动者必因于物之感，故《易》言"感而遂通天下之故"。即此是天地之心。圣贤以体天知化，居德行仁，只在一"动"字上。故恻隐、羞恶、辞让，是非之不相一而疑相碍者，合之于动则四德同功矣。在这里，王船山极力主张"居德行仁，只在一个'动'字上"。他认为"动者，道之枢，德之牖也"。只有通过'动'，世界才能真正和谐,生命才能充分实现,否定'动'最终只会走向否定生命和世界本身。但他在肯定'动'时,也强调'时',因为圣人之动,必因其时。"然终古之时,皆圣人之时也。时,因其盈而盈用之,因其虚而虚用之。"这就是要因时明道知势而善动。在这方面,湖南湘乡人曾国藩亦同样有自己的领悟。他认为"于穆不已"(深远不息)的天命体现为人物之性,再分殊为"时出不穷"的人性之理和万物之理。由之,他强调三个基本观点:其一,"性不虚悬";其二"尽性之命";其三,要随时"顺理"。这三者就形成了务实、开放、健进的精神。

正是由于博聚众智形成的这种思想体系才能使湖湘文化思想海纳百川,融汇百家,天人合一,知行合一,格物致知,因时善动,与时俱进,为湖南人勇立潮头,敢为人先铸就了思想武器和信仰旗帜。我们完全可以这样认为,深受湖湘文化思想精华滋养和润泽的毛泽东思想是中国思想库藏中最经典丰富最具实践价值的宝贵财富。

湘江,是一条物华锦绣神奇的江。1938年出土于湘江西岸宁乡月山铺的四羊方尊,是商朝晚期青铜礼器。这是我国尚存商代青铜器方尊中最大的一件。其每边边长52.4厘米,高58.3厘米,重34.5公斤,长颈,高圈足,至后部高耸,四边上装饰有蕉叶纹,三角夔纹和兽面纹,尊四角各塑一羊,肩部四角是四个卷角羊头。同时,方尊肩饰高浮雕蛇身而有爪的龙纹。目睹四羊方尊,你自然会感到其形其状其神所蕴含的神圣、仁德、祥瑞、祈愿之意。这个被史学界称为"臻于极致的青铜典范",正好说明湘江的物华锦绣,神奇绝伦。由此,我们可以想象。当时江南的富饶美丽,铸造技术的发达和鱼米之乡的百姓对五谷丰登、人丁兴旺的期盼。

你若乘舟上溯湘江的上游郴州苏仙岭,在石径中穿行至白鹿洞石壁前,就能看见字迹依然可辨的"三绝碑"。此碑文高52厘米,宽46厘米,十一行,每行八字,行书。所写内容是宋词人秦观的《踏莎行·郴州旅舍》一词,苏轼写跋,书法家米芾把词和跋题写在石上:雾失楼台,月迷津渡,桃源望断知何处。可堪孤馆闭春寒,杜鹃声里残阳树。驿寄梅花,鱼传尺素,砌成此恨无重数,郴江本自绕郴山,为谁流下潇湘去?

1960年3月,毛泽东到郴州,闲谈中两次问到"三绝碑"的保护情况。

同时，他还兴致浓郁地背诵了《踏莎行·郴州旅舍》。接着谈了秦观写这首词时被贬的遭遇和难言的凄楚心情。是的，睹物思古鉴今，会让我们感悟一地一山一石一木的文化含义，魂形象征，情感寄托，生命真谛和眷恋向往。说到物华锦绣，我在这里不能不提到浏阳的烟花鞭炮。那可是一个巧夺天工的美丽精灵。浏阳花炮始于唐盛于宋，它穿越千余年的时间隧道，远涉重洋，四海扬名。他的美妙无比的焰火幻景，给人们带去向往、祝福、欢乐和友谊、遐想。无论是夏威夷海湾，还是摩纳哥上空，世纪奥运的不眠之夜，以至友好国家国王的庆典都有浏阳烟花焰火所凝聚的湘江儿女的梦想、欢乐、智慧、友情，随着喜庆的雷鸣而纵情绽放。这是任何别的声光色载体不可比的。宋代诗人辛弃疾对烟花幻景更是情有独钟，他在《青玉案·元夕》词中兴奋写道："东风夜放花千树。更吹落、星如雨。宝马雕车香满路。凤箫声动，玉壶光转，一夜鱼龙舞。蛾儿雪柳黄金缕。笑语盈盈暗香去。众里寻他千百度。蓦然回首，那人却在，灯火阑珊处。"这是一幅多么迷人的画卷！到了新的世纪之初，浏阳的烟花焰火，更注入高科技的含量，不仅色彩艳丽，图景变幻无穷，而且安全环保更加洁净玲珑神奇。到了夜晚，每逢节庆之时，你就能在湘江的两岸、浏阳河畔欣赏到美妙的音乐焰火晚会。浏阳人自豪地赞美自己的烟花焰火："直上霄云身自碎，化作辉煌伴雷鸣。香风花雨曲不断，播撒人间万家春。"

　　湘江，是一条壮怀激烈雄伟的江。如果你走进浏阳河畔谭嗣同的故居，看到他留下的崩琴，望着堂前他依然器宇轩昂的画像，你心中便会涌起怎样的感情波澜啊！谭嗣同既是湖湘文化滋养的潇湘伟男，也是湖湘文化的发展播撒了心血和肝胆智慧的血性书生。他在自己所著《仁学界说》中说："仁以通为第一义"。"通之象为平等"。"通则必尊灵魂，平等则体魄可为灵魂"。"仁为天地万物之源，故唯心，故唯识。"从以"通"释"仁"或认为"仁为天地万物之源"的独见来看，正体现了谭嗣同的一贯主张："道非圣人所独有者，尤非中国所私有者"。正是因为谭嗣同重"道"贵"仁"，因此他才能够做到"各国变法，无不从流血而成。今中国未闻有因变法而流血者，此国之所以不昌也。有之，请自嗣同始。"这种"我自横刀向天笑，自留肝胆两昆仑"的壮烈之举自然属于伟大的思想先行者。

当我们唱起《国歌》，那激昂雄壮的旋律伴着心中的誓言"中华民族到了最危险的时刻，每个人被迫发出最后的吼声，起来！起来！用我们的血肉筑成我们新的长城"的时刻，我们就会立刻想到在湘江岸边诞生成长并毅然投入战火硝烟的人民戏剧家田汉。

田汉写的这首歌词，淋漓尽致地表达了中国人为中华自尊、自强，为国复兴，要自立于世界民族之林的为国为民的壮怀激烈和英勇牺牲精神。这字里行间跳动的雄壮旋律中，自然地浮现着湘江的忠魂和义胆，血性与崇高。特别是在辛亥革命，新民主主义革命和社会主义革命和建设的洪波大潮中，湖南人更是力挽狂澜，不畏艰险，不怕牺牲，勇往直前。孙中山曾动情地说："难怪湖南的大地是红的，这是湖南革命党人的鲜血染红的，没有湖南人便没有革命的成功。"事实正是这样，出生在湘江边长沙县高塘乡的黄兴就是和孙中山一道领导辛亥革命的先驱和领袖。章太炎满怀敬仰之心，在黄兴的追悼会上撰挽联曰："无公乃无民国，有史必有斯人。"是的，只要当人们忆起黄兴居功不傲"为国尽瘁，亦属义不容辞"，"难可自我发，功不必自我成"的这种以天下为公、威勇、德劳的高尚品格时，谁人不感叹黄兴将一生献给中华民族，献给民主共和的赤胆丹心！蔡锷是打响护国讨袁第一枪的儒勇将军。有人评论说：古人说名满天下，谤亦随之。可蔡却打破此例，他的成败生死，不论是友是敌，是新是旧，莫不对他由衷称道。理由很简单，蔡以天下为己任，却不以天下为己。因而在他 1917 年 4 月 12 日，魂归故里，国民政府为其在岳麓山举行国葬时，虽大雨滂沱，送葬者依然蜿蜒数里。史称"民国之有国葬，实自东坡始"。只要细细地品读湖南历史上出现的这些风云人物，我们就不难发现湖湘文化及其精神对人的精神指引和产生的强大精神力量与坚韧意志。同时，湖南人的大义柔情，宁玉不折也是堪为旗帜。被称为"同盟会死难第一人"的刘道一受尽酷刑，仍历数清政之残暴，中国之危亡，在公堂大声呐喊："士可杀不可辱，死则死耳！"后不幸于 1906 年 12 月 13 日，被清政府杀害于长沙浏阳河外，年仅 22 岁。其妻曹庄闻丈夫噩耗，便自杀以殉。这种夫妻情深，家国一体，肝胆相照的人生取向，怎不令人挥泪致敬。正如其兄刘揆一之妻黄自珍所作《哭娣妇曹守道》诗云："万里风霜一国民，巾箱脱尽赠长征。陌头杨柳春无怨，塞上烟云日有心。"

当日本军国主义悍然发动侵华战争，平型关战役中，重创日军精锐部队的115师政委就是湖南人罗荣桓。就连国民党军队中的"抗日三杰"也都是湖南人。当新中国刚刚成立，美帝国主义就把战火烧到了鸭绿江边，抗美援朝保家卫国带兵挂帅出征的将领又是湖南人彭德怀、杨勇，毛泽东则把自己的大儿子毛岸英也送到了硝烟弥漫的战场。这是何等的英雄气概，壮烈情怀，山河意志。这样我们既可以回答屈原、贾谊、柳宗元、范仲淹这些胸怀天下，心忧百姓的士大夫失意后在湖南仍然用生命之光，智慧之光，理性之光铸熔湖湘文化的光辉灯塔和信仰归依。同时，也使我们更加明悟爱国主义是湖湘文化最首要而笃行光大的优良传统。早年，岳麓书院张栻父子的爱国情怀就堪为师表。张栻之父张浚曾官至宰相，他力主抗金，重用岳飞、韩世宗等名将。所以张栻就任岳麓书院山长后，还毅然把几十个学生送到抗金前线。曾在岳麓书院受业的左宗棠为收复新疆，64岁时还率西征军，命人抬一口棺材入疆，以示不收复新疆决不生还的决心。

正是因为湘江具有得天独厚的地理环境和"常德山有德"，"长沙水无沙"的山水妙化，所以湖南的人文精神，既有山的凝重，竹的气节；泉的圣洁，水的灵动；加上湖南人喜欢食辣椒，便在血脉中多了一股百折不挠、坚韧前行的"辣性"和"刚劲"。又由于湖南人善植桑养蚕和制作绣品，在他们的心性情感想象世界又富于柔美、热烈、真诚和坦荡。这就不难理解，为什么中国造纸术的发明者蔡伦；中国四大书法家之一的欧阳询；著有《猛回头》、《警世钟》，为抗议日本政府颁布的《清国留学生取缔规则》在日本东京大森湾而投海殉国，时年31岁的陈天华；力主民主政治的国民党创始人宋教仁都是湖南人。据有关资料佐证，为怀念陈天华的以死殉国来唤醒中华民族的自尊、自强的壮烈行为，12年后去日本留学的周恩来满怀敬仰之心写下这首诗："大江歌罢掉头东，邃密群科济世穷。面壁十年图破壁，难酬蹈海亦英雄。"

读唐诗我们不会忘记，在那个月光如水，照临湘江的暮秋夜晚，诗人王昌龄站在江边吟道："留君夜饮对潇湘，从此归舟客梦长。岭上梅花侵雪暗,归来还拂桂花香。"此情此景,我们完全可以想见,古时湘江的清波碧浪,轻舟若云;江岸的草木茂盛,花雨缤纷;江面的澄明辽阔,梦追彩虹。

是的,这条悠悠曲曲、深幽坦荡、明媚柔朗、奔腾激扬的湘江,那日夜不停息的涛声,在永远倾诉一个永恒的梦。这梦无论是对于日月天地,山光水色,草木泥土,断桥老屋,古巷渔港,总是不绝于耳,于目,于心,于流动的岁月。世人总是试图在聆听波涛的声韵里,去解读它神秘的密码。然而,谁也没有能够真正抵达它的内心深处的灵魂世界,却只能如此这般地,去尽心领悟,湘江留给我们的历史光影与现实浪鸣。

他或许读懂了湘江留给他的梦。

胡耀邦这个在浏阳河边放牛的少年,还不到13岁(于1915年11月30日生),就在家乡文家市参加了毛泽东领导的中国工农红军,从此走向革命漫漫征途。几十年的南北征战,风雨兼程,历尽千辛万苦,胡耀邦始终不忘心中的信念和梦想。直到20世纪70年代末和80年代初,在这个历史转折的重要时期,担任了中国共产党的主席和总书记,肩负起了领导全党全国人民振兴中华的历史重任。80年代初,他在谈到改革时说:"要搞四个现代化建设,必须进行一系列的改革,改革要贯穿四个现代化建设的整个过程,这应该成为我党领导四化建设的一个重要的指导思想……总之,要以是否有利于建设有中国特色的社会主义,是否有利于国家的发达,是否有利于人民的富裕幸福,作为衡量我们各项改革或对或不对的标志。"(《从红小鬼到总书记》人民日报出版社2014版第486页)现在读起这段精辟论述,我们依然倍感亲切、振奋,如雷贯耳,如涛涌胸。我们仿佛又看到了当年胡耀邦的忙碌身影。这就是湘江,赋予它的儿女"公天下"、"利天下"、"以民为本"、"实事求是"、"敢为人先"、"变革图强"的无穷精神动力和登高望远、胸有海岳的宽阔眼界。

历史是从江河开始书写的。水与天地与自然与人气息相通。江河之水赋予人类生活的物性、灵性、理性和心性,是千古永续的生命血脉和文明渊薮。湘江得天地之惠,自然之灵,人气之化,以其独特的地域和星宿方位与宇宙全息相通,从古至今,一批又一批的非凡才俊在这片神奇的土地上，明"道"求"理"，百折不挠，以其至真、至美、至善、至如的追寻与坚守，萌发演绎熔铸成如江波浩渺的湖湘文化潮流以及胸怀天下，爱国图强，求索笃行，忠勇担当的"湖南人底精神"（陈独秀语）。而这种文化和精神，几千年来早已沉淀和孕育成湘江生生不息的文化气韵和道德甘霖，从而哺育着一代又一代优秀的湘江儿女叱咤风云，创造惊天伟业。而这种文化和精神，又早已汇入中华民族伟大文化与灿烂文明的洪波巨澜和宏伟殿堂。正如钱基博先生所说："张皇湖南，而不为湖南，为天下；诵说先贤，而不为先贤，为今人。"（《近百年湖南学风》中国人民大学出版社，2004年版，第112页）。此言一语中的，道出了湖湘文化和湖南精神并非局限于区域独有，而极具普遍性意义的道理。只要我们稍为用心梳理一下湖湘文化的源流、潮涌、波峰和它包容的集古代儒学、哲学、文学乃至天文地理、宗教、军事等方面的丰富内容与不同时代的历史人物和领袖的壮举和学说，以及在潇湘大地呈现的人文风华，近当代风流，就能极其鲜明而生动、深远而厚重地折射出湖湘文化和湖南精神，所深蕴的文化自觉意识与探索精神；尊重历史，崇尚自然，敬畏先贤，信任现实，改造和完善现实的非凡实践智慧与担当情怀。这就能更清晰地看到湖湘文化，其文源之深，文脉之广，文气之盈，文魂之达，文华之灿，绝杰华美的真实面貌，亲切地感触湘江的浩荡人文气象与壮美文化旋律。

湘江就是一部历史大书，一部生动雄伟的历史史册。它记录着湖南人为中华民族复兴，人类文明和平发展所做出的卓越创举和辉煌业绩。据统计，中国共产党创立时出席中共代表大会13个代表中，湖南就有3位。新中国成立时，湖南人分别担任了第一任共和国主席，第一任全国政协主席，第一任中央军委主席，第一任国防部长，第一任总参谋长。中央授予的十大元帅，湖南有3位，十名大将，湖南有6位，57名上将，湖南有19位，177名中将，湖南有45位，1359名少将，湖南有129位。自1994年选聘两院院士以来，湖南共有104位。被誉为"世界杂交水稻之父"的袁隆平院士，就是在湘江之滨，书写着"一粒种子改变世界"的壮美诗篇。即使从湘江岸边农舍走出的普通士兵罗盛教、雷锋、欧阳海，都以他们短暂的青春生命的履痕，折射出湘江的壮丽雄美，文化思想精神光辉和奔流激荡的赤子情怀。

我们读湘江的乡愁、文化、物华、思想、情怀，就能感知它的厚重遥远，雄浑壮美，宏阔凝重，波撼山岳，气蒸宇宙，在明悟天理，变革创新，担当图强等许多领域开中国风气之先河，绝非偶然。正是湘江，湘江的魂、血、神、美，孕育和滋养了它的儿女，赋予了儿女们独有的照耀古今的思想火炬，精神雷电和时代风流。

> 西南云气来衡岳，
> 日夜江声下洞庭。

这江声就是湖南人心中的梦想和激情的澎湃倾诉，也是三湘大地永远沸腾的创造活力和辉煌壮志的纵情飞扬。

书剑肝胆托昆仑

浏阳河是一条秀美、神奇的河。是一条流淌着血性和思想的河。今年是谭嗣同诞辰 150 周年。谭嗣同就是在浏阳河的乳汁滋润下，成长并走向变法图新的风雨征途。

坐落在浏阳城北正南街的谭嗣同故居"大夫第"，虽然历经一个半世纪的风霜雨雪，但它却尽览天地人间的沧桑演变，岁月血火，惊雷呐喊，铁马冰河，秋月春风。它依然如塔，庄重肃穆，静默矗立，在时空的长廊上思索、凝望。

虽临暮冬时节，天空又飘着细细的冷雨，当我们走近"大夫第"，看到门前高大的香樟树，依然郁郁葱葱守护着庄严的门庭，就仿佛有一股暖风扑面，心胸豁然开朗。进入前厅，铜铸的谭嗣同的半身雕塑就立在眼前。尽管厅内的灯光不是很明亮，但我们却感到整个空间飞扬着一个伟大灵魂的浩气和圣光。此刻，我的心情异常的激动。我立刻想起了1865 年 3 月 10 日这个日子。这一天，谭嗣同就是在这里睁开了瞭望世界的眼睛，发出第一声啼哭。我深知，记住这个日子，其实是铭记着中国一段沉重的历史，忆念着一座崇高理想与精神的山峰。我在谭嗣同的卧室注目，在天井久久徘徊，睹物怀人，我又看到了谭嗣同满腹哀怨，挑灯夜读的身影，感触着他面对国家危亡，潸然泪下，仰问苍天"天涯何处是神州"的焚心情怀。他又拨响"蕉雨琴"。此刻，他心中洪波涌起，仿佛衡岳祝融峰也正朝他走来："地沉星尽没，天跃日初熔。半勺洞庭水，秋寒欲起龙。"① 这是何等的英雄担当气概呵，他要在半勺的洞庭水里，抖尽严寒如蛟龙奋起，去拯救国家民族危难。

在那些凄风苦雨的求索路上，谭嗣同一直在寻找救国图强之路。他是孤独者，又是勇敢者，他是探索者，更是躬行者。1894年，谭嗣同正好30岁，他一边积极投身于当时正在兴起的维新运动，另一边，他又筹划以传授西学为主的浏阳算学馆，"生等籍隶浏阳，闻见僻陋，窃以天下大计，经纬万端，机牙百启。欲讲富强以刷国耻则莫要于储才。欲崇道义以正人心，则莫先于之学。而储才、立学诸端，总非蹈常习故者所能了事。""如此仰恳饬谕浏阳县知县立案，准将南台书院永远改为算学馆，为湘省之先导。"谭嗣同向湖南学政江标呈书要求建学馆，表达了自己愿"为湘省之先导"的办学志向。② 之后他又亲自到学馆讲课。他还不止一次对学生们说："鄙人深愿诸君都讲究学问，则我国亦必赖以不亡。所谓学问者，政治、法律、农、矿、工、商、医、兵、声、光、化、电、图、算皆是也。"③

谭嗣同办的算学馆旧址我曾经去看过，至今维修良好。念及此事，今人不能不惊叹谭嗣同当年的宏阔视野、智思独见和远大胸怀。也正如此，在自己所著《仁学界说》开篇便说："仁以通为第一义。以太也、由也、心中也，皆指出所以通之具。""通之象为平等。通则必遵灵魂，平等则体魄可以为灵魂。灵魂，智慧之属也；体魄，业识之属也。智慧生于仁。仁为天地万物之源，故唯心，故唯识。仁者，寂然不动，感而遂通天下之故。不生不灭，仁之体。"④ 谭嗣同以"通"释"仁"认为"仁为天地万物之源。"所谓"万法唯心"，这里的心亦指"仁"。阐明这个哲学道理，意在说明这是人类发展的最高阶段，可以"纯有灵魂，不有体魄。"对于《仁学》之重要哲学价值，梁启超在他的《清代学术概论》中说"其尽脱旧思想之束缚，夐夐独造，则前清一代，未有其比也。"事理正是如此。谭嗣同撰《仁学》之初衷就是想创立一种阐明"心学"

---

① 《谭嗣同全集》中华书局1981年版，第76页。
② 见《谭嗣同全集》岳麓书社2012年版中《上江标学院》一文。
③ 见《谭嗣同全集》岳麓书社2012年版中《南学会讲义：愿学者不当骄人》一文。
④ 见《湖湘文化名著读本》湖南大学出版社2012年出版，第288页。

并"包括政与学而精言其理"的新教以救国救世正心。其主要目的是呼吁国人:"今日宜扫荡桎梏,冲破罗网"①。所以他在《仁学》中尽诉"今日此土之愚、之弱、之贫、之一切苦","以速其冲决网罗。"如此耿耿丹心,昆仑高标,便如火把砥柱,自然在苍茫大地燃烧挺立。这也就让我们从深层理解谭嗣同为什么用自己的血肉之躯殉道行仁。

在这里,我不能不提到,谭嗣同在遇难前夕,和泪写下的与妻书。书中的行行文字充溢着他的千般柔情,万般眷恋,至纯情愫,闪耀着照彻尘心的熠熠光辉。

闰妻如面:结缡十五年,愿约相守以死,我今背盟矣!手写此信,我尚为世间一人;君看此信,我已成阴曹一鬼,死生契阔,亦复何言。唯念此身虽去,此情不渝,小我虽灭,大我长存。生生死死,同住莲花,如比迦陵毗迦同命鸟,比翼双飞,亦可互嘲。愿君视荣华如梦幻,视死辱为常事,无喜无悲,听其自然。我与殇儿,同在西方极乐世界相偕君,他年重逢,再聚团圆。殇儿与我,灵魂不远,与君魂梦相依,望君遣怀。戊戌八月九日,嗣同。

我们不难想象其妻李闰读到此书信时的悲怆情景,那是无法用文字表达于一斑的。由此可见这对恩爱夫妻的剑胆琴心、忠义襟怀有如朗月,永照世人。

谭嗣同的一生虽然短暂,但他留给我们的道义担当精神,渊博的学识和深邃的思想,刚正气节,则是不可以用年龄的长短来衡量评价的。他出身官宦人家,其父又官至巡抚,但他的童年、少年乃至青年时代,都是极其颠簸、彷徨、痛苦乃至遭受心灵肉体之磨难。他字复生,就是因童年逃过了"白喉"重病一劫而得来的。加之他自幼丧母,父亲为官在外,又承受了后母经常不理性的对待,在他的心灵深处留下了许多连平民百姓的子女都不曾有的泪迹和血痕。这一切都使他深感人生的苍凉、

---

① 1897年正月《致汪康年》。

迷茫、无奈，甚至绝望。因之也迫使他离开家庭和亲人，走向社会底层，去接触普通民众，感知人间的疾苦，伤痛和不平。这样大约在20岁左右的10年时间里，谭嗣同奔走于甘肃、新疆、陕西、河南、湖北、江西、江苏、安徽、浙江、山东、山西等省，行程8万余里，足迹遍布黄河上下，大江南北，洞悉民情，观察风土，结交义士，开阔视野。这也为他后来著《仁学》，以身殉道，提供了思想精神源泉和坚韧意志基石。

有学者认为：谭嗣同非为一人之江山，而是为终结中华民族上下五千年来治乱循环的悲剧，为天下苍生求得一个自由、平等，"不有行者，无以图将来，不有死者，无以召后启"，"虽千万人，我往矣"的华夏第一人杰，是划破夜空的一颗耀眼彗星，是耸立大地的一座峻峭山峰。纵观谭嗣同33年的生命履痕，从小勤学精修，拜师习武强身，到深入社会，观察国计民生，进而攻读西学，兴教办学，倡导中学与西学结合相长，为国储才，并亲登讲台授课，直至奉召入京，参与变法，慷慨就义，这每一步脚印都寄寓着他对国家、民族、人民的莫大悲悯与大爱情怀和拯救民众出水火的责任担当。正如谭嗣同在写给恩师欧阳中鹄的信中所言："于是立发大愿，昼夜精持佛咒，不少间断，一愿老亲康健，家人平安；二愿师友平安；三知大劫将临，愿众生减免杀戮死亡。"故欧阳中鹄感慨万分："中国有救了，自己的学生不就是一道民族复兴的曙光吗？"

是啊，伫立"大夫第"，望着眼前的回廊、飞檐、木梁、黑瓦、砖墙，我想问，为什么我们的民族偏偏要有谭嗣同这样的人的牺牲来证明自己的正义呢？我还要问，谭嗣同的出现是不是一种历史偶然？答案自然是有的。谭嗣同自己在《仁学》中就这样说："救天下亟待之大病者，用天下猛峻之大药也；拯天下垂绝之大危者，斥天下沉痼之大操也。"如此，也让我们看到了底蕴深厚的湖湘文化和浏阳乡学对谭嗣同的滋养与激扬。就可知谭嗣同是一个敢于冲破网罗的血性勇士，是一个阅历深沉、理性的极富独立思考的先觉者、先行者。他的灵魂的光芒和浩然正气，不会随着时间的流逝而渐渐消失，反而会随着时代的进步，社会的和谐发展放射更加夺目的辉焰和氤氲更加浓郁的澄清之风。

惜别"大夫第"，我们驱车匆匆来到了浏阳西郊外。此时夕阳西移，霞光如火，照耀着坐落在云山半坡上的谭烈士墓，更显得庄严而静穆。铺在墓地上的卵石，经百年风雨洗礼，虽也失去往昔光泽，但虔诚凝眸，依然浑然一体，铺排有序，宛如华章。最让人激动的仍旧是墓前的对联："亘古不磨，片石苍茫立天地；一峦挺秀，群山奔涌若波涛"。此刻感情的波涛在我心中汹涌。我遥望远方，我又看到谭嗣同高大的身影，他外穿月白色长衫，内着玄色武士装，手拿《仁学》，腰佩"七星剑"，披着万丈霞光朝我们走来。他依然浓眉俊眼，目光如炬；依然袖卷清风，潇洒风流；依然脚踏尘土，背负晴空。他用昂扬前行的姿态，向我们传递着一个极其神圣、雄浑而壮美的时代信息："数风流人物，还看今朝。"

这是千真万确的真理。年轻的共和国已经走过了65年的不平凡岁月，正以巍峨至伟的雄姿立于世界民族之林。习近平总书记指出："我们的人民是伟大的人民，中国人民素来有着深沉厚重的精神追求，即使近代以来，饱尝屈辱和磨难，也没有自弃沉沦，而是始终怀揣梦想，向往光明的未来。"说得多好啊！我们可以自豪地告慰像谭嗣同烈士一样为国家的尊严、富强、人民的自由安宁，所付出沉重牺牲代价的英雄们，当今的中国开启了用13亿人的无穷智慧和磅礴力量，托起中国梦，向着美好未来阔步前进的新征程。有思于此，以诗倾怀。

九曲浏河向西流，唤我男儿为国酬。
崩霆摧树闻天怨，蕉雨滴弦诉民愁。
书剑载道闯大漠，肝胆怀仁写春秋。
而今共筑复兴梦，浩气依然动神州。

家乡的那碗水

三月的雨,飘着缠绵绵的乡愁,编织着湿漉漉的乡思。

清风吹过,又给乡野频送着乡音的亲昵。望着镶在大地上的春天画卷,我看到山上大大小小的树木都被细细的雨滴抹上了浓重的绿色。这时,我又看到满垄盛开的金黄色油菜花上,好像正漫飘着我童年的梦缕和青春的歌声。小河边的杨柳抽出了新枝,它在碧玉般的水波上摇曳着多姿的倩影,在倾吐对土地的满怀柔情。

我走在家乡林间弯曲的小路上,伸手去搂天空飘下的雨珠,滋润自己已苍老的容颜。去寻觅少年时跟母亲,一起去山冲挑山泉水的记忆,和沉甸甸的乡梦。母亲的身子很瘦小,她挑着水艰难地走在山路上,我帮不了她,我恨自己长得太慢。我仍记得,那时,坡边瘦瘦的梯田,长着瘦瘦的禾苗,结着瘦瘦的稻穗。就像我童年的身子,也是瘦瘦的如一根苇草,而对于水的那份感情,我却是格外的浓厚、纯净、悠长。那时,家里很少有开水喝,渴了,就用竹筒在水缸里舀水喝。如果在外面,便跑到小溪边,用双手捧起一掬清水喝得美滋滋的。

那些日子,我常常坐在河边读书、凝望,想着怎样才能减轻母亲的劳累,也想象着山外世界的绚丽与神奇。记得幼时,父亲对我最严厉的管教,就是要背古诗,写毛笔字。有一首唐朝诗人刘眘虚写的山水诗《阙题》,他不知道要我背了多少次,他说:"这就是家乡的影子,走到哪里,都不要忘记!"

道由白云尽,音与青溪长。

> 时有落花至，远随流水香。
> 闭门向山路，深柳读书堂。
> 幽映每白日，清辉照衣裳。

当时，我真的不懂诗中蕴含的意趣、美感、韵味，更不明白"家乡的影子"是什么。现在人近黄昏，回到家乡，看到小溪上的石桥，变成了宽阔的水泥桥，山边的土屋变成了红砖楼房，老家门口的古老香樟树依然生发着浓郁的绿色，泥泞的乡道变成了柏油公路，自己曾经和乡亲一道修筑的库容达2.1亿立方米的株树桥水库，变成了一条碧波荡漾的百里水廊，氤氲着万千绿意，无限清辉，生发着无尽的蓬勃生机和大自然生命的奇光异彩，就感觉自己也变得年轻了。现在重温这首诗，我觉得它是家乡风情最真切的写照。我才明白山水、花香、清辉、书韵中的天地才是真正的人间天堂。此刻，我久久地凝望株树桥重重叠叠的山峦，弥漫着水雾的洁净、深邃的天空，和碧波荡漾的水库湖面，不时有苍鹰飞过和身边树上鸟雀的欢鸣，就觉得自己又回到了当时的岁月流光里。乡亲告诉我，现在株树桥水电站和库区成了浏阳声名远播的绿色生态风景区。劳作生息在这里的乡亲，不仅住上了红砖楼房，屋前屋后，山峦河边，栽种了美丽的树木花木，香甜可口的水果，而且山坡边的梯田也变得肥沃湿润，年年岁岁，飘溢着丰收的稻香、乡亲的欢笑、老酒的醇美。

尤其让我惊叹的是，就在这条百里水廊的两岸，仅3万人口的高坪镇现健在的90岁以上高龄的老人就达91人，还有5个百岁老人。其中我老家对面田丰组的李光复老人已逾108岁。当天，我特地带着孙女去看望李光复老人。老人见到我，脸上浮现了充满欣慰的微笑。他身子还很硬朗，只是背稍微有些驼，但精神状态极佳，讲话时思维一点也不乱。我真没想到这样高龄的老人竟这样耳灵目明，口齿清楚。当他的孙子说到我的名字时，老人就立即说出了我父亲的名字和我老家的方位。我陪老人坐了许久，心里汹涌着无法言表的敬慕之情。一个世纪老人的晚景，他给我展开了一幅多么幸福的人生画图啊！我细细地想，是什么神力，让老人活得这样健康、自在、心安。我抬头望身边的乡亲们，看着他们愉快的笑脸，呼吸着山乡新鲜的空气，看到天空的澄净无尘，田间地边为浓浓绿色,我明白了,这就是一种巨大的幸福;这就是我们城市无法得到这片天空、水和太阳的恩泽。我不知道怎样去与现在社会上,热衷于宣传那些有名无实的"什么镇","什么乡"来做比较。我知道,这个被授予"长寿之镇"美称的家乡小村,这也许才真正蕴含着全面小康社会所应有的幸福指数。

此刻,春节前我和省文联的书法家们一起去农村送春联的情景又出现在眼前。当我刚写毕一副自撰联"大美乡村春入画,小康人家福临门"时,几个农民兄弟抢着要:"辛苦你多写几副!"

是的,现在农民兄弟比任何时候都高兴,都来劲。他们就认定了全面小康目标,正大踏步朝前迈。我走出李光复老人居住的山冲,乘车来到浏阳河第一湾。又看到了山乡奇观,一条如巨龙般的引水钢管,就从我眼前穿峡过坳,直通远方。望着钢管内流淌着清波银浪的长龙,我的眼睛湿润了。想起28年前,我和葛洲坝的水电建设者,在这个偏僻山谷,日夜奋战的那些艰苦日子;过年了,家家放起了鞭炮,天上雪花飘飞,而我们还在工地上奔忙。就是家乡这碗水呀,你曾经飘浮着乡亲最朴实的梦,那就是青山绿水常在,梯田山峦,稻果飘香,家家户户电灯通明,饭碗里不再盛满饥饿,土屋不再滴漏雨雪,门前的小路不再泥泞坎坷,孩子们不再在学校门口徘徊。这一切现在已经走远,只留下那段辛酸的记忆。可当我又想到,当年奋战在水电大坝建设大军中,已有不少工程技术人员,和家乡父老也已走远了,我的心顿时又变得异常的沉重和酸楚。就是家乡的这碗水呀!你教我明白了乡愁乡情梦真正的含意。就在新世纪之初的那个明媚的日子,你已聚水成河,变成日供数十万吨洁净水的清流,蜿蜒地顺着水管流向省会长沙。给这座古老而年轻的历史文化名城,送去荷塘月色,鸟语花香,阳春澄夏,金秋暖冬;送去清风雨露,紫雾霞云,心灵玫瑰,书声丽曲;还有无尽的欢乐、遐想和遥望。

这就是水赐予我们的珍贵记忆,晶莹情愫,美丽诗韵,幸福守望。故乡的水呀,也如故乡的月,你永远是我生命的乳汁,不老的依恋,岁月的霓虹;永远是我心中的灯光,精神的明辉,无尽的牵挂……

鹅湖在哪里

鹅湖在哪里？

鹅湖在铅山县的绿色画卷和蛙声稻香里。寻访鹅湘，是想了却常在心中萦绕的一件心事。多少年来，我总想去感受鹅湖这片锦山秀水，殷实风情的生活气息。相传鹅湖山上有一个湖，种满了荷花，当地人称之为荷湖。东晋时，这里住了一户姓龚的夫妇养了许多白鹅，有一天白鹅不见了，但看见天上出现了一道彩虹，像红鹅一样。从此，当地人就更其湖名为"鹅湖"。

一清早，我就走到信江边。看到江上飘拂的乳白色的晨雾，笼罩着醒来的乡村和朦胧的青山碧野。此时，我仿佛听到清风里传来了"稻花香里说丰年，听取蛙声一片"的美丽柔婉的诗句。顿时，就觉得天高山远，琴瑟和鸣，乡音缭绕，心胸无比开阔，好像脚下的江水都在涌动奔放愉悦的波涛。

这波涛就托着我的双脚和贪婪的心，缓缓地在鹅湖的大地上漂泊。此时，我的眼前那连绵不断的苍山，似乎在有节奏地摇滚着浓重的绿色。田头坡边耸立的青砖瓦屋，也掩映在绿树翠竹里，折射着太阳镀上的金色光芒。看着这乡野的美丽晨景，我在想象晚唐诗人王驾写《社日》的心情，一定是非常满足和自豪的。诗曰："鹅湖山下稻粱肥，豚栅鸡栖半掩扉，桑柘影斜春社散，家家扶得醉人归。"像这样的诗画情景，极其生动形象地描绘出当时鹅湖的殷实生活和淳朴乡俗。不能不让今人也生几分羡慕。是啊！我们正在建设生态和谐文明富裕的新农村，不就是要实现这种生态环境优雅，人心向善向美，物质文化精神生活丰富的全面小康之梦么？习近平总书记去年4月在三亚市考察新农村建设时就说："小康不小康，关键看老乡。"这个"老乡"太重要了。是啊！农民富了，农村兴旺了，国家强盛就有了根基。

今天，我就是要来感受一下鹅湖老乡的现实生活景况。翻开手中的《铅山简介》，有一组这样的数字让我兴奋感慨不已。这个地处武夷山北麓，面积2176平方公里，人口43万的山区县，已成为全国"十二五"水电新农村，电气化规划江西省的示范县。全县森林覆盖率73.7%，山林面积250万亩，活立木560万立方米，毛竹面积52万亩，活力竹6600余万根。全国第二大铜矿也坐落在境内。现在的铅山县正全面融入鄱阳湖生态经济区和海西经济区建设的宏伟蓝图之中，呈现出一片蓬勃发展生机。鹅湖山国家森林公园已成为铅山的一张精美名片。这就是我看到的绿色鹅湖。举目四顾，这里的乡野、村落、小溪、湖塘、牛羊、白鹅、鸡鸭，乃至乡路上，屋场边奔跑的小狗，都浸润在澄净流动的空气，飘拂着清甜的花香里。正在田间劳作的乡亲，弯腰把一行行新秧和着心中的金色梦幻，一齐插入田间的明镜里。

鹅湖在哪里？

鹅湖又在红茶之乡的清芬和连四纸的竹影里。当我们在老乡家里品赏清甜的红茶，看到河口古镇的旧街上，仍留有不少明清建筑。其房屋向内纵深悠长，门楣则都是石块相拼而成。门槛也是石条垒就。历经岁月风雨洗礼的青砖石块巷道现在仍可见车辙和脚踏出的深深印痕。这里是"万里茶道"第一镇。也又因造纸业的兴起成为江南五大手工业中心之一。据史料记载，当时这个小镇，就有茶行50家，大小纸店100多家，会馆10多家。几百年来，"河口红茶"、"连四纸"名扬四海。接着，我们来到浆源村造纸厂，就看到了用传统方法造纸的全过程。当我们用手触摸已烘干的新纸，那种薄而爽，润而柔，雅而文的感觉在心中油然而生。特别是我们又看到用"连四纸"新印刷出来的线装书《稼轩辞》时，更萌生思古之幽情，大家都感叹不已。现在"连四纸"已被列入第一批国家非物质文化遗产，我们更看到了它生机蓬发的光明前景。

更叫人难忘的要算在武夷山的桐木关采茶。我这是人生第一次采茶。一开始，我就主动向正在采茶的乡村姑娘请教。像她们一样，细心地、轻轻地摘下茶树上，那片片绿绿的嫩芽。这些鲜嫩的茶芽沾在手上，有一种清润而细软的感觉。我生怕它们飞走，还偷偷把几片嫩芽，放在口里细细咀嚼起来。开始有些许苦味，渐渐苦味变成了清甜，清甜变成了清、甜、香，然后是说不出的美妙滋味。就感觉到一种从未有过的清爽，沁入心田。我当时就想一定要买些新茶回去，珍藏起来，只供文朋诗友品赏。我回到宾馆看资料才知道，今天我品尝的野茶，叫"正山小种"，是河口红茶中的上品，产自武夷山桐木关，已有300多年的历史。从康熙二十四年（1685）开始，就远销亚欧市场。有史料记载，这种红茶一直是英国王室的传统茶饮。

鹅湖在哪里？鹅湖还在辛弃疾壮怀柔肠的辞采和鹅湖书院的弦歌里。在信江北岸山头，矗立着南宋著名爱国诗人辛弃疾的巨大雕像。他左手抚剑，右手握卷，背负铅山县城，北望中原，神态沉静，目光如炬。铅山是辛弃疾最后的归宿，是他的第二故乡。辛弃疾晚年就是在鹅湖这片山水间，披星戴月，挑灯看剑，听蛙填词。他现存的629首诗词中，据考证，就有225首是隐居铅山乡野时所作。尤其是，他看到山河破碎，竟痛心疾首地喊出："男儿到死心如铁，看试手，补天裂"的呐喊。仰望辛弃疾，我看到了沙场烽烟，刀光剑影，也听到了他"醉里挑灯看剑，梦回吹角连营……可怜白发生"的慷慨感叹；又看到了他"众里寻他千百度，蓦然回首，那人却在，灯火阑珊处"的凄然喜悦。就是这个辛弃疾呀：你的爱国情怀，国恨乡愁，剑胆诗心，曾照耀和激励着一代一代的炎黄子孙为国为民壮怀激烈，赴汤蹈火，在所不辞。是啊！当我们在首阳山你的墓前默默站立，向你倾吐心中的万千感怀之时，我分明看见满山的树木花草，都顿时在明媚的阳光里，轻扬着无限的绿之蓬勃和绿之波涛，散发着大自然生命的无穷气息。这就是你的魂灵和精神的风华，丽辞的雄韵在飞翔、挥洒、升腾。青山常在，诗心依然活在苍翠和岁月的流光里。

鹅湖真是太古典、太妩媚、太深邃、太壮美。虽然，我们一路马不停蹄，风尘仆仆，汗湿衣襟，但游兴未有丝毫的减退。相反，我们如在读一本大书，已经步入其中最动人的篇章里。那里有更崎岖和深幽的故事；有更拨动心弦的优美旋律。我们痴迷地朝鹅湖的深处走去。不知不觉就来到了一片氤氲着远古幽思,深厚人文气息的鹅湖书院。这是一个圣洁的文化殿堂。院门内额上的"圣域贤关"就道出了鹅湖书院的神圣。《汉书·董仲舒传》云:"太子者,贤士之所关也,教化之本源也。"因我是从湘江边的岳麓山麓出发,来这里造访鹅湖,自然也就有心,要用自己的脚步来丈量鹅湖书院与岳麓书院的历史渊缕和文化情缘。答案很使我欣慰激动。鹅湖书院始建于南宋淳熙二年(1175)。当时谓"四贤祠"。南宋淳祐十年(1250),宋理宗赐名为"文宗书院"。明朝景泰四年(1453),又重修扩建,并正式定名"鹅湖书院"。我在鹅湖书院西碑亭的碑上看到,明嘉靖二十七年(1548)国子监五经博士、进士吴士良在碑中写道:"天下四大书院——嵩阳、岳麓、白麓洞、鹅湖书院"。宋代哲学家朱熹与陆九渊兄弟的"鹅湖之会"在中国哲学史上具有里程碑意义,而朱熹和张栻的"岳麓会讲"则发出思想文化辩论之先声。鹅湖书院的"穷理居敬"和岳麓书院的"实事求是",就如两盏明灯光耀万世。两书院这种明理、传道、解惑、润心,求真,追效先贤,治学致知,教人育才的千古高风,也如鹅湖书院中的咏石磨对联,道出了千年书院讲学之奥妙:"石磨咕咕,寻踪探理,千回转;灯盏熠熠,明本推心,万古芳。"历史果然如石磨的哲学,至今鹅湖、岳麓书院仍然弦歌不绝,书声如缕,是当代学子们心灵的源头活水,穿越尘世的智慧明灯。

我在鹅湖书院内徘徊沉思,我不敢惊扰这里的树木、花草、亭台、水榭、莲池,乃至屋阁飞檐上的小鸟,地上的一片石板,一块青砖。我悄悄默立在正在书院芳草地上,曲径边写生的大学生身后。看他们用手中的笔,牵着虔诚的心绪,用纤细的线条,在描绘鹅湖书院遥远昨日的庄严面容、晴朗声音,从容脚印和背影。看着从这群年轻学子手中,站立起来的鹅湖书院,我的心在激烈地跳动,有一股暖流流遍全身。是啊!现在我们进入了信息化的时代,世界变成平的。许多人的阅读和思考渐次变得碎片化。人们忙碌、奔波的路上,总是容易被眼前的功利,心中的浮躁牵引而不能自拔。常常被灯红酒绿,浮华缤纷,奢靡熏风,五光十色的物质和精神诱惑弄得头昏脑胀,不知所向。这个时候,如果我们的步子不能沉稳,心不能"慢下来",思维不能理智,感情不能拒尘,那么这个世界能好吗?此刻,我也更深一层地领悟了朱熹的《观书有感》

"半亩方塘一鉴开，天光云影共徘徊，问渠那得清如许，为有源头活水来"所蕴含的极深远旨。是啊，我们伟大的祖国，伟大的民族，伟大的人民要实现自己的梦想，自立于世界民族之林，辽阔的神州大地永远都需要有一条奔流不息，清如许的文化河流。

鹅湖在哪里，就在追梦人的寻觅里。

鹅湖在哪里，就在头上飘飞的白云里。

古巷深深名伶梦

浏阳河，弯弯曲曲，清清亮亮，弹拨着古老而优美的旋律，流淌在潇湘大地上。就在它日夜亲吻和环抱的山城深处，有一条名叫营盘巷的古巷。在古巷的尽头，孤独地站立着一栋庄严而古朴、幽雅的双合门老宅。宅院中央，有一株苍老的柚子树，仿如一个忠心耿耿的老人，依然如初地守护着这座青砖、黑瓦，左右配有厢房茶阁，富有江南风格的优雅庭院。虽然几经岁月风雨，小院四周，已高楼耸立，唯有这座小院，却在闹市不绝的喧嚣，飞扬不断的尘埃中，形神稳健，不被惊扰、动摇，仍在宁静的时光里讲述自己的故事。

浏阳是我的老家。不知道从何时开始，就传承着在屋前房后种植柚子树的习俗。其寓意是象征多子多福，祈愿后裔志存高远，报效国家，光宗耀祖。而现在院中这棵上了年纪的柚子树，枝繁叶茂，高大挺拔可与屋顶比高。层层叠叠的枝叶，在微风里轻轻摇曳，不减昔日昂扬风采。一看这栋老屋，就让人立刻想起旧居的主人欧阳予倩，原名立袁，号南杰，艺名莲笙、兰客，别署桃花不疑阉主。清光绪十五年五月初一（1889年5月30日）生于浏阳县城营盘巷。曾任中央戏剧学院院长，中国文联副主席，中国戏剧家协会、舞蹈家协会副主席。

欧阳予倩出身书香世家，其祖父欧阳中鹄曾是谭嗣同、唐才常的老师，他博学多才，思想敏锐，虚怀达观，穷理务实。从小欧阳予倩深受其品格才情的浸染和影响。在祖父的直接教导下，读过《铁函》、《心史》、《大义觉迷录》等书。然而，偏让他祖父和父母乃至众多亲人没有想到的是，欧阳予倩居然别出心裁，学起了唱戏。这在当时自然遭到所有人的反对。唯有他聪明、善诗文绘画的妻子刘韵秋懂他的心，倾力支持他。并私下对他说："找机会多读些书，就是演戏也要和寻常的戏子学问人格有别才行。"欧阳予倩没有辜负妻子的期待，他选定了戏剧作为自己终生的职业，他一直坚定地朝前走。正如他在50岁生日写的《50自寿放歌》道：我诞丑年湖南牛，毕生苦干不抬头……少年尽跃向真理，垂老愈为牛步忧。……彼岸风光且和丽，夕景未云短，何妨继之烛，当堪与君携手共遨游。1948年5月16日下午，在香港的六国饭店，有郭沫若、茅盾、柳亚子、胡愈之、夏衍等文艺界名人参加的欧阳予倩60大寿宴会上茅盾最先发言，他动情激昂地说："欧阳先生从40年前的'春柳社'起，直到现在，走的是一条很远的路，欧阳先生是最早把新剧带到中国来的，此外又改良过旧戏——地方戏，在这方面的成就很多，至于在话剧和电影方面的成就，更不用说了。欧阳先生本人，就是一部活的现代中国戏剧运动史！"就这一段评价欧阳予倩的话，完全可以让营盘巷为之增辉溢彩，给岁月的韶华赋予更美丽的回望和梦缕。走进故居，我们便看到了欧阳予倩生平事迹展览的众多图片和文字说明。非常遗憾，只是旧居中极少陈列他的遗物、原著和手稿。再加上，旧屋无人居住，得不到及时通风，屋内仍充溢着淡淡的霉气。这就让我的心受到某种刺激。我心中的欧阳予倩是高大而光辉的。尽管旧居的现状使我汗颜，但我的虔诚崇敬之心驱使我久久地在旧居中徘徊、忆念和感叹！

欧阳予倩之于戏剧的巨大成就和贡献，在旧居的展览中就可见其灿烂光华和动人篇章。其实，只要循着他步入中国现代戏剧发展运动的轨迹细细寻觅，就发现他与故乡的源头活水也是很有关联的。浏阳素有"戏窝子"之称，很早的时候湘剧、花鼓戏、皮影戏就从县城到乡间成为人们最喜欢看的地方戏。欧阳予倩曾回忆道："小时候看湘剧，看见演员在那里画花脸，就引起了我无限兴趣。因此，看完戏回家我都要学戏里的人物舞枪弄棒，还把母亲画画的颜料涂在自己的脸上，扮演剧中角色。"真正与戏剧结缘，还是欧阳予倩在日本学习之时。那是1907年2月的一天，他听说在骏河台附近的中华基督教青年会礼堂有一场游艺会，便邀了几个同学一起去看。想不到最后一个节目是中国学生演的久负盛名的话剧《茶花女》，这在无形中激起了他投入戏剧的满腔热情。当时，他就想：我在北京时（1902年）就读过《茶花女》的译书，全部情节我很知道，倘若我来演这个女角，我肯定比今天这位青年演得好。于是，他就去打听那些演戏的人，后来才知道他们有个组织叫春柳社。就这样，欧阳予倩在中国戏剧步入了一个新的天地时，毅然加入了春柳社，并认识了那个《茶花女》中扮演女主角的李叔同。1907年7月10日，春柳社终于将自己自编自演的五幕新剧《黑奴吁天录》搬上了日本东京本乡座舞台。欧阳予倩在剧中分别扮演了两个角色：女黑奴和解而培的儿子小乔治，从此开始了他的戏剧人生。1909年初夏，欧阳予倩因演出《热血》中的女主角杜司克，受到大家称赞而反而遭到当时中国的使馆反对的现实，使欧阳予倩人生第一次意识到戏剧艺术是社会教育的有力工具，更加坚定了他终身追求艺术的信念。而真正投入戏剧艺术事业，是在他回国之后。其时，正值辛亥革命爆发之时，因父亲和祖父接连去世，欧阳予倩处在人生最痛苦和徘徊的时刻，这时，他应邀参加了陆镜若发起组织的"新剧同志社"并在上海大舞台参加了《家庭恩怨记》的演出，他饰小桃红。在演话剧的同时，欧阳予倩有幸结识了京剧名演名筱喜禄、江梦花、陈祥云和林绍琴，向他们学习唱腔和身段。很奇怪，他于京剧一学就迷。正如他在回忆时说："无论为哭、为泣、为笑、为哂、与乎一切动作表情，绝非不用苦功所能做到。我天才有限，在舞台上的部分的成功，竟全是由于笨干来的。"在这里，我以为他说的"笨"就是下苦功夫。没有想到学戏剧一年，他在上海张家花园居然演了一出京剧《宇宙锋》，并获得好评。事后他自信地说："因为这一次成功，使我学青衣的瘾大了好几倍。"就这样，欧阳予倩几经风霜颠簸，笃学苦练，不知不觉走过了15年的京剧表演历程。他在《我自排自演的京戏》中写道："我自排自演的京剧"一共24个，其中我自己编的18个。如《晚霞》、《宝蟾送酒》、《黛玉焚稿》、《卧薪尝胆》、《嫦娥》、《人面桃花》、《杨贵妃》、《最后知侬》等等。说到京剧，还在中国戏剧界流传着"南欧北梅"的佳话。1920年1月，梅兰芳在南通与欧阳予倩联合演出。张謇还在剧院前台辟一小厅，命名为"梅欧阁"。阁旁书有对联一副："南派北派汇通处，宛陵庐陵古今人。"不仅如此，欧阳予倩创作的电影《天涯歌女》、《新桃花扇》、《关不住的春光》都成为中国电影中的经典之作。1927年他在《上海民新影片公司宣言》中强调："宗旨务求其纯正，出品务求其优美，"至今仍有重要的借鉴意义。在这里要特别提出的是欧阳予倩对挖掘中国传统的舞蹈艺术的精华也是功不可没的。1958年他牵头编著的《唐代舞蹈》，采用图文并茂的方式，书中有彩图8幅，黑白图片25幅，生动形象地展示了唐代舞蹈的繁荣及成因，他被誉为中国舞蹈史的开创者。

欧阳予倩是喝浏阳水成长成为京剧艺术家的，他自然秉承了浏阳人的仁爱、重义、坚韧的担当精神和是非分明、疾恶如仇的性格。上海沦陷后，欧阳予倩与周信芳等继续留在上海这座孤岛上坚持抗日救亡运动，并组织中华京剧团上演了自编的《梁红玉》，继而演出了《渔夫恨》、《桃花扇》。尽管当时受到汉奸特务的恐吓威胁，但欧阳予倩仍然没有退却，辗转来到广西桂林后，他依然精心排演了桂剧《梁红玉》，连演28场，轰动了桂林。其时，又有人劝他"少演抗战戏"，欧阳予倩则坚定地说："既要搞戏，我就搞抗战戏。"更值得一提的是，1944年2月15日，在欧阳予倩积极组织筹备下的"西南戏剧展览会"隆重开幕，由广西、广东、湖南、贵州、云南、福建、江西、湖北等8省的27个戏剧团体参加。随后，就在新剧场，近60个话剧、戏曲、歌舞、杂技等节目相继演出，历时3个多月。当时《纽约时报》发表美著名记者、剧评家爱金生的文章称："如此规模宏大的剧展会，有史以来，自古罗马曾经举行外，当属仅见。中国处于极度艰困条件下，而戏剧工作者以百折不挠的努力，为保卫文化，拥护民主而战，给予法西斯侵略者以打击，厥功至伟。此次聚中国西南八省戏剧工作者于一堂，检讨既往，共筹将来，对当前国际反法西斯战争实具有重大贡献。"至1949年欧阳予倩接受中共邀请从香港到北京参加了中国政治协商会议筹备委员会，不久便着手筹建新中国戏剧学院的工作。1950年4月2日，中央戏剧学院在北京正式成立，欧阳予倩任第一任院长。夏衍曾说："中国话剧有三位开山鼻祖，这就是欧阳予倩、洪深和田汉。"其实，欧阳予倩在中国戏剧史上的崇高地位不仅是剧作家、表演艺术家，而且更为重要的是他毕生从事的戏剧教育，是我国戏剧教育的先驱。

我在欧阳予倩旧居内久久徘徊，心中萌出万千感慨。就这样一座小城，居然走出了这样一位伟大的艺术家，真让我这个小老乡感到无限的荣耀和受到巨大激励。我情不自禁地用手去触摸雕花的窗棂，走上楼去，轻轻踏着木地板，我怕惊飞了楼堂栖息着的名伶梦，我想一个人静心倾听、观看欧阳予倩的优美清唱和精彩表演。我还想站在窗前闻院中柚子树散发的清香，更想在江波拍岸的月夜，独自凭栏静静欣赏品味《天涯歌女》中那温婉凄清的歌声。而这一切，现在都在旧居迅速地浓缩成无尽的怀念和眷恋。

  欧阳予倩在《自我演戏以来》自述："我不过是个伶人，一个很平淡的伶人，就是现在，我虽不登台演剧，也还是一个伶人罢了，我对于演剧自问颇忠实，做一个伶人大约可以无愧。"这段话出自一个伟大的戏剧教育学、剧作家、表演艺术家，其灵魂和思想的深刻与高境，怎不让人高山仰止啊！为表达浏阳人民对欧阳予倩的敬仰和怀思，浏阳市政府特地在浏阳河畔建立了一座欧阳予倩大剧院。现在，这座剧院屹立在美丽的浏阳河西岸。日复一日，温和的阳光，柔软的清风，剧院流出的动人乐曲，和着家乡人民的美好梦想，在这片哺育着祖国骄子的肥沃土地上回荡、飘飞。

大围山巅玉泉湖

傍晚临近，海拔1600多米高的大围山，依然浮光跃彩。悬在西天的夕阳，把苍绿层叠的峰巅涂抹得金辉耀眼。偌大的深邃的玉泉湖，就像一面椭圆形的镜子嵌在峰峦之巅。在微风的吹拂下，湖面泛起碎玉般的涟漪。从湖岸垂隐入水中的繁茂树木、苇草的根系，如无数细细的吸管，年年岁岁深情地吸吮着玉泉湖的丰美乳汁和融融绿意。

我伫立在湖边，全身沐浴在金子似的夕辉里，随着湖山树木的摇曳，送来的阵阵凉爽清甜的夏风，我顿时感到心舒气静，仿佛觉得天空离我很近，自己就要飞飘起来，只要一伸手，就可以摘到头顶上的云彩了。

这种美好的感觉，让我激动、惊叹！

十年前，我来到这里，看到的玉泉湖却是百孔千疮。那时，湖堤断裂不堪，几株荆棘，在堤缝里艰难地生长，用纤细的枝条，支撑着微弱生命的渴望。湖底剩下的半瓢水，裸露着瘦骨嶙峋的湖床。鱼儿没有了眷恋的家，鸟儿没有了思念的巢。就连蝴蝶和蚂蚁，也失去了舞蹈的蓝天和温湿的城堡。湖边的楼阁亭台、曲径，都塞满了历史的风尘和游人的寂寥，爬满了青苔的惆怅。

玉泉湖是有着自己美丽的传说和珍贵记载。红莲寺的钟声，玉泉湖的鹤影，五指石的祥云，七星岭的花雨，浏河源的神脉，天海石的灵性都曾经向漫长的岁月之河传递着大围山的神秘，秀美气息，自然恩赐与文化情愫。因之，玉泉湖便成为大围山灵魂、精神、仁爱、禅修、人文精粹，深厚沉淀，栖息与恒久流淌的云中天湖，雾里仙境。

正在我思绪飞扬的时刻，孙女楚楚跑到我身边，拉我去和她一起划船。船儿很小，很轻，像一片绿叶在湖上漂泊。这是我人生第一次划船，享受水上旋律优美波动的韵律，和无以言表的夕阳天伦之乐。就感到自己瞬间走进了无尘无染无欲无怨的自由而宁静的童年故乡。才6岁的孙女望着清澄、圣洁、妩媚的湖泊问我。湖有多深，湖水是从哪里来的？又要流向哪里？湖里有很多鱼吗？有水蛇吗？我没有立即回答她。我只是觉我和身边的楚楚已经离城市很远，离沙尘暴更远，离喧嚣和浮华也很远，很远了。正如梭罗在《寂寞》中写道："太阳，风雨，夏天，冬天——大自然的不可描写的纯洁和恩惠，他们永远提供这么多的健康，这么多的快乐！对我们人类这样同情，如果有人为了正当的原因悲痛，那大自然也会要受到感动。太阳黯淡了，风像活人一样悲叹，云端里落下泪雨，树木到仲夏脱下叶子，披上丧服。难道我们不该与土地息息相通吗？我自己不也是一部分绿叶与青菜的泥土吗？"说得多好啊！我的灵魂受到了洗礼。这种洗礼，让我感知了人与自然和谐的真谛，与生命共枯共荣的命运联系。也就在这个时刻，我的心更加贴了玉泉湖岸的树木、花草和湖中的波浪映照的塔影、天光云霓。

我想，辽阔的祖国大地，有多少高山河流，草原湖泊，只要我们虔诚地忠实地热爱和守护它们，我们的生活、工作、梦想、爱情、友谊，该是多么绚烂平静，明丽和美好啊！有感如此，我的心中便涌动了如许诗意：

    谁如此痴情神功
    将偌大的一块碧玉捏碎
    雕塑着这颗晶莹深邃静谧的心
    清风用无染的手
    轻盈而执着地
    在梳理大山和草木的缠绵思绪
    彩云醮着阳光
    把庄严的宝塔
    染成了金色的神话

槐庭依然剑琴鸣
——秋瑾故居凝思

槐庭在岁月的烟雨中曾经苍老佝偻。

槐庭沐浴盛世的艳阳，在昔日的旧址上，又重新站立起来。

丹桂飘香的季节，株洲市清水塘街道大冲村，渐次热闹了起来。络绎不绝的人流，涌来瞻仰新落成的秋瑾故居。

槐庭的门楼，呈江南风姿，青砖黑瓦，飞檐翘角，古朴典雅。门楣上当年秋瑾手书的"槐庭"匾额，依然氤氲着鉴湖女侠的文怀清气，丝毫不减往日的剑琴风华。

秋瑾（1875-1907），祖籍浙江绍兴，生于福建厦门。她藐视封建礼教，提倡男女平等。常以花木兰、秦良玉自喻。自称"鉴湖女侠"。先辈以耕读立家，从其高祖到父亲，为官清正，刚直不阿。良好的家风总会雕塑雄奇儿女。秋瑾从小耳闻目染家父的做人高标，便立下"今古争传女状头，红颜谁说不封侯"的鸿鹄志向。1904年夏天，她毅然冲破封建家庭束缚，自费东渡日本留学，1907年1月在上海创办《中国女报》，不久又任大通学堂督办。她积极投身民主革命，先后参加过三合会、光复会、同盟会等革命组织，是杰出女诗人，是决心做中国妇女界为革命牺牲的第一人。

我怀着久已仰慕秋瑾的虔诚之心，缓缓移步槐庭的亭廊厅堂房间。我怕惊醒秋瑾的诗思；我怕拢碎秋瑾的琴韵；我怕添却了秋瑾的国忧离愁；我怕……槐庭原建成于1895年夏秋间，是一所由青砖风火墙围起来的三重院落。其建筑风格,集湘东民居特点与江浙徽派韵构于一体。大小房屋达13栋146间,视野开阔,可望远山的青黛云霓,近挽荷塘的树影月色,是一座静谧幽深,充溢致远情致的庄园。可惜,因时代变故,岁月颠簸,家运落寞,槐庭亦如一棵受风雨凌弱的槐树,很快就衰败凋枯。

现在的秋瑾故居,就是在原主楼基脚上修复的。虽然比原来规模小多了,但门楼、主楼、前堂后堂,左右厢房,仍复原大小房屋86间,天井10个,还有后山秋瑾练武台等。可谓是千秋功德,原貌如初,精诚所至、荫及后世。

在槐庭徘徊、凝望、沉思。我明白了,秋瑾是怎样在这里居住的;她在这段时光里,经历了怎样的人生风波,感情煎熬,生命的选择与心灵的自我搏斗。

槐庭内院左右天井的玉兰树,是秋瑾当年从日本带回亲手植在天井的。只因后来一死一荣,便补栽了一株桂花树。也许是玉兰有情,将一片落叶临风吹到我脚跟前。我拾起来,放到手心,轻轻抚摸。我感觉到有一丝清爽沁入心扉。其实,青春岁月的秋瑾,每一步都迈得很沉重、很凄情,甚至无奈。

"九畹齐栽品独优,最宜簪如美人头。一从夫子临轩顾,羞伍凡葩斗艳俦。"这首写《兰花》的诗,我不知道是不是秋瑾植玉兰时所写,但有一点是十分清楚的。她秋瑾是玉洁冰清的豪洒之人,羞与流俗为伍,更何况自己要选的夫君呢!然而,现实就那么冷峻无情,秋瑾就是因随夫而寓居这座当年"大冲别墅"的。那是1894年,秋瑾随父亲秋寿南,赴湘乡履职来到湖南。后结识了曾国藩的长孙曾广钧。经曾广钧介绍湘乡豪富王黻臣结交了秋寿南。见秋瑾的花容月貌,才气不凡,王黻臣欲娶为儿媳。为躲战乱,王黻臣在株洲一个叫老虎塘的地方(即今石峰区大冲村)兴建了这座华丽别墅。房屋竣工时,经媒人说合,秋家将秋瑾许配给王黻臣季子王庭钧。王庭钧比秋瑾小两岁,曾就读岳麓书院,虽能吟诗作赋,但醉心利禄,无所成就。在秋瑾的内心深处,她很早就怀有"但恐所好殊,不遇知心赏"的思虑,对这所谓门当户对的婚姻心存幽怨。然而,在那个封建礼教森严苛刻的不近人情的时代,秋瑾为尊父命,1896年5月17日,秋瑾与王庭钧结婚。从此,就来到"大冲别墅"

居住。秋瑾虽说表面上生性刚烈，其实，她饱读诗书，知情达理，心中柔情似水。她仍企望丈夫能不负她的心愿"琴瑟和鸣"。故将"大冲别墅"改名为"槐庭"。在秋瑾心中，槐之于庭，其自然生命的真诚守护，其黄白的花蕾，能象征门户的兴荣和尊贵。其乔木的伟岸挺直，堪为人表。在居住期间，她辗转湘江两岸城郭、乡村、古道，行吟岳阳楼、屈子祠、贾谊宅、定王台、马王堆。还去浏阳结识了谭嗣同、唐才常。这一切让秋瑾读出了历史的沉重，人世的炎凉，百姓的冷暖，大地的苍茫。她入贾谊宅归来，心潮难平，赋诗道："贾谊祠前载酒回，新声才赋管弦催。他年书勒燕然石，应有风云绕笔来。"1898年谭嗣同变法遇难，其浏阳老家被查封，秋瑾冒着危险女扮男装，从槐庭骑马去浏阳看望嗣同夫人李闰，并将谭嗣同的诗词、信札和《仁学》孤本带往北京，交给谭嗣同的挚友梁启超，《仁学》才得以明世。就是这样一个心如玉洁，情如月莹，志存高远的秋瑾，虽费尽苦心和倾注满怀柔情劝慰丈夫，王庭钧放荡行为多有收敛，亦能与秋瑾相敬如宾，但仍不思国家忧患，胸无海岳，更不敢振翅高飞。令人欣慰的是，秋瑾在槐庭生下的一子一女均不负母望，成才效国。儿子王沅德毕业于上海正风大学，曾任湖北江声日报社长等职；女儿王灿芝先后留学美国华盛顿大学、纽约大学，归国后任航空学校教授及编译，是"中国第一个女飞行学家"。在槐庭苦熬了七载春秋的秋瑾，待儿女初长成时，她便走出"重重地网与天罗，幽闭深闺莫奈何"的大冲村，踏上赴日求学之路。从此，她艰难地行进在"万里乘风去复来，只身东海挟春雷。忍看图画移颜色，忍使江山付劫灰？浊酒不销忧国泪，救时应使出群才。拼将十万头颅血，须把乾坤力挽回"，头顶上翻卷着爱国革命的风云征途。1901年《辛丑条约》签订，中国赔款4.5亿两白银，湖南负担赔款70万两，秋瑾悲愤至极，含泪写下《宝刀歌》："几番回首京华望，亡国悲歌泪涕多。北上联军八国众，把我江山白赠送。"也就这一年秋天，秋瑾父亲于湖南桂阳知州任上病逝。自此家境贫寒，加之王家的封建礼教苛严，家仇国恨塞满胸间。秋瑾心中的火焰带血喷吐出来，她在《秋日感别》中沉吟："已是秋来无限愁，那禁秋风送离舟。欲将满眼汪洋泪，并与湘江一处流。"于此，我的眼泪悄悄地洒在《秋日感别》的诗句上，心变成异常的沉重清冷。我在与秋瑾居室相连的西厢房，细细地读她的生平足迹。每到一处，我的心就要震颤一次。1904年6月22日，秋瑾带着救国救民的大问号东渡日本，她在日本参加了第一个革命团体"共爱会"秋瑾改名为"实行共爱会"，"以拯救二万万之女子复其固有之特权"为宗旨。当时日本铃木文学士赠给她一柄宝刀，秋瑾爱惜有加，一直把它带在身边。"我今得此心雄豪，世界和平靠武装"。这是秋瑾对剑义的彻悟。此后，秋瑾加入孙中山在日本组织的友情秘密团体"三合会"以及光复会和同盟会，并被推荐为同盟会本部评议员及浙江主盟人。1906年，秋瑾回国在上海创办《中国女报》，她在《发刊辞》中写道："世间有最凄惨最危险之二字，曰黑暗。黑暗则无是非，无闻见，无一切人间世应有之思想行为等等。黑暗界凄惨之状态，盖有万千不可思议之危险。危险而不知其危险，是真乃危险，危险而不知其危险，是乃大黑暗。……然则曷一念我中国之黑暗何如，我女界前途之危险更何如？予念及此，予悄然悲，予抚然起，予乃奔走呼号于我同胞诸姊妹，于是而有《中国女报》之设。……吾今欲结二万万大团体于一致，通全国女界声息于朝夕，为女界之总机关；使我女子生机活泼，精神奋飞，绝尘而奔，以速进于大光明世界；为醒狮之前驱，为文明之先导，为迷津筏，为暗室灯；使我中国女界中放一光明灿烂之异彩，使全球人种，惊心夺目，拍手而欢呼。无量愿力请以此报刊。吾愿与同胞共勉之。"当我读完这段迸射着划破黑暗的思想光芒的激扬文字，仿佛自己也走进了那个黑暗的岁月，感受着底层民众，尤其是妇女同胞的抗争呐喊。当我又在秋瑾故居一次又一次看到秋瑾身着男装，神情庄重，手扶腰间佩剑的英武媚雅的照片，我的心被震撼，激奋，我又于无声处听到了秋瑾心中的雷鸣："金瓯已缺终须补，为国牺牲敢惜身。休言女子非英物，夜夜龙泉壁上鸣"的壮烈诗句。1907年7月6日，这是一个悲烈的日子，徐锡麟组织安庆起义失败，秋瑾不幸被捕。后发至山阴县，秋瑾面对严刑拷打，多次审讯，她大义凛然，坚贞不屈。"赐之坐则坐，赐之食则不食。"山阴县命其将平日所作所为用笔写出。秋只写一个"秋"字，再强之多写，则写了

"秋雨秋风愁煞人"七字。从此无论如何,不肯写矣。始终并无确供。①由此可见,秋瑾侠义肝胆,冰清气节,耿耿丹心。真可谓:"惊天地,泣鬼神",光耀日月,千古留名。7月15日凌晨,秋风怒号,落叶纷飞,朝露含悲,山水呜咽,愁云密布,皆为一代女侠送行,其悲烈之色,天地为之动容。然而,秋瑾依然不改其英雄本色,视死如归,从容就义于绍兴古轩亭口。孙中山闻讯含悲题赠"巾帼英雄"。还是借用秋瑾自己的诗,题《芝龛记》,我以为或许更能表达我们对她的深深怀念:"莫重男儿薄女儿,平台诗句赐峨眉。吾侪得此添生色,始信英雄亦有雌。"真的,行文至此,我流泪了。这是何等高洁的人格情怀。许啸天在《读秋女侠遗集感想》一文中说:"我与女侠同工作,共患难,朝夕相处,对于她的人格下过深刻的考察,知道他的革命工作是整个的……奋斗又奋斗,痛苦又痛苦;其间不知道受尽了多少悲哀,牺牲了多少幸福,才得最后政治人格上大无畏的表示。"②

1995年在北京召开的第四届妇女大会上,以秋瑾为首,以及受其影响的宋庆龄、何香凝、唐群英、向警予、蔡畅、邓颖超、帅孟奇等被中央认定为"中华百年八大女杰"。

我依依不舍的槐庭,今日终将离去。可我这颗仰慕之心会常留这里。它要守护您的剑光琴韵;守望您的玉桂清芬;守卫您的文心诗骨;更要书写您的浩然正气,酬国忠魂。

槐庭依然剑琴鸣,
玉兰枝叶重返青,
非是故地无风雨,
盛世更须敬英雄。

---

① 《秋瑾女侠遗集》贵州教育出版社2014年7月版,第3页。
① 《秋瑾女侠遗集》贵州教育出版社2014年7月版,第59页。

都岐村的笑声

冬天来了，寒冷悄悄地降临到位于高山之巅的都岐村。走进村子，我看见老人们穿着厚厚的衣衫，孩子们的脸冻得红扑扑的，夹在茂密的松树林中的枫树叶子已被寒霜染成一片殷红。红色点缀着浓绿的山峦景色变得更加鲜丽。这时，太阳移向中天，光芒变得格外耀眼。微风里面荡漾着丝丝温暖。到村口迎接我们的向启明，虽然已年过半百，当了10多年的村支书，看上去精神状态很好，双目放射着明亮的光芒。他兴奋地领着我们翻坡过坳。一路上，他如数家珍似的向我们讲述村上的变化。当他讲到新建的药材、烤烟、柑橘、葡萄、苗木基地和新发展的猪牛羊鸡鸭养殖大户时，停下步子说："最近召开的十八届五中全会，给全国人民铺展了实现全面小康的蓝图。提出实施精准扶贫，精准脱贫，要摘掉贫困帽子的重大举措。这就让我们吃了定心丸，扎下致富根，圆了小康梦。"

向支书的话，深深打动了我的心。我想起去年到三亚采风，听到习总书记在玫瑰谷视察时说的"小康不小康，关键看老乡"的话时，当时就感触到党中央对农业、农村、农民的重视关心摆到了重要的位置。我这个曾经做过农村工作的人，更是感同身受，浮想万千。我即时就写了一首歌词《心向大海，玫瑰花开》。今天，我来到了文联的扶贫联系村，看到乡亲们奔小康的动人情景，怎不感到高兴和深受教育呵！之前，我已从驻村工作队员小雷那里，了解到都岐村的基本情况。这个村有200多户人家，2014年人平均收入2180元，全村已被确认的贫困户有44户，共223人。按照"一对一"的帮扶要求，我们文联的干部就联系了40户，并建档立卡，明确了帮扶责任。经过一年的努力，"精准扶贫"初见成效，预计今年全村人平纯收入可达3700元。

不知不觉，我们就走到了新修建的村上文化活动广场。一群老年人正在这里自娱自乐。他们有的在拉二胡，有的在敲打锣鼓，有的在吹唢呐，有的在跳舞。真是各显其能，各得所乐。看到老年人的笑脸和欢乐的演唱，谁会想到这是贫困村的写照呢！见我们到来，一个名叫向显云的村民，主动给我们表演他自己创作的快板节目《同建同治》。表演结束，我特地找他要了原创手稿。现抄录其中两段，我觉得颇有意味。

我家坐落在都岐，依山傍水小山村。
以前村庄一片乱，到处垃圾臭气熏。
你怨我来我骂你，相互争吵不安宁。
自从村委换了届，好似枯木又逢春。
先从思想来引导，民风淳朴得重生。
精准扶贫齐心干，同建同治面貌新。

这就是一个普通村民的心里话。他表达了全村人的期待和同奔小康的自豪。多么好的老乡啊！他们心中的向往、梦想是如此的实在，如此的明媚。我看着从村道上跑来的男女乡亲，还有抱着小孩的年轻母亲，他们脸上都绽开了喜悦的笑容。我的心异常的激动。谁说这里偏僻、闭塞、遥远、落后？你看，乡亲们多像这山上挺拔的树木，正撑开一片高山之巅的艳阳天。这片土地是一片升腾热气的土地，充满希望的土地，奔涌绿色的土地。这里的青山绿水是最丰盈的财富；这里的人勤劳俭朴，靠政策科技致富，是最壮美的生命乐章；这里民风淳厚，和睦友善是珍贵的心灵守护。这就是我们文艺家安身立命的热土和创作源泉。我们要有作为，向人民奉献最好的精神食粮，就要走到他们的中间，从他们身上吸取营养，发现思想美，道德美，人性美，劳动美，创造美。在这样丰富纯洁的情感天地里，接受灵魂的洗礼，写出无愧于时代和人民的好作品。

和我一同来都歧村的，还有我们文联的党组副书记、文联副主席夏义生，他的心很细。一到这里，他就委托村干部找来了他"一对一"的扶贫对象石泽好。并详尽地询问了他家今年的生产情况、收入情况，还有哪些困难。看老人兴奋的脸色，我就知道他今年的收成肯定不错。接着，我们又在一起自由轻松地座谈了起来。老乡们又向我们工作队提出了帮助解决人畜饮水、整修机耕道、加宽乡村公路和新修过河桥的要求。尽管我们能力有限，但我当即答应，一定帮助他们去省里有关部门联系争取支持，作为文联，我们也一定节约开支，尽微薄之力。其实，我知道村上要在三五年内脱贫，任务还很繁重，压力自然不轻。可当我看到村干部和乡亲们的这种坚韧不拔和立足自力更生的自立精神时，我被深深地感动。我对他们说："都歧村我们会常来的。"

穿过田埂，刚收割完晚稻的田垄，袒露出一片金黄的色泽，仍然可闻到泥土与稻谷的香味。坐落在山边、溪畔的栋栋新盖的红砖瓦屋，被绿树簇拥，小桥、篱笆、菜园点缀，就宛如陶渊明笔下的桃花源，飘拂着诗意般美妙的悠扬旋律。不时，从土屋、木楼传出的缕缕朗朗笑声，又给山村增添了蓬勃活力。

天边的云霞慢慢燃烧起来，放射着斑斓的光焰，勾画出了云中都歧小村的美丽的轮廓。我深情地看到眼前的这片明山碧野，我的心，在激动地穿越岁月的苦难和辉煌的梦想。

都歧刚走进了大自然的冬天，可春天的花蕾也正从枝头醒来。

追梦十八洞天

立冬后的第三天，我来到了湘西花垣县排碧乡采风。

清晨，太阳还没有撩起笼罩在群山的银色面纱，我们乘坐的车，便急速地穿越矮寨大桥，沿着盘山公路旋上700多米高的十八洞村寨。

十八洞村确是别有洞天。

这里属高寒山区，冬长夏短。高山溶岩的造化，给这片崇山峻岭巧夺天工地雕刻出神奇独特的自然景观。沿途放眼这些名叫蓬台峰、黄石岩、乌龙一线天、背儿山、擎天柱的峰峦景致，都形神并茂，撩人目不暇接。特别是相传古夜郎国时，就发现的十八溶洞群，最大的溶洞能容纳数千人。这真是天成之作，奇妙无比。进入洞洞相连的溶洞，你突然会被洞中形态各异、惟妙惟肖、栩栩如生、晶莹亮泽、引人遐想的，耸立在洞中大小不一，远近有致，相映相呼，如闻其声，似入天堂的钟乳石和镀着白色光泽的洞顶岩石铸造的宫殿、琼柱、瑶台、金梁、玉池、梯田震撼。岁月流逝，直到现在，因交通不便，山道狭窄，这个这被誉为"亚洲第一奇洞"的十八洞村如一位美丽的少女养在深闺人未识。

沿着层峦叠翠的峡谷前行，我们看到从山顶飞流而下的高山的瀑布，倾泻出的万朵雪花，仿佛有湿润的水珠凝结在自己的头发上。心里顿时掠过一片清甜。路边站立的老树，极精神地擎起葱绿的树盖让缠绕枝干的古藤更呈现出僻远深山的古典神韵。路边摇曳的荆棘、野花小草和林间飞鸣的鸟雀，都在向我们歌唱招手。仿佛在告诉我们，十八洞村现在越变越美了。是的，我们走在新修的宽敞而平坦的弯曲公路上，就能看见绿树竹林掩映着的修葺一新的苗家新居和整洁干净的屋场寨落。还不时听到从苗寨传出的鸡鸣狗吠猪叫，这是一幅何等美丽而鲜活的画卷。就在这幅画卷里，居住着 225 户人家，共 939 人。2005 年，由飞虫村和竹村合并为一村，当时为了发展乡村旅游，故以洞名作为村名，十八洞由此得名。

正当我们欣喜地走进村头的老乡家时，迎面碰到了一群从长沙城里来的老年妇女摄影团，看到她们那种兴奋的神情，我被深深感染。有人认出了我，是省文联主席，便嚷着要一起照相。这时，闻讯而来的村长施进兰便兴奋地带着我们走村入户，去真切地感触老乡的生活状况。他告诉我们，就这两年的时间，十八洞村真的变了。现在自来水通了，房屋改造了，青石板路通到了家门口，开辟了一批种养殖项目，村子美了，村民开始富了，来这里旅游的客人也多了。接着，他就给我们讲起两年前习总书记来十八洞村的故事。

那是 2013 年 11 月 3 日下午，阳光明丽，群山泛彩，习近平总书记就是沿着这条狭窄的青石板山路辗转来到十八洞村。这是一个极富苗族民居风情的寨子，一栋栋土屋呈梯形依山筑台建屋。一色的黄泥糊的墙壁，平展而厚实。用木条木板做的窗棂、门楣，经年久风雨吹打，闪耀着金黄的光泽。青石板铺的巷道和台阶氤氲着深山洞天的清润之气。步行二十分钟就能从村口走到寨尾。习近平总书记走进村子，乡亲们站在家门口惊讶地望着他。习总书记向老乡们挥手致意，连连对老乡们说："乡亲们，我来看你们了！"这时，大家如梦初醒，方才明白，眼前这位和蔼可亲的客人就是总书记。于是大家欢呼着簇拥过来。习总书记走进了特困户施齐文家，他握着老人的老伴石爬专的手问她年纪多大。听老人回答 64 岁了，习总书记亲切地说："你是大姐"。接着他又问："吃得饱吗？""有果树吗？""养猪了吗？"老人一一点头，脸上始终露着幸福的笑容。这时，习总书记站起来，缓缓走进两位老人睡觉的小木房，用手摸了摸被子的厚薄，问冷不冷；又揭开米仓盖子察看，问够不够吃。这就是人民的总书记啊！万家忧乐记在心头。习总书记的一举一动，亲切询问，让大家感到十分温暖。接着就在老人屋前的地坪里，围着桌子坐，习总书记和村民交谈，从水、电、路到教育、医疗、发展生产、低保一一问到。

在十八洞村，习总书记作出了"实事求是，因地制宜，分类指导，精准扶贫"的重要指示。明确提出了十八洞村的扶贫模式"可复制、可推广"的六字原则与"不能搞特殊化，但不能没有变化"，防止扶贫搞形式主义，做表面文章的13字要求。为了落实总书记的重要指示，从实践中探索"精准扶贫"的新路子，花垣县委迅速召开常委会，提出了一系列"精准扶贫"的措施，并派出精准扶贫工作组和第一支书驻村落实工作要求，与村民同吃、同住、同劳动，同商精准扶贫路子。"忽如一夜春风来，千树万树梨花"。在短短两年时间里，十八洞村就因地制宜地兴办了具有历史传统的洞腊肉、酸鱼、酸肉、野菜、苞谷烧等多种绿色食品加工业。同时又重新发挥传统手工艺优势，创新开发了苗绣、蜡染、花布、古花蚕丝织布等具有苗家风俗的文化旅游产品。活生生的现实，让我们看到了原来"精准扶贫"这个理念付诸实践就是从十八洞村出发，向武陵山连片特困地区拓展，为全国所有的贫困地区，点亮了"精准扶贫"同奔全面小康的明灯。到这里采风后，我才真正明白了"精准扶贫"的深意和可操作性、复制性、推广性。这就是要做到"六个精准"，即：扶持对象精准；项目安排精准；资金使用精准；措施到户精准；因村派人精准；脱贫成效精准。两年过去了，"女大十八变"，昔日苍凉贫寒的孤寂的十八洞村出落成端庄秀丽、姿色动人的美丽苗乡姑娘。施村长告诉我们，总书记走后村上按照"精准扶贫"的路子，首先做到精准识贫，确定了扶贫对象，制定了扶贫目标、扶贫措施，安排了帮贫干部和党员，然后我们树榜样，抓典型引路，立足山区资源优势，拓宽发展空间，先后创建了特种养殖、商品蔬菜、湘西黄牛、优质烟草、特色水果五大产业示范工程，形成优质农业绿色发展新模式。村民陈兴贵就加入了村里的金惠种植专业合作社，他用土地、人力入股，种植桑叶40亩，预计三年后，收入3万多元。我问村长，今年全村人均纯收入可达多少。村长说："2013年是1668元，去年是2518元，今年预计可超过3000元。"村长还告诉我，今年2月17日《人民日报》二版"行进中国"、精彩故事栏目刊发通讯：《资源贫瘠的湘西花垣县十八洞村：产业扶贫带来喜事连连》。眼前的现实情景，也让我看到了这篇报道的真实可信。激动时刻，村长突然跑进老乡家，拿出一本新出版的《习近平治国理政》，翻开书中的一页,指给我们看:"这就是习总书记在这里开座谈会的照片。我们苗族在这里居住了几百年,没有想到今天总书记会来到这里。乡亲们说,这是做梦也不敢想的事。"村长还说:"党的十八届五中全会发表的公报,明确提出精准扶贫,精准脱贫,到2020年要摘掉贫困帽子,我们更加看到了希望。我相信十八洞村实现全面小康的目标一定会变成现实。那时,鸟儿回来了,鱼儿回来了,虫儿回来了,打工的人儿回来了,外面的人也来了。十八洞会'天更蓝,山更绿,水更清,村更古,人更美,情更浓'。"村长越说越兴奋。

"这就是中国梦里的桃花源。"我如是接着说。

中午的太阳很温暖、很灿烂,把十八洞村的山山岭岭,座座苗寨照耀得浮金跃彩。望着这片蕴含美好期待和灿烂前景的高山洞天,我不忍离去。于是我打开画夹,拿起手中蘸满墨水的钢笔,我要把连绵苍山,峭岩云彩,头上的艳阳天,用诗性的表达雕刻在心灵深处的记忆里。

一心中国梦

暮秋天气微寒。上年八时许，我就乘车穿越长沙城的雾朦胧，树朦胧，楼朦胧，到离城30公里的长沙县黄兴镇拜谒黄兴故居。

黄兴故居就坐落在乡野垅田交错、绿树成荫的一个叫凉塘的山丘岗地之上，这是一栋典型的江南风格的民居。白壁灰瓦，回廊深深，飞檐翘角，至今仍保存着古朴庄重的建筑风貌。庄园槽门上对联是"蒙庆受福，长乐永康"。门庭紧邻涟漪清悠的水塘，门庭左右的金银桂花树飘溢着沁人的馨香。四周樟树、楠竹、银杏，排列有序，环绕着这座古老的院落，层层叠叠的沧桑翠绿随风摇曳。仿佛在念叨着当初建造庄园的故人。据《经铿黄氏家谱》记载，此屋的祖先是从江夏迁来。有据可查的，可以上溯到一千多年前的北宋大政治家、文学家、诗人黄庭坚。我在庄园里伫立徘徊思索，穿行于走廊、厢房、天井之间，细数大大小小的房间就有40多间。现在故居摆设的28件家具都是乡亲们收藏送回来的。庄园能修葺和复原陈列展览，其中的历史插曲不能让人遗忘。那是1981年春天，时任全国政协副主席王首道回湖南考察，听到当时住在故居的农户，想拆旧居扩建房屋时，当即向当地政府作出指示："必须保留黄兴故居。"很快，长沙县就将农户迁出，故居才安然保留下来。当我走进正厅天井前左右的《慎学轩》、《劝学斋》，我仿佛看到了幼年黄兴在这里读书习字的身影。黄兴父亲黄炳坤自己就是晚清秀才，当时他给黄兴取名"黄轸"，字庆午（因黄兴是午时而生），后因黄兴经常听其父讲太平天国的故事，明悟了功败垂成的道理，自己对名字"轸"有了新的理解。即"前车既覆，来轸方遒"，便自己改名黄兴，字克强。黄兴聪慧过人，从小便能熟背唐诗宋词，写对联。我从悬挂在故居，黄兴自己抄写的诗词墨迹上就读出黄兴的心中世界。"

如他抄写的南宋诗人郑所南的《德祐二年岁旦》，诗云：

> 力不胜如胆，逢人空泪垂。
> 一心中国梦，万古下泉诗。
> 日近望犹见，天高问岂知。
> 朝朝向南拜，愿睹汉旌旗。

从诗里让我们感触到诗人郑所南忧国光复的玉碎情怀，也看到了黄兴年轻时的报国肝胆与志向。黄兴的这个"一心中国梦"，也就在凉塘的这片热土上萌芽抽丝。

在黄兴少年时代的求学生涯中，黄兴的继母易自如起到了"三春晖"的雨露滋润作用。易自如受过良好的教育，曾任湖南民主第一女中的副监督兼舍监。1886年，刚14岁的黄兴就在易夫人的教导下曾自订《自勉规则》六条：

1、行动必须严守时刻；
2、说话必须说到做到；
3、读书必须分主次，纵使事忙，主要者不得一日荒旷；
4、处理重要事务及文书必须亲自动手，不得请托他人；
5、对人必须真诚坦白，不得怨怒；
6、游戏可以助长思虑，不应饮酒吸烟。

读着这《自勉规则》，我的心情久久不能平静，一个乡间少年，便有如此强烈的严谨律己的自觉，就已向人们昭示，黄兴必成大器。也就在凉塘这条弯曲的田间小路上，18岁的黄兴站在萧瑟的秋风里，依依不舍地与继母告别。继母拉着黄兴的手，含泪道："寒窗数载，就为一鸣惊人，耀祖光宗，博个锦绣前程！孩子，你的机会来了，努力吧！"

在这个瞬间，易夫人的话代表了所有做长辈对子女的期待。她并不知道，眼前就要远离故土出国求学深造的黄兴早已志不在此。他的脑海里扎下了"一心中国梦"，报效祖国的"笃定"、"无我"之根。

1898年，黄兴进入武昌两湖书院读书，这里给他展示了另外一个更开放的世界，不仅一扫"之乎者也"的酸儒之气，代之以天文、地理，兼修数理化，还研习史略兵法。开学第一天便是张之洞亲自主持开学仪式。这里的教师都是名师，如教文学的陈三玄就是大诗人，国学大师陈寅恪的父亲，教历史的岭南名士梁鼎芬，当过光绪皇帝的师傅，主持书院算学教学的是当时国内首屈一指的数学家、翻译家华蘅芳。在这样的学术殿堂，黄兴用心攻读，同时还兼修张之洞在两湖书院开设的兵操课。1900年春天，两湖书院监督黄绍箕把黄兴作为第一个名字推荐给张之洞，让黄兴赴日本考察学务。没有想到5月18日刚抵达日本东京的黄兴等18人就听到了八国联军侵华、义和团运动总爆发，各国公使会议决定出兵北京的消息。接着，6月10日，八国联军进犯北京，6月17日，八国联军攻陷大沽炮台。这一切报道都让黄兴肝胆欲裂，心急如焚，连夜写了一封长信，交给一同赴日本考察的武官带回去给他的恩师黄绍箕。黄绍箕看到信后深知黄兴的忧国存亡之心。此时的黄兴结识了一位曾多次来中国调查、采访，并认识孙中山，毕生支持中国民主革命事业的日本朋友宫崎寅藏。到了8月，国内传来了慈禧太后带着光绪帝逃往西安，北京成了一片残垣断壁，天津被烧毁，无数中国百姓被抢劫杀戮的悲惨消息，黄兴再也按捺不住心中燃烧的怒火，毅然提前回国。回国后，黄兴把在日本收集的情报写了一份报告书呈两湖书院院长。梁鼎芬院长看后喜出望外，速将此报告呈张之洞。崇尚洋务运动的张之洞看后批示："派该员再赴日本留学，继续考察日本实务状况。"两年后，黄兴被官费保送留学，并且在宫琦寅藏的推介下，认识了孙中山，成立了同盟会。对于黄兴的文韬武略，沉稳厚重，实干担当精神，当时同在日本弘文学院读书的鲁迅曾回忆道："无辫之徒，回国之后，默然留长，化为不二之臣者也多得很。而黄克强在东京作师范生时，就始终没有断发，也未尝大叫革命，所略显其楚人的反抗的蛮性者，唯因日本学监诫学生不可赤膊，他却偏光着上身，手扶磁脸盆，从浴室经过大院子，摇摇摆摆地走入自修室去而已。"就这个独立行走的黄克强，1903年8月，回到两湖书院发表了《民主革命与国体政制》的演说，猛烈抨击清政府的腐败无能，号召反清革命。一向器重黄兴的张之洞听后又惊又怒，当即命令梁鼎芬贴出告示，将黄兴驱逐出院。黄兴不理睬告示，依然在武昌停留36天，并将从日本带回的4000多本邹容写的《革命军》和陈天华写的《猛回头》赠给军界和学界的人。然后他才登上江轮回到湖南。

　　1903年秋天，黄兴到长沙明德学堂任教，他在历史课上，特别重视对民权的解释。他不引卢梭、孟德斯鸠的记述，而是引用《孟子》中的"民为贵，社稷次之，君为轻"。讲地理课时，就把当时各个列强国家瓜分中国的情况说得清楚十分，然后他便壮怀激烈地吟诵自己作的"题地图"词："空怅望，山川形势，已非畴昔"。其实明白人知道，这黄兴教书，哪里是在教书，分明是在播撒革命的火种，借教师身份掩盖自己从事革命活动。

　　1905年7月的一天，在日本东京的一个绒花树，正繁花似锦，灿烂若霞的小院，孙中山随宫琦推门而入。此时，就听得人声喧哗的内室突然寂静无声。随即传来了："独立雄无敌，长空万里风，可怜此豪杰，岂肯囚樊笼？一去渡沧海，高扬摩碧穹。就深霜肃气，木落万山空"吟诗声。接着，一个身材魁伟、目光如炬、黑须绕唇、风流洒脱、英武勃发的黄兴就出现在孙中山眼前。接着黄兴向孙中山一一介绍了从内室走出的宋教仁、刘揆一、刘道一、张继、章士钊等华兴会的诸精英。孙中山早已知道黄兴等人的革命抱负，便极其亲和地与大家讲了"物极必反"的哲学道理。他说："腐朽的终将被新生所代替，新政府一定会取代旧政府的。"接着，孙中山又给大家介绍了目前国家革命斗争蓬勃兴起的好势头，以及他在欧美的一些宣传经验，他提议兴中会和华兴会联合起来。当孙中山讲到欧美实行的民主政治时，大家都十分向往。于是，黄兴大胆提出一个问题："未来的中国，是不是也可以实行民主政治！"孙中山站起来肯定地回答："那是毫无疑义的，中国革命成功以后，我们的国家就改名为'中华民国'"。

　　"中华民国"就像一个火炬在每一个人心中熊熊燃烧，它在化为坚定的信念和澎湃的力量、奔涌的热血，激励这群革命壮士，向着民主共和的光明大道，披荆斩棘朝前奔跑。在之后漫长而颠簸，严峻而曲折，有误解、有风险、屡战屡败的岁月；甚至心力交瘁，疾病缠身，黄兴仍为辛亥革命成功，冲锋陷阵，勇往直前，赢得了大家的信任并寄予厚望。当袁世凯复辟失败，国内许多有识之士想到了黄兴，并督促在日本治病的黄兴回国共商大局。一直以国家兴亡为己任，坚定地奉行"笃定"、"无我"精神的黄兴，不顾重病未愈，于1916年7月6日到达上海。黄兴回国不是来接受大总统黎元洪的国庆授勋，更不是接受赴京出任总统府高等顾问，而是要回来抚慰曾经一起赴汤蹈火、出生入死开辟共和道路的战友们；回来看望孙中山这个"中华民国"的创始人，表达国土重光，改革与建设，巩固共和，复兴中华的报国情怀。至于个人的荣辱得失，黄兴早已表明心迹："名不必自我成，功不必自我立，其次亦功成而不居"。

1916年10月3日下午3时，这个日子将镌刻在历史的走廊上，这位"一心中国梦"的英雄，在弥留之际，还睁开蒙眬的眼睛，望着守护在床前的黄一欧兄妹说："吾死汝勿泣，须留此眼泪，他日为苍生哭，则吾有子矣。"一代伟人黄兴就是为实现毕生追寻的"一心中国梦"，救民救国，唯独无我，他平静而去，用年仅42岁的生命历程，写出了"无公则无民国，有史必有斯人"（章太炎语）的人生壮丽诗篇。当我在黄兴故居看到这张照片，不禁眼泪夺眶而出。此刻，我仿佛看见黄兴正朝我走来。

这是1911年4月27日广州起义前夕，黄兴面对迎风拓展的战旗，从桌上拿起毛笔写下："誓身先士卒，努力杀贼，书此以当绝笔。"起义爆发后，黄兴亲率敢死队进攻两广总督署，与清军血战身受重伤，终因敌我兵力悬殊而失败。这一天，广州黄花岗上，乌云翻卷，草木悲泪，同盟会成员在这里亲手掩埋了72位烈士的遗体。既而，黄兴用左手挥泪写出《蝶恋花·辛亥秋哭黄花岗诸烈士》："转眼黄花看发处，为嘱西风，暂把香笼住。待酿满枝清艳露，和风吹上无情墓。回首羊城三月暮，血肉纷飞，气直吞狂虏。事败垂成原鼠子，英雄地下长无语"。黄花岗一战震惊全国，九省通衢的武汉正在孕育一场翻天覆地的革命风暴。1911年10月10日是个注定要载于史册的日子，十八星旗高高飘扬在武昌上空，按照黄兴的一省发难，各省纷起的方针，湖北的两个邻省湖南、江西迅速起义建立了军政府。10月28日下午，黄兴抵达武昌，而此时隆裕太后已调集朝廷三分之二的兵力进攻武汉，12日失守，汉阳频频告急。这时，黄兴以迅雷不及掩耳的雷霆之势，带兵赶来给两湖勇士极大的鼓舞振奋。都督黎元洪见黄兴到了武汉，马上下令做一面大旗上面写着"黄兴到"三个大字，派人举着大旗骑着马在武昌和汉口没有被清军攻陷的地方跑了一圈。前线将士们士气大振。这时，老百姓自发制了三面一丈二尺高的"黄"字大旗，分别竖在武汉三镇的黄鹤楼、龟山、新市上空飘扬。众人都拥戴黄兴为民军总司令。"战时总司令黄"六字旗令天地生辉，山河壮色。11月3日，黎元洪请黄兴登上拜将台受职时，动情地说："我谨代表中华民国四万万同胞及全国军界同胞，推举黄兴为战时总司令，并于此就职……我们都要心悦诚服，听他的指挥，群策群力，驱除鞑虏，保卫国家。这将是"中华民国"之大幸，也是四万万同胞之大幸。"黄兴也当众向大家说："这是革命，是为了光复汉族，建立共和政府……今天承蒙黎都督与各位同志的推举我为战时总司令，自当义不容辞，为国而瘁，死而后已。"临危受命，黄兴艰苦卓绝地指挥了长达40多天的武昌保卫战。这是一场敌我力量极其悬殊的战争。黄兴冲在最前线，革命军异常英勇，终于将汉口从清军中夺了回来。袁世凯的北洋军阀统帅冯国璋狗急跳墙，竟然丧失人性下令放火焚毁汉口。这个当时仅次于上海的国际港口，三天三夜后大片土地化为灰烬，城市成了废墟，死伤居民十万之多。在这场保卫战中，黄兴率领两湖革命军虽然损失惨重，但他们牵制住了清军主力，为全国各地风起云涌的起义争取了宝贵的时间。就在这个关键时刻，沉稳果断的黄兴经过深思熟虑，决定放弃汉阳，率领所有精锐部队挥师乘舰东下，夺取南京。1911年12月，华东重镇南京光复，成立南京军政府。而攻进南京的江浙联军炮兵副总指挥，就是黄兴18岁的儿子黄一欧。南京胜利后全国一片光明，上海同盟会提议在南京成立中华民国临时政府，多省份纷纷响应并力举黄兴任"中华民国"大元帅，但黄兴坚辞不受。一连三天，他终不肯受任。后因各方的军务紧急督责，黄兴多方考虑为稳定大局，顺应军心，决定赴南京就任。但到12月23日启程前的晚上，他忽然又不去了。原来已接到孙中山先生来电，他已启程回国。

1912年1月1日，孙中山由上海到南京宣誓就任"中华民国"临成大总统。同年隆裕太后以宣统皇帝的名义发布诏书，宣布清帝退位，统治中国268年的大清王朝在孤儿寡母的涟涟泪水中宣告结束。

对此，革命党人冯自由感慨万分道："世称孙黄为开国二杰，克强诚当之无愧矣"。

在黄兴故居，读他1912年10月28日回故乡路过岳阳楼时写的诗："借得唐人诗一句，洞庭秋水远连天。中流自有擎天柱，明月多情照客船"；缅怀他的风云人生和悲烈壮举，对共和国的赤胆忠心，使我更加明白了"江山如此多娇，引无数英雄竞折腰"的深刻寓意。黄兴就是这样一个天之骄子，他的"一心中国梦"的坚定足迹，充分证明毛泽东对他的评价："湖南黄克强，中国乃有实行的革命家。"也如杨度悼他的挽联所云："功可自我立，名不可自我居，听其言，观其行，事业千古，道德千古；退则夷之清，进则非尹之任，生也荣，死也哀，湖南一人，中国一人。"

今年的10月31日是黄兴逝世100周年，他曾经的"一心中国梦"，在中国共产党的领导下，已经在逐渐实现。当"两个一百周年时"他的梦想定然会变成更加灿烂光明的现实。我们告慰黄兴的英灵，不须用多么美丽的歌词和诗篇，就用中国近代书法家、教育家于右任先生悼黄兴诗吧！

开国之功未可忘，国人犹自说孙黄。
黄花满眼天欲醉，猛忆元戎旧战场。

凉塘的水呀！你永远映照着令万物蓬勃的英雄故居，故居的砖瓦呀！你永远镌刻着一颗伟大灵魂的无我情怀。

望剑仰昆仑

千古非常奇变起，拔刀誓靳佞臣头。

——唐才常挽谭嗣同诗

滔滔西去的浏阳河，穿越岁月的峡谷，奔向浩荡湘江。它以其清澈、激越、率直的品质，灿烂着我梦中的遥望，和遥望中瑰玮的想象。

那是一个洪水消退后的夜晚，古城长沙在经历一场洗礼后，变得异常的清新和安谧。此时的我，还未及抖落与洪水搏斗后的疲惫，突然想起一件特别重要的事情——9月28日是近代维新志士谭嗣同殉难100周年纪念日，我答应给报刊写一篇文章，因为抗洪而中断。现在，我重新坐到书案前，脑海里汹涌着洪波巨浪，眼前仍然闪现着漫长大堤上的人影灯火，心情总是不能平静，手中的笔感到格外的沉重和笨拙。

也许是心有寄寓，又一时找不到路径，我时而凭窗眺望，时而在书房徘徊、寻思。突然间，挂在书房墙壁上那柄我从山海关带回的宝剑，发出铮铮鸣响，它正在为我吟诵烈士带血的宣言：

"外国变法，未有不流血者，中国的变法流血者，请自嗣同始。"

这一闪铿锵的誓言，仿佛一道洞穿晦暗天空的电流，蓦然间接通了我与铁血斗士谭嗣同的脉搏。

此刻，我的眼前出现了他痛斥奸党和谢拒友人的劝说，正气凛然地昂首走出浏阳会馆的威武雄姿。面对着刽子手提起的铡刀，我们的斗士坦然相对，慷慨陈词："有心杀贼，无力回天，死得其所，快哉快哉！"这是何等气概，何等胸怀！那轩昂的气度，那伟岸的英姿，宛若昆仑耸拔，顶天立地。

或许是心灵的默契，抑或是精神的追慕，我在浏阳县府任职时，偶有空闲，总要携妻带子去城西的谭嗣同纪念馆流连，一次又一次去接受这个崇高、圣洁的灵魂之光的洗礼。每当我轻轻地踏上这块圣地，那颗忧愤的灵魂就会从蕉雨琴琴弦上迸发出来，向我述说着壮志未酬、英雄末路的愤悲与痛苦。

那是在风雨如磐的岁月，谭嗣同心怀天下事，寄意黎民百姓，为一吐心中的忧愤和豪志，经常对剑凝月，或伴灯拔琴！琴声时而激愤如咆哮的浏阳河之水，时而幽咽似秋雁悲鸣。这琴曾经百余年的霜雪之欺，木质依然坚硬，光泽依然亮丽。细瘦清冷的琴弦，虽已断脱，但注入其中的那一腔壮烈，还在旧弦上低吟。这琴，是谭嗣同精心收藏的文天祥的遗物。睹琴忆远，我不禁想起了文天祥的《同叹》诗："孤臣伤失国，游子叹无家。"也正是怀着同样命运的感触，谭嗣同曾仗剑天涯，饮马天山，露宿大漠。他察百姓之哀怨，悟沧桑之正道，写出了《仁学》，躬身去创办算学院、南学会、《湘报》，甚至不畏牺牲毅然闯入维新运动的激流旋涡，去实践自己的救国救民之志。

那是一个凄厉的潇湘之夜，谭嗣同在庭院沐雨舞剑，任雨花纷飞，月色破碎，要劈开天之阴暗，地之迷茫。然后，他端坐书斋，平心静气地拨响了心爱的蕉雨琴。琴声飞出窗外，飘荡天庭，雨为之静止，月为之复明。那是一种怎样的倾诉，一片怎样的赤情。天知、地知、月知，窗外的芭蕉亦深知其心、其情、其志、其趣，为舞剑者幽吟。

"阴沉沉，夜寂寂，芭蕉雨，声何急，打入孤臣心，抱琴不敢泣。"

是啊，嗣同的《蕉雨琴》是这般深沉、凝重，恰似一泓感伤的流水，流泻着壮士的忧郁和惆怅。当年的闰娘就是在布满风雨的浏阳河畔的状元州码头挥泪为夫君送行的。她心中牢记着谭嗣同的离别话语："闰娘，吾辈早视荣华如梦幻，死辱为常情，心忧国事。"

百年风雨，百年沧桑，百年血火，百年废兴。现在古老的神州经过改革开放大潮的洗礼，变得这般阳光明媚，山青水碧，景色娇美。今天的浏阳河儿女，拂去岁月的风尘，拆去朽腐的雕梁檐柱，挑走坠塌于天井陋巷的残砖断瓦，历经一百五十多个刀凿斧锯的日子，终于在谭嗣同殉难100周年前修复了他的故居"大夫第"。

入得"大夫第"，你会感到有一股浩然正气在厅堂升腾，继而回旋于厢房、书斋、天心、走廊。它可以使灵魂迷茫者醒悟，意志薄弱者坚强起来。记忆中嗣同君曾为南宋郑思肖《通呈》苦吟得诗，仿佛也在厅堂回响：

> 雁声吹梦下江皋，
> 楚竹湘令起暮涛。
> 帝子不来山鬼哭，
> 一天风雨写《离骚》。

如此凄然感人，如此震天撼地的文情，字字袒露着诗人决定走向壮烈的无悔选择。想到此，我的心颤动了，我的血沸腾了，我的情奔涌了。我推开窗门，推亮一片明霞，推飞一行秋雁，推响了满城的汽笛人流声，推出了一轴鲜活而有声有色的立体图画。面对这个新天地、新世界、新纪元，谁又不感慨成千上万的改革志士和民族英雄，他们流血牺牲，换取美好人间的壮烈与崇高？！谁又不感叹自己对光阴的虚度和对世界贡献的微小？！

回到书案前，悄然袭来的灵感，催我重新握住案头的毛笔：

> 听琴忆先烈，举酒慰忠魂。
> 装点好山河，望剑仰昆仑。

父 亲

> 父亲一生质朴、真诚、勤劳、好学、平凡而乐于助人。纪念他老人家最好的形式，就是不忘父亲和家乡人民的养育之恩，把自己全部的精力和心血为人民群众工作，做到尽心尽职，淡泊人生，严于律己，乐于奉献。
>
> ——题记

我的父亲是一个农民，一个地道的农民。平常在一起生活、交谈，父子之间轻松、随意，也就有一种平淡的感觉。父亲走了，时间越长，越感到他的不寻常甚至伟大。父亲是1997年4月1日下午走的，他走得匆忙，那年他八十一岁。

那年的3月31日，我从娄底回省政府报到，又回到离去两年的省城工作。当时的心情是很复杂的。是高兴是惋惜，真有些说不清楚。说高兴，从此又与家人生活在一起，生活有妻子照料，还能与儿子有相聚交谈的机会，享受天伦之乐。说惋惜，已与娄底的父老乡亲结下了剪不断的相知情谊，对娄底地区的社情民意更加了解熟悉，许多工作的开展已得心应手，更重要的是自己又得到了新的磨炼和提高。人是重感情的，比起这些，高兴的心情中浮沉着更多的眷恋和难舍。

次日的中午，正和家人一起吃饭，突然接到来自浏阳的电话，二弟在电话中告诉我，父亲摔了一跤，正处在昏迷中，要我速回。

意外的不幸消息，顿时使我们全家陷入不安和焦躁之中，车子匆匆上路，呼啸着以最快的速度赶回浏阳。下午的天空渐渐变得阴沉起来，好像要下雨。路两边重叠的苍山也压到了胸脯上，使人感到喘不过气来。这时浓重的雨云已在头顶上翻卷，春天的田野绿色也模糊了，变成一片铁青。

我含泪站在父亲的病床前，医生们用沉重的语言告诉我，父亲患的是脑溢血，抢救的可能性很小。我的心很苦很痛，我拿着父亲的手看着他平静而慈祥的容颜，心里更加难受。我知道，他的心脏在跳动，可他已不能和我们交流语言，我和妻子、弟妹们站在父亲身边，多想听到他的声音，哪怕是最微弱的声音，可是父亲的嘴唇抿得很紧，他就这样沉默着走了，再没有回望我们一眼。

对于哭，对于眼泪，甚至是大声地呼唤，我知道已经毫无价值，因为对自己恩重如海，教导自己走向人生道路的父亲，我是无法用眼泪、哭泣、语言表达心中的悲恸的。我现在只能抑制住自己极度的悲伤，来主持商量料理父亲的后事。

父亲在生前跟我说过，他是一个农民，他珍惜自己走过的历程，他不希望在他人生的终点变成另外的人物。我尊重父亲，决定用最简单、但又最真诚的方式来悼念他。我拟写了致村民亲属的告示，感谢乡邻对父亲的关爱，丧事从简。我们就在村干部的主持下开了一个追悼会，而且悼词非常的简短。其中有这样一句是我自己加上去的："他不期望儿女有多大报答，而只希望他的儿女在社会上堂堂正正做人。常思进取，不忘养育自己的土地和人民，努力为社会多做贡献。"我知道，作为父亲的儿女我们对父母既尽孝不全，也对祖国效忠不够。站在父亲的灵前，更多的是惭愧、内疚和自责。

父亲是一个只读了两年私塾的农民，但他勤学好问，唐诗宋词、四书五经都读了，而且还能背诵。平常他喜欢写毛笔字和对联，还拉得一手好二胡。有时乡里的演戏班子缺少拉琴人时，他就顶替上台。一天劳作归来，吃过晚饭，常有三两乡邻来到父亲的屋前，听他讲《三国演义》、《水浒》和《西厢记》，父亲最感兴趣的是唐诗和《聊斋》。我读小学时，他就强迫我背唐诗、《幼学》、《增广贤文》，还告诉我写对联。十里山冲周围的农户，哪家有了红白喜事和庆贺什么节日，召开某种庆祝会议，都少不了要请他去书写贺词、对联，他把做这样的文墨之事，当作一种乐趣，一种寄托，不取任何报酬。他从不为个人的利益和荣辱与乡邻吵闹和生气。相反，他不知道调解了多少家庭纠纷和劝教了多少农村的不守规矩的青少年。乡间的老少男女都尊重他，有事向他请教。

在我的记忆中，父亲种田的体力不很强，技术也不是很精，但他终年劳作，风雨不惧，自食其力。就是在人民公社做集体工时，也不偷工减料，表里如一。因社教和"文化革命"的政治原因，他几次被批斗，却从不怨天尤人，反倒安慰我们要相信党和政府。当时，我真不理解父亲为何如此坦荡，如此想得开。是的，父亲真正伤心时也是有的，那就是我从部队复员回乡种田的日子，他始终没有说一句话，整天一个人坐在屋前抽着旱烟，烟雾总是布满整屋子，最后谁也看不清谁。从那以后，父亲的支气管炎就更加厉害，有时半夜还要起来坐在床边咳嗽。

母亲心疼父亲，劝他不要抽烟。父亲说："我别的什么事都可以做到，要我戒烟等于要我的命。"听了父亲的回答，母亲不再劝他。我也就从那以后，每次回家都要给父亲带回一些香烟，我劝他少抽旱烟，他自己种的旱烟太厉害，太损伤身体。

父亲继续抽烟，仍然在和乡间的几个有文化的老人谈论古诗中的箫声、明月、柳色、古道、残阳、西风；他曾对我谈李清照的词，如何缠绵婉约，动人心魄："试问卷帘人，却道海棠依旧。"他又对我讲辛弃疾的词，如何豪放，壮怀激烈，大气磅礴："千古江山，风流总被雨打风吹去。"我当时也不明白，一个农民读这些诗词哪来的兴趣，而且理解这样深，哪来的诗魂。现在我才真正明白了，这就是他的生活和生命的乐章，尽管不显山露水，但这些却滋养了他漫长的人生，使他走向生命的彼岸时，自然是那样从容和坦然。我不会忘记他顶着寒风上山挑炭、砍柴，为我们生火燃起温暖的时光，踏着冰冷的春水播种，为夏日孕育丰收的稻香；更不会忘记，他帮助乡邻解困，在过苦日子的年月，自己有一天粮，还省半日粮送给别人。即使曾经在大会上发言批判过他的人，遇到困难时，他依然出面相帮，就像从来没有发生过什么事一样。

这就是我的父亲，我生命的火焰和我人生征途最真诚、平等、亲和的老师。

深深的思念

眼前这一切蓬勃的生命律动，我知道既是母亲她新的生活的依托，更是她生命和感情的绵长延伸。

清明节又到了，我要回故乡去看望母亲。

母亲就居住在我家老屋后山那一片绿茸茸的山峦里。母亲去那个世界已经四年了，她屋子四周的杉树、松树、楠竹、山茶花、红杜鹃、苇草、青石板和挂在高高的桂花树枝丫上的鸟巢、在空中自由飞翔的蝴蝶、唱着悦耳歌声的青鸟都是她熟悉和经常亲近的大自然的生灵。凝望这一切在山风吹拂下摇晃、滚动、飞舞的花光山色、鸟语雁影，仿佛看见母亲就从绿色深处向我们走来。而眼前这一切蓬勃的生命律动，我知道既是她新的生活的依托，更是她生命和感情的绵长延伸。

我知道母亲的心是苦涩的，她一定会百倍地想念她的儿女和孙子们。只因晚年的岁月里，沉重的疾病一直在无休止地折磨煎熬着她，在医院守在母亲身边，我每每拉着她枯瘦的手，心里充满了酸楚。我也明白，母亲的病是极度的劳累，思虑过重，为了扶持家庭和养育我们六个儿女所致。我们纵然是千方百计地想给她治好病，让她能安度晚年，那也是难报万一的。

其实，后山本来就属于母亲。在我的弟妹们都年幼时，父亲常在乡上、大队上做事，一年到头家里的脏活累活全都压在母亲的肩上。母亲个儿很矮小，可她每天都要从后山采摘回满担的野菜做猪饲料。后山蜘蛛网似的纵横小路上洒满了她的汗水、眼泪，留下了她颠簸的脚印。

山边的菜园子也是属于母亲的。那一块足足有两亩的菜地依山边而铺展开来，母亲用锄头精心地修剪成一厢厢方格和长条形的碎土层，然后播种、施肥、挑水浇灌种下品种繁多的瓜菜。母亲心灵手巧，能把这些蔬菜经过加工制做成能留着过冬的盐菜、酸菜、剁辣椒、千豆角和千豆腐。我是长子，放学回来，总想帮助母亲做点事，便扛着锄头去松土。谁知道把锄头举起来，挖土不到一时半点钟，就感到腰酸体累，气喘吁吁。我真无法想象，像母亲这样的小个子女人怎么能年长日久地承受着如此巨大的劳动负荷？

还有土砖垒的猪栏屋、木头围的羊圈、楠竹织的鸡笼，也都是属于母亲的。至于老屋后山边那口长着青苔的古井和要步行半里路才能到达的小河边的麻石码头，那更是联结着母亲的深情和足迹的爱之纽带。母亲一桶一桶地把清泉水从古井里提起来，又一担一担地挑满水缸。冬天里，飘着雪花，刮着冷风，踏着碎冰，母亲也仍然到小河边来洗刷衣服和洗干净猪草、蔬菜。她的手经常冻得发肿发紫。

家里的那盏老式煤油灯，尽管它的光亮是那样的微弱，可是每天等我们兄妹做完作业，奔跑了一天的母亲又坐到了煤油灯前，给我们缝补已破烂的衣裳，有时候是纳鞋底或用土布给我们做一些简单的衣裳。在我们几乎都入了梦乡后，母亲还要结一阵鞭炮。母亲出生的地方是中国花炮的祖师爷李田文先师的故乡，小时候她就跟我外婆学会了一手结鞭炮的绝活。为给家里挣一些日常的零花钱，母亲究竟是什么时候睡的，我无法知道。

父亲比母亲大上十岁，一次母亲对我说："你父亲天天抽烟，晚上咳嗽，搅得我无法入睡。"为此，我婉言劝父亲戒烟，父亲也曾下狠心做过努力，可终于没有能坚持下来，直到离开人世。母亲从来没有责难怨恨父亲，父亲爱看书，写一点毛笔字，母亲总是把房子打扫得干干净净，给父亲泡好茶。

父亲是先母亲而走的。在悼念父亲的日子里，我怕母亲受不了，就尽量抽时间陪母亲说话。没有想到，母亲倒安慰我要注意身体。母亲越是故意提起精神，我越感到内心的抱歉和不安。

我现在也年过五十了，几十年的风风雨雨，自省自叹，有时竟也不能理智地对待遇到的某种艰难和失意，抱怨多于坦然，苦闷多于豁达。与母亲握住的苍凉人生、无怨无悔的追寻、终无所得的归去比较，我深深意识到自己的卑微和脆弱。

早晨起床，看到明亮的曙光照耀着窗口的玉兰花，我感到心里充满了光明的寄托，我也似乎看见母亲在遥远的绿色山峦正向我慈祥地笑。此刻我的，心中涌动感情的波涛，它促使我提起笔记下儿子对她的深深的思念。

梦中蓝桥

它是大自然和人工的杰作。

它是庄严的，沉默的，静穆的。据《浏阳县志》载文说，它是遥远昨天的山民用糯米碾成糍粑掺入石灰和沙粒，把青石条一块块粘砌成了这座弯曲如月的山溪拱桥。

又是流逝的岁月，将野花、蓝草、青藤的种子用轻轻的风之手播种在桥身的每道隙缝里。于是多情的雨露、明朗的阳光、温馨的春风，日复一日，岁复一岁地滋润关照，使这些生命的花草愈长愈茂，愈开愈艳。慢慢地把这座拱桥的躯体深深地遮盖装饰起来，变成了今天的蓝色石桥，而几朵红花便是最耀眼的美之点缀。

桥孕育了聪慧青年的想象和灵性，从这桥上走出去读小学、中学乃至大学或攻读研究生的山里孩子，都有一种说法，在这桥上读书，望山，看水，人的灵魂里储存下来的都是美丽的梦想和向上的热情，没有半点的失望和懦弱。难怪桥下的溪流一年四季是那样欢腾、快乐，时刻奔跑着，闪烁着碧绿的波光。

这回我是来为蓝桥拍照的，我想把它拍下来放进我的书页上，让它永远青翠我生命的追求。这时刻，我正在蓝桥上遐想，许多美丽的幻觉都在支配我的情感，去呼唤逝去的青春之梦。我想起曾跟女友走过这蓝桥，在桥上轻轻地絮语，倾吐着万般柔情。现在我已两鬓飞霜，不再是翩翩少年郎了，可昨日山边传出的笛声和琴鸣仍在身边悠扬地回旋。

现实中的城市已经让人目眩心乱了。我居住的城市闹区，一到夜晚就呈现出迷惑人的醉态和媚色。三三两两的穿着入时的漂亮女人早聚集在夜总会门口，徘徊着向路人媚笑。她们的身上飘发出特异的香气。每当目击此景，我就会立刻想到美国作家德莱塞在《我的梦中城市》里说的话："他们是展示着怎样一种刺人的颤抖的热心。怎样的，美愿意出卖它的花，德性出卖它的最后的纯洁，力量出卖它所能支配的范围里面的一个几乎是高利贷的部分，名誉和权力出卖它们的尊严和存在……"这也是桥，一座灯火辉煌的交融着人性和疯狂野欲的桥。在这座七色彩桥下面，演奏的这支与人类圣洁旋律不协调的插曲，总使人胆战心惊地想到桥下可能随时涌上岸来的洪水。

蓝桥才是真正的宁静、平淡、平和、平安。蓝桥才是真正的秀美、纯美、清美。它经历了这么多的风雨，这么多的诱惑和伤感。它还是这样蓝，这样年轻，这样满足，这样怡然。它才是真正懂得尊严和自身存在价值的精灵。

这就是我梦中的蓝桥！

梦系浏阳河

弯弯曲曲，清清亮亮，纽语轻歌，从雾的峡谷、绿的深涧、花的山崖，静静地流了出来。我摇动这支褐黄色的小桨，把自己和船一齐晃进了这缕美丽的梦。

这是一缕何等美丽的梦啊！

梦的绿，流淌在浏阳河。这绿是从山上流下来的，也是从岩石缝里挤出来的。因此，河水才绿得这般清亮，这般翠蓝。轻风掠过水面，扇动的是绿的波浪；船桨搅动浪花，腾起的是绿的歌唱。就这样，朝朝暮暮，你编织着绿色的岁月，用自己绿色生命的乳汁，去滋润绿色的河滩、田野、山峦。用绿色的相思，去浇灌绿色的理想、绿色的爱情。当机帆船拖着汽笛的长鸣弯过九道弯时，你展开的绿色航道上，跳跃着欢快的、激奋的绿色节奏。于是，你流过的这个世界，便充满着绿色的生机和希望。这些，浏阳河你并不满足，在湘江绿色的大合唱里，你又要高唱一支清亮的绿之歌。

梦的美，荡漾在浏阳河。这美清雅绮丽，这美险峻奇崛，这美飘逸俊秀，这美灿烂多姿。人说自然的美，才美得自然。浏阳河是真正的大自然美的宫殿。它两岸的森林美，森林用绿雕琢出层层叠叠的屏障，雕琢出绿的云岛、绿的风帆、绿的山峦。两岸那盛开的鲜艳的花，白的如银、黄的似金、红的胜火、紫的若霞，把山川装点得妩媚、俏丽、楚楚动人。河底的那卵石洁白透亮，像繁星、似碧玉、若珍珠，色泽晶莹，玲珑小巧，在水下构筑着一个纯净的世界。更为震撼人们心灵的是那菊花石的美。这美至奇至丽，至高至洁。深绿的波浪覆盖着淡灰色的菊花石岩层，待石雕艺人从水底开掘出来，将菊花石捧在手中，就可看到那晶莹雪亮的石菊花影。那石菊花或含苞，或半吐，或盛开，真是撩人心弦，美不胜收。难怪当年谭嗣同惊叹菊花石"温而雅，野而文"。经石雕艺人巧夺天工的雕琢，菊花石雕竟以"全球第一"的美名驰誉中外。世界上的河流不知有多少，今日，令我倾倒的竟是这条奉献着自然美的涓涓细流。

梦的光，闪耀在浏阳河。这光是从浏阳河诞生的；这光是太阳、月亮落到浏阳河迸发出来的。浏阳河从云笼雾绕的大围山奔突出来，穿峡撞谷，不畏悬崖峭壁，不怕窄道险滩，日日夜夜，任劳任怨地推动那一台台发电机旋转，将那绿色的情丝化作千万颗明珠，撒向城乡，照亮了万家窗口，催动机器轰鸣。那从工厂拉出的产品，是绿的向往，也是光的结晶。今日在你的上游正在动工兴建一座装机容量达2.4万千瓦的水电站，那落在你绿色怀抱里的太阳、月亮又将打捞上来，永恒地挂在这充满绿色希望的上空。我真幸福，在你光的世界里，我终于找到了当年放射着照人光芒的红军将领的磨刀石，喷射着光和火的秋收起义的松树炮。啊！浏阳河，光明的故乡！

梦的春，孕育在浏阳河。这春是从浏阳河走出来的。这春是浏阳河儿女绣出来的。多少年来，你托起竹的潮、木的浪、白的帆，你的儿女开渠引水，筑坝引灌，都是在用你的绿去编织春的希望、秋的成熟。在明丽的阳光里，温暖的和风里，浏阳河儿女用你给的绿色丝线在绣山绣水，绣那山边绿荫下的楼房，绣那河畔工厂烟囱上的白云，绣那山城的浮雕，绣那花村、水榭、书楼、舞厅，绣那电子琴、迪斯科……绣出那文明和富裕，绣出了名扬世界的花炮之乡。你看那争奇斗艳、千姿万态、火树银花、龙飞凤舞的烟花，无比神奇地构筑了浏阳河春的天地。那盛开在摩纳哥上空的中国花，以它"世界第一"的呼唤，把浏阳河春的消息传遍五洲。

我生活的小桨，我理想的小船，我愿终身在浏阳河这条绿色的走廊上奔波，去追那永远吸引我的梦。

那梦，真美！

血色杜鹃

阳春三月,江南的雨催放了漫山遍野的杜鹃花。

人说杜鹃花的血色是杜鹃鸟啼叫时从嘴里流出来的血染红的。这实在是一种夸张和想象。不过杜鹃啼鸣泣血,却有诗为证:

> 杜鹃夜半啼泣血,
> 不信东风唤不回。

我敢说自己曾经也是一只杜鹃。

那是一段风雨岁月。我正在偏僻山乡的一所中学教书。在学校就读的中学生,家里一般都很穷。开学时,不少学生连学费也交不上,我们几个教师便用自己微薄的工资为他们垫付。直到现在,我们几位教师天涯海角,各奔东西了,但还有不少学费始终没有收回。

那时,我们就像渴望满山遍岭盛开红红的杜鹃花那样希望山里孩子来读书,然后走出山门,去造就自己。

当时山村教师生活的清苦,乡亲们是了解的。我们自己种菜、喂猪、上山拾菜籽榨油。住的房子,是自己带领学生勤工俭学筑得,黄土墙青色瓦,从外面看是一幢新房子。可住在里面,四面来风,落雪下雨,雪粒和雨点可以直接降落到枕头上。我们整天沙哑着嗓子给同学们讲课,然后还要扛着犁耙去耕耘学农基地的稻田。女老师便是饲养员,晚上还要轮番去守护已下崽的母猪和仔猪。

春天的夜晚,蛙声又遍野地响,整个山野醒着。夜深了,杜鹃鸟在树林里鸣叫，一声声，让人感到格外凄清和伤感。天亮了蛙声不再响，杜鹃鸟不再叫，只有遍山的杜鹃花在霞光里燃烧，升腾着殷红的火焰。

从山路上走来了一群群的男女学生，他们的手中都举着火把一样鲜红的杜鹃花。上课时教室的窗台上也插满了杜鹃花。整个教室里似有一团团火球在滚动。

我是教语文的，我常常被这种情景感动，也常常站在讲台上为看到眼前一双双聪慧而明亮的眼睛而欣慰。现在进了城，只能偶然下乡看到杜鹃花了，但那火的形象，流向灵魂，始终让我珍惜那些像杜鹃花一样啼泣鲜血的岁月。

啊，血色的杜鹃，你是我人生书册中一页最珍贵的书签！

花　意

因为居室里有一束盛开的鲜花，我的整个家充满了春天的气息。

坐在一壁全是书、一壁悬挂着字画、室中央置放着一篮鲜花的屋子里，虽然看不到豪华的装饰和昂贵的吊灯，但有的是书香、花香、墨香氤氲着的空灵清新的感觉世界。

在这样的世界里交谈，人的心异常透明，人的心情异常热炽，人的脸面异常清洁，人的声音异常温馨。似乎室内有暖暖阳光，习习和风，柔柔细雨；有晨的湿露，有月的清辉，有蝶的彩影，有鸟的脆语，有泉的轻鸣，有云的斑斓。人似坠入春之海、春之梦、春之诗、春之画的幻境中。

我真从内心里感谢朋友给我送来这束鲜艳，这份蓬勃，这团生气，这缕清香，这片年轻。富贵、高贵、典雅岂能相比？这是带着纯洁、爽直、向往、美丽走来的新春友谊。这丛花的红黄蓝紫的颜色里分明透着人世间美妙的想象和诚挚的祝福。

每当客人离去，我还要独自一人在这个世界里久久地静坐着，让一度兴奋的心和沸腾的情绪寂寞下来。我知道，春天会随着时光离去的，竹篮里盛开的花朵会要凋零，挺立的花枝会要枯瘦的。眼前的灿烂和美感会被无情的风刀剥去。因此，我需要用心吻它，用目光去拥抱这智慧之手裁剪的春光。

正是在我诗心荡漾之时，随着轻柔的敲门声和着爽朗的说话声，久别的诗友邹君一脚就跨进了我家的门槛。一进屋，他连呼"好花，好花！"

我说:"光说花好不行,还想听您为花做首好诗。"邹君答道:"这有何难!拿酒来。"久知邹君善饮,我自然捧上满盏。邹君一饮而尽,眼睛放亮,字字落地如珠玑。

你的天国是这般明丽／飞来的彩蝶／也眷恋你淡泊的日子／我的情远胜过缤纷的花意／只因我不是神仙是少年。

"好诗,好诗!"我又送上一杯酒。邹君摇了摇手:"我刚才是看这花的面子喝酒的。"我有些不解:"你戒酒了?""还戒了烟哩。""竟为何因?""不为别的,只想多活几年。"听了邹君的话,我才真正领会了他"不是神仙是少年"的诗心。

久久地我没有和他说话,我站起身来,用手轻轻地去摸那花朵、花叶、花枝。我仿佛是在摸昨日自己的躯体和沉淀的岁月记忆。是啊,想起法朗士先生所说的关于一小时蝴蝶的生命的故事,我真钦佩邹君的豁达人生。有这种心境的人,青春是不会老的。

"邹兄,明年过年我定送一束花给你。"

"那好,明年过年我又要年轻几岁了。"说着,他竟端着那盅酒喝了下去,然后还留半杯浇在花篮上。邹君的举动,令我感动得清泪盈眶。此刻我凝视,鲜花仿佛开得更艳,像一轮鲜艳的太阳。

雪　韵

一觉醒来，绿色的窗帘上透着一层雪亮的光芒，眼前洋溢一片冬日的温暖。

好一个白融融、银亮亮的世界啊！室外的树木、花草、山野、乡路全都淹没在圣洁的蓬蓬松松的软雪里。唯有漫天飘坠的雪片，似无数只银色的蝴蝶，仍在肆意地翩然翔舞。

记忆中的雪天充满诗的梦幻和心的苍凉，眼前这个雪的殿堂已升起情感的圣洁之光。空中悠悠飘飞的雪花，正向冰封的大地沉淀我凝重的思绪。我置身的居室，已不是偏僻的山冲而是高楼林立的江岸城市；我晨读的画幅，已不是荆棘编织的篱笆圈着的绿油油的春色和红灿灿的花焰，而是在一栋又一栋的楼房巷道里流动着的身影，迸射出的绿霞红彩。不管时空怎样转移，怎样变化它的色彩和声音，但孩时我家土屋前空旷的地上，我和伙伴堆出的雪人，仍然在对我浅浅地笑着。特别是我用木炭给雪人安上的那双又大又黑的眼睛，还在雪地里闪耀着冰冷的目光。而此时，对面篱笆内的菜园里，母亲正伸出枯萎的手拨开厚厚的积雪，摘下一片片沾满寒冷的青菜叶。于是，在雪光映照的土瓦屋里，我们全家极舒心地咀嚼着绿由油的青叶所蕴含着的清甜和新鲜。看我大口大口地吃着，母亲脸上总是泛起幸福的笑容。

那时候，我的家还很贫困，可以说我也是吃红薯稀饭和青菜长大的。我在故乡度过了十四个雪季，可雪天做青菜吃得痛快和受寒冻的折磨的滋味，只有母亲一个人体验着。母亲生命的足迹，也是从篱笆墙内延伸到小河、山坡、田垄，又从那些她默默劳作的地方走回土屋的灶前。母亲文化很低，仅能识几个字，她不知道什么叫奉献，什么是爱情，更不懂诗。可她的儿子正从她鬓边的白发里，前额的皱纹里读出了奉献的价值，爱情，向圣洁和诗思的瑰丽。

那年，母亲在县城过年，正遇下雪。我妻子拿些钱给她，要她买些自己喜欢的菜，可母亲从街上提回的是一大把青菜，妻子望着这些菜，很动情地说："老人真节俭。"我知道另一方面的原因是母亲知道我喜欢吃冬天的青菜。凝视这堆流淌着翡翠的菜叶，我的心异常的苦涩。那夜很深了，我还坐在映照着雪光的窗前沉思。妻子一次又一次地催我去睡，我仍然未动。是啊，人沐浴在这冰凉如水的雪和月的流光里，更有冷静的遐思萦绕心际：

>这个透明的世界
>荡漾着风的透明
>跳跃着心的透明
>
>渗透着情的透明
>夜不再在黑暗里呻吟
>梦不再在迷茫里徘徊
>蜡梅不再寂寞地守候冰冷的日子
>青竹不再忧伤地吹奏生活的冻曲
>一切都如诗如画啊
>一切都在太阳的辉煌里灿烂成美丽的风景

现在，我该对着漫天飞雪说些什么呢？是说人生之茫然，如雪铺万里；是说人生之清纯，如雪花晶莹；是说人生之情真，如冰清凝重；是说人生之光彩，如雪光粲然。

人在此时，也会化作一只白色鸟飞向苍穹，在玉树琼楼、冰山雪河与白皑皑的天庭之间翔舞，去寻找属于自己的梦幻。那时候，也正是我在乡下老家养病的日子，因无生活的依靠，仍靠父母挣的工分养活自己。冬去春来，花开花落，只能守着寂寞的青春悲伤。后来考入师范学校就读,是她走进我心中的雪城,披一身圣洁的灵光,用爱的温暖融化了我对生活和爱情的冷漠。我从妻子的身上又感到了女性的温暖,一种曾经体验过的母爱重又回归。自然岁月偶然出现的苍凉和冰冷,并不因有热烈的日子就永远温馨,也不因有山花烂漫的季节,就永远春光融融。有时,我在那飘雪的夜晚,或来到冷风刺骨的石坝上,或进入白茫茫的工地,或敲开山村社员紧闭的木板门,或伫立新修的大街,望雪般晶莹的月轮是怎样照耀这个充满着渴望和活力的世界。有时,我会从雪地上拾起那片从树枝上垦落的沾着冰花的枯叶,留恋逝去的青春岁月,感叹人生之曲折,也更能想到曾经乌黑的头发是怎样经霜变白,用银色的日子去串起凄清的诗行。我徘徊过,面对陈腐观念的诅咒;我愤怨过,面对荒唐的流言;我痛苦过,面对爱情的失落;我焦躁过,面对旅途的道道跨栏。我终于又站在这光亮的雪之窗口,用真诚的心去读远古的弓刀,读唐人街雪季的月寒,也读在长沙大街上陪妻子新购的大红羊苇披风。

听　泉

那年，我刚二十三岁，正是出力做事年龄。可生有不幸，得了一个随人的急性黄疸肝炎，人黄得像条黄瓜，连眼珠也闪着黄色的光亮。从医院归来后，就在家里养病。因自己是农村户口，农民职业，说是养病，只是不出工而已。

一个人呆在家里，日子过得苦，读书也乏味，只好独自在后山上徘徊。山坡上的青竹、金菊、红桎木、黄茅草都成了我极好的朋友。

它们伴我消度时光。有时，我便躺在山上的荆棘丛中，让眼睛穿越林间的叶缝，望高天流云和翔舞的小鸟、蜻蜓。

日复一日，偶有朋友来看我，也不敢与他们握手，恐肝炎传给别人。母亲疼我，每天用零钱从小镇上割回一星块猪肝，清蒸给我吃。她告诉我，多吃猪肝，对恢复身体有益，可怜巴巴的母亲自己却餐餐咀嚼着干盐菜。

那些日子，我好难受。二十多岁的男子汉，还要母亲周到地伺候着。只要一发现我烦躁时，母亲便安慰道："要心静，不要动肝火，那样对身体不好。"后来，我在镇上认识了一位陶先生。他懂医道，是乡村郎中，他教我甩手操，说对治疗肝病有益。我学着按时甩，甩时我双脚平立，站在后山草坪里，心平气静，空气新鲜，可也真回肠荡气。日子一久，似乎也感到精力充沛多了。

对女人，我懂事以来，就有一种神秘和崇拜感。我感到女人很温暖，很能体贴人。首先自然是从母亲身上感受的。后来，我亦结识了一位县城下放，曾在我家住过的知识青年。虽然我在家养病时，她已在小镇上的一所学校教书了。但她一有空也来看望我。在这个小天地里，我似乎感觉只有她，才能在文化知识和对生活的理解方面对我说上几句可心的话。她长得不算漂亮，但很端庄。说话做事极细致，连走路也是文雅得很。身上衣服穿得朴素又得体。记得有一天，她和我谈写作到深夜，便和我妹妹住一屋，次日清晨很早就起来给我洗衣裳。我很奇怪，感到那些日子里，生活竟出现了亮光。在山上做甩手操时，仿佛也觉得身边的树更绿，草更青，花更艳。不知道有一种怎样的感觉，竟坐在山石上写起诗来。后来，我竟悄悄地把诗夹在一本书里送给她。那诗的大意是：

　　　　风轻、夜静

　　　　鸟已归林

　　　　只有孤独的月轮

　　　　仍滴出万缕凄清

　　　　不会睡去的梦啊

　　　　缠绕着

　　　　那颗痴恋的心

　　诗写得并不怎样，在那时，我以为却是真切地表达了当时的心情，故现在仍清晰地刻在心壁上。也许是因诗的原因，此后她见我总有一丝腼腆，甚至脸上泛起红晕。我不敢见她，也就躲着她：我知道自己是一个病人，能追求什么呢？

　　不能老是孤独地在山坡边甩手。一天，我沿着弯瞳的幽径向山冲绿色深处走去。刚弯过一座白石桥，便发现一位大嫂从山冲里挑着一担清泉，悠悠而来。我仔细看这清泉，好清亮啊，一眼见底。是怕水荡出来，大嫂还摘几片青翠的树叶放在水上面，像是把水沾住，真的不曾荡出半点来。

　　循着大嫂的路，我悠闲地走到了冲尾的那口清泉井边，清亮的山泉从井壁的岩缝涓涓地鼓出，把那一脉脉银亮的山汁旋进井里，井底有晶莹的山石，有正在蠕动的小虫，还有井边树上飘坠下的残叶。望着井中清亮银白的水，我的心境格外的舒坦和甜美。我俯下身去，掬一手水，尽情地喝下肚里。

山泉真美呀，有如少女般温柔纯真啊！

从此我天天到这里来看泉听泉。看泉的日子多了，心身也好多了，我就干脆每天带上水桶来这里挑一担亮泉回家。母亲见我挑水，总是埋怨说："身体刚好，怎么就去挑水？"她哪里知道，挑水对身体更有益呢！这些天，我的腰腿比前些日子健壮多了。这时，我才发现，自己又恢复了一个男人的形象。从那以后，我的心情更平静了，我又开始了学写诗。那位女知青因准备考大学来得少了，很难见到她了，而我的诗却写得多了，有不少诗就是为她写的，但是，这些诗我再也没有寄给她。

两年以后，那是1975年，我在市师范毕业了。我把一本厚厚的诗集，送给我的女友，现在的妻子看。我能告诉她什么呢！又十八年过去了，当我整理这本诗集时，我发现许多诗，正是那些日子留下来的。

我不是诗人，但我爱诗。我写诗时，便想到那家乡后山冲的山泉。那清清亮亮的山的血液，终究哺育了我这颗曾经迷茫的心。

啊，山泉，永远的诗魂。

母亲的桨还在摇

3月的江南迎来了雨的季节。透明的雨丝，被湿润的春风牵引着，给这个古老而美丽的山村织着彩色的锦绣，让一个花红柳绿的春的世界在蛙声中诞生。

我家居住的石湾是江南湘赣边境的一个偏僻的小村。它是坐落在苍茫的龙王岭下的一个小山窝。这个不到两平方公里的山村，四周是连绵不断的绿色山脉。一条宽约十多米的河流沿着石的山岸和绿的田垄，弯曲着流向名扬世界的浏阳河。每年春天，烂漫的山花装饰着山村，使山村显得年轻和充满生机。但是，只要遇上山洪暴发，浑黄的河水就会漫上河岸，吞没两岸绿油油的禾苗，残忍地割断山里人甜美的丰收梦。面对这种灾难，山里人总是叹息着站在河岸徘徊。山村靠山，却无参天大树，只有满目的绿色荆棘和野草铺满山峦。小河的河床不深，水易涨易退。水退后，不出两天，河水就变得异常的清亮，甚至可以看清鹅卵石的颜色。又因河中无鲜美的鱼虾可捕，居住在这里的人家过着十分清贫的日子。就是屋内搭着矮小的货架和门口摆着小摊的沿河小街的几十户人家，做的也都是小本生意。从早到晚，街头街尾，摆着卖干柴、木炭、山药和野菜的担子。旁边蹲着一个个皮肤褐黑、身子枯瘦的男人女人，眼睛里迸射出的凄清的光芒，让人感到岁月的寒冷。望着这幅图画，我心里充满了苦涩。只是偶尔从河对岸学校传出的串串清脆的铃声和街上飘过的少女撑开的油纸花伞，才会让人感到这个世界依然流动着一股生命的活力和对新生活的朦胧向往。

大公公常牵着我在这幅画里徘徊。我也常常被河对岸的铃声吸引。

我猜想那个铃声鸣响的天地一定是十分快乐和美妙的。终于从绿色的春天，我又一次走进了枫林流丹的秋天。一清早，艳阳就灿灿地照耀着我家门前的泥巴路。我背上父亲买的新书包，穿上母亲做的新布鞋，牵着大公公已经枯萎的手，朝着铃声叮当的对河学校大门走去。

这山村小学堂设在一座旧庙里。教室是庙堂改的，墙壁很高、很黑。屋顶上还可依稀望见残断的飞檐翘角和像菩萨似的木雕。我的座位靠着窗户，凭窗能望见外面灰白色的石壁和石壁上丛生的树木花草。那景致是迷人的，经常有蝴蝶在花丛中翻飞，有小鸟箭似的直蹿云空。刚入学的那天，大公公站在窗外守护我，他怕我不习惯，还一个劲儿地在窗外给我递鼓励的眼色。当老师不注意时，便悄悄地从窗户的格子空间给我递上一颗糖。

第一天就学汉语拼音，我感到很新鲜，原来世界上还有这样深奥的东西需要我们去学。我看见在讲台上留着短发的女老师，闪着一双美丽的大眼睛给我们讲课，心里非常地喜欢。我在想，妈妈要是留着这样的短发，一定很美丽。放学的时候，这位女老师走到我跟前，微笑着给我在书上写上我的名字，并告诉我首先要学会写自己的名字。现在我还记得，她的字写得很工整，很秀丽，很好看。

从此，不论天晴下雨，刮风降霜，我从不缺课，我感到读书是一种乐趣，书里有一个奇妙的大世界。在班上，我的成绩总要比几个玩得好的伙伴们好一些。只要我考试得了100分，回到家里，大公公总要给糖吃，有时还奖我爱看的小人书。后来小人书看多了，我渐渐知道了很多的历史故事和历史人物。像《三国演义》里的孔明、刘备、张飞、关羽，《水浒传》里的宋江、鲁智深、李逵、林冲等，在我的心中留下了极深的印象。那时候，最感兴趣的事是看电影。只要听说小镇上放电影，我就早早吃过晚饭，搬着椅子，拖着大公公去电影放映场占位子。电影场就在学校的操坪里。一块白色的幕布用两根粗壮的竹竿挑起。暮霭渐渐升起时，从山村的小路上便有许多说说笑笑地涌来看电影的人。这是我们孩子们最兴奋的时候，我们在电影场内奔跑嬉闹，惹得各自的父母在大声呼唤孩子们的乳名。特别是《上甘岭》、《地道战》、《南征北战》、《英雄儿女》等战斗故事片，看后能让我们兴奋几天。那时，我真想当兵，总盼自己快长大,还经常缠着大公公给我做木枪玩。现在回想起来,不知道那时大公公给我做了多少木刀、木枪。而且这些刀枪都做得非常精致、非常逼真。一到晚上,我匆匆做完作业,便邀着小伙伴们出来打仗。我把小伙伴们分成两边,呼喊着在古老的大屋场上下奔跑。夏收时节,收割完早稻,人们用稻草码成垛堆在田垄边和屋场坪里。这些金黄色的稻草垛便成了我们"作战"的碉堡和藏身的工事。有时候,东藏西躲不小心碰破了头,只要有哪位小伙伴哭叫起来,怕引起大人出来骂人,大伙便一个个暗自散去。只留我一人,还要把那些刀枪收集回家。每每遇此狼狈结局时,便又见大公公悄悄走来,不声不响地帮我搬走兵器。

借着月光悄悄回到母亲的房里时,母亲从未入睡,总是点着昏黄的煤油灯在给我缝补衣裳。这时,只要一听见隔壁房里祖母的咳嗽声,她又得跑过去给老人捶背。我经常呆望母亲这样在深夜里奔忙。我疼爱母亲,可无法为她解脱劳累。我常想,我长大了,一定要好好报答母亲,让她过上好日子。后来,我读的书越来越多的时候,也是我对生活的世界感受越来越深的时候。在我母亲四十岁的生日里,我曾写过一篇短文《母亲的桨还在摇》发表在报纸上,以表达自己对母亲的一片深情。

母亲是阳光,给我童年以温暖,照耀我歪歪斜斜的幼稚的步子;母亲是毛毛雨,浇灌我智慧的心灵,滋润出灿烂的向往;母亲是一支歌,唱亮我的生活,给我跋涉的力量;母亲是一叶桨,摇着我走向人生的彼岸。母亲很宽厚很慈祥很节俭很勤劳很善良。一切难以忍受的她都能忍受。只要看到儿女的欢笑,她就忘记了什么是苦,什么是累,什么是委屈。母亲整日里围着这个轴心转动。

她像一座磨子,为儿女的生活、成长、立业添送着丰富的养料。那年,我患病休学在家,像磨盘一样整日转动劳作的母亲,还要日夜为我身体的恢复而操劳。刚走进四十岁门槛的母亲前额已经爬满皱纹,两鬓已抽出了些许银丝。母亲明显的苍老了,望着这缕渐渐暗淡的阳光,我的心异常的沉重和不安。

母亲依然用鸡蛋换来补药调养我萎缩的意志;依然用心的叮嘱来抚慰我创伤的胸口;依然精细地为我洗刷衣服。母亲的毛毛雨还在下,母亲的歌还在唱,母亲的桨还在摇。

人生的彼岸啊!

人生境界

一个盛夏的星期日。我坐在书屋里啃书,尽管头上的电扇在呼呼地旋转,然而汗滴却依然从前额沁出来。

"笃笃",一阵敲门声,久别多年的曹老师兴致勃勃地出现在我的眼前。

"曹老师,我正读你编辑的《世界著名学府·普林斯顿大学》。"

"呵,你觉得能读下去么?""当然,真是大开眼界,大长见识。"曹老师很满足地点头微笑。

二十多年前,还在读初中的时候,我对曹老师就很崇拜。因为我读过他写的书《湘西人民的新时代》,便经常拿着自己写的诗歌和作文向他请教。他总是非常细心耐心地给我谈,指出我写作中的毛病。他还一次又一次谈自己是如何深入湘西生活,写出那一篇篇纪实散文的。

也因有了老师的指点,我大胆地请教,就这样在我十七岁的时候竟有小诗在报上变成铅字。当我捧着这文章时,第一个想到的便是尊敬的曹老师。

后来,我参军了,复员回来后,我在一所中学任校长,正巧曹老师也在这所学校。当时,我想,他是我的老师,是教我一步一步长大的,现在我做他的领导,适合吗?也许是曹老师看出了我的这份心事,一天晚上,他来到我的宿舍,坦诚地对我说:"你就大胆领导我吧!我一定支持你的工作。"

过了两年,县教育局要调他回我的母校去教外语。他要走了,我真难舍，但又有什么办法，他是全县的优秀教师，需要他在县重点中学里发挥更大的作用。于是临别前，我含着泪把一块写有"鬓随粉笔白，心与山花红"的匾送作留念。

又过了几年，曹老师调到省教育出版社。可他仍然给我来信谈学习、谈写作、谈人生，谈他正在编的书籍《诺贝尔奖获得者传》、《陶行知全集》和《世界著名学府丛书》。

我知道，他一生清白，任劳任怨，从不与人争高下，也不与人论贵贱。有的只是默默的劳作和耕耘。他常对我说，这就是一种享受，一种寄托，一种收获。我说，这是先生对社会的一种奉献，一种给予，也是他独有的最高的人生境界。

那年冬天，飘飞的雪花提醒我，别忘了给先生送木炭。我便让妻子从县城搭车送一袋木炭给先生取暖。他在信中对我说："真的，长沙很冷，你这是雪中送炭。"

我知道，真正的"炭"是先生自己，他是这样燃烧着，把自己的热力、自己的温暖、自己的才智、自己的岁月，送给了千千万万读者和他的学生们。

在我的书屋里坐了一会儿，先生便站起来："你调来长沙这么久，今天我是特地来看你，我该走了。""老师，你吃完饭再走，等会儿我派车送你。""不用了，我自己在街上走走，心情更畅快。"

我跟在先生的背后，发现老师除了两鬓斑白，背也显得有些驼了。只有他那稳健的步子，让我感触到他的心仍然年轻。

听 涛

海边的岩石，总不苍老，还是那般伟岸晶莹。我知道，那是海风梳理了它的头颅，故浩气越空，屹立在苍穹里。

坐在岩石上，我想搂住这海风，吸吮一片雄性的壮烈，来支撑自己脆弱的灵魂。可海风挽不住，她豪迈地远去，只是叮嘱我，要耐心地坐下来，倾听一回涛声。

我能听懂么？

我原来听懂过土地的絮语，知道田垄与稻穗的秘密；

我还听懂过森林的树鸣，知道山鸟与青枝的情意；

我更听懂过农家瓷坛的酒歌，知道一年四季是怎样打扮庄稼人的梦境。

这回是要学会听涛声了。

清晨，浪涛上有滚动的太阳。

白昼，浪涛上有飞翔的帆影。

夜晚，浪涛上有亮闪闪的月光。

这一切都是涛声的语言，也是涛声的音符。

听了一天一夜，我听醉了。我不知道自己是怎样入梦又怎样醒来，只是觉得我也高大了，比海边的岩石还高大，而且我决定用涛声写一封家书寄回江南的小村，要对乡亲们说，其实大海与大山一样实在，宽厚，富饶，多情。只要在海边待久了，也能听懂它的呼吸和声音。

这是我第一次倾听涛声。

生命的驿站

　　流动的日子，载着辉煌的梦幻，自从意识到自己搭上了生命的马车，便把路程一里一里地计算。原只想让车跑得更快些，更快些；原只想前面的道路一段比一段平坦。人生的旅途毕竟比梦更不幸，刚从清晨上路，便遇上了颠簸的泥泞路，然后就是山坡、河流、峡谷。

　　我的心开始颤抖，我怀疑自己可真是一个刚强的车夫。只几天的跋涉，我发现自己的声音不再那样响亮，眼前也出现了迷茫。还是躺下来昏睡一站吧！我想等待时间的巨人，把山谷填平，把桥梁架好。

　　一夜的倾盆大雨，挟着沉重的雷声，把我从梦中惊醒，借着闪电，我发现窗外的路，灌满了泥水，我想前面的小桥也一定跌进了河流。生活严肃地教育我，时间的马儿总是日夜兼程。在生命的每一个驿站千万别停留太久，不然前面的路，会变得更加曲折、坎坷，更加充满险阻。

雨中情丝

麻石砌的码头，有多古老，无法考证。滔滔不断的波浪卷着银色的浪花，去吻码头边的白色礁石。已经把礁石咬得错落有致，成了绝美的石雕作品。

我的女朋友，很喜欢水，是因小时候常在河里游泳，对水有一种特别的感情。知道"女人是水"的说法还是从我这里开始的，因之她总让我解释女人是水的含义。

其实，解释是多余的，女人的眼睛，女人的秀发，女人的手指，女人的声音，女人的微笑，哪一点不透着水的透明，水的柔软，水的丰韵，水的缠绵，水的深邃啊！

女友到我家来玩，是想知道我出生的地方是个什么模样。她还真行，可以在我成长的那个黑色的泥土屋里睡着香甜的觉。她一点都不感到抱怨。妹妹陪她到山冲里去看泉水井，去采杜鹃花，去听清脆的鸟叫。她似乎对这一切都早已钟情之至了。所以很会欣赏这种乡间情调。

学校来电话催她回去。她着急了，是因为没有请假自己跑了出来。我劝她再住一晚，因为天已下起了大雨。

大雨是想帮我留女友的。雨丝串着寒冷和风声拍打着土屋的瓦片和门窗。土坪里早已溅着片片的浪花。沟槽里也汹涌着纤细的波浪。绿色的像旗帜一样高扬的芭蕉叶在风雨里摇曳，显露出它的壮美和蓬勃。

女友决意要走，她撑着油纸雨伞，早已站在比她还高的芭蕉叶间向我凝望。我提着她的行李，朝雨雾里迈动沉重的步履。

离码头并不远，雨水已把我们的衣裤淋湿了半边。她还笑着问我：

"冷吗？"我没有回答她，扬头向河边走去。

眼前滔滔的河水淹没了码头，白天看到的石雕杰作在波浪里沉浮。老船翁很谨慎地把木船摇到了古老的榆树下边，并把船缆拴在那根高大的木桩上。在雨雾中，他披着蓑衣向我挥手。那手势明明说："不敢开船。"

我向女友解释着老船翁的手语。女友无奈，站在码头边久久徘徊，不肯离去。我陪她站着，任冷风冷雨拍打着我们的身子。少顷，女友问我："假如明天不能开船怎么办？"

我说："那只好绕道去县城。""多远？"我告诉女友要走五十里路。女友突然眼睛放晴，她高兴地说："好了！今天就让你陪我走五十里路。"说完，她拉着我去寻找那条雨中路。

我惊呆了："你这个城里妹子要在雨中走五十里路行吗？纵使不管行不行，我们得走。"

雨仍在下。

我真的恨这雨下得不是时候！可是女友却是那么高兴。

是她读懂了雨，抑或她自己就是雨。

你还来吗

山路上还挂着雾。

雾把村庄淹没了。我要送你走出十里雾村。你不肯,硬把我推进屋里。我知道,你怕乡邻们看见我们走在一起。因为这个村子太古老了。古老得连青年男女在一起都要被人骂得很凄惨。

我是回老家来写书的。

你是陪我来认识我的老家的。你说想看看我出生的村子,想知道这山村的树木是怎样青葱,野花是怎样鲜丽,流水是怎样清澈。然后就知道了我为什么总喜欢写山、写水、写树、写石子、写小鸟、写蝴蝶,还写萤火虫和稻草做的笛子。

这样美的村子,怎么不允许爱情自由呢?

你这位大城市的美人给我提了一个真难回答的问题。

你不相信,这山水养育出来的男人和女人,会是这样的拘谨。

你拉着我的手在乡野小路上走。连小孩也笑我们,老人更是翻着白眼。我拒绝你说,这里不是城市,不是大学校园,更不是海滨公园、剧院和歌舞厅。于是,你决定要提前走,并告诉我你要一个人回城里去。我答应了,并希望你享受一次女人的孤独。

你真正孤独地走了。

你消失在茫茫雾中。我心里有些不平静,我只担心你不会再和我回到这个古老的村子来。

小 河

城东头的小河边站着一片整齐的柳林。

晚风吹拂,绿色的柳浪起伏荡漾,柔美极了。

银亮的河水傍着柳堤朗朗地流着。夜色降临的时候,小河的流水更显得透明清爽。不知道哪位有心人,在柳林里堆放着许多白色的小石头,任月光一个又一个晚上温柔地洗刷,使之变得晶莹端庄。

我和她第一次散步,便有缘结识了这片柳林和这些白石子。

她扯着柳枝条和我交谈。

我坐在白石上向她发问。

月光因我们的到来,似乎更洁白亮堂。

柳林因我们的涉足,似乎洋溢着温馨。

她说:"我猜想,这石头可能是哪位恋人搬来的。"

我说:"何以见得?"

又是她说:"一块,就算一次约会。"

我数了数,已经有六块了:"那他们已经约会六次了。"

还是她说:"以后,我们来这里也带一块白石子来。"

我问:"是你带,还是我带?"

"谁提出约会就谁带!"她回答得干脆。

我没有回答她,我知道,这个任务自然会由我承担。于是我说:"我们还是另选地方""不,就在这里,我们还可以观察别人的归宿。"

我知道她的想法是不会更改的。

以后我确实把白色石块带到了这里。

五年后,我又回来走访这条小河,可是不见了柳林,不见了小河,更看不见那些白石块。只见一片新修的白色楼房已经把原来这个美丽的世界淹没了。

站在桥头,我的心空空的。

依 恋

我真幸福。躺在你的宁静的臂弯里，感受着波浪的激荡。那海的辽阔、奔腾和无限的活力我都感受到了。

这是我人生第一次感知了生命存在的价值和情感美丽的快乐。你很沉稳、很丰富、很含蓄。平常善思善言的诗人，此刻只有沉默和温情脉脉。你的眼光充满着从未有过的温热和幼稚，简直让我觉得你不是一个伟岸的丈夫，而是一个调皮的男孩。

或许人类幸福的最高境界就在于爱能够在互相的思想交流中升华。我坚定地爱着你，不是因为你有多少的名位和财富，而是因为你是真正的思想者。

你又站到了窗前，依然是这样轻轻地拉开浅黄色的窗帘，指着天空对我说："月亮弯曲得像把弓，可别射伤了思念的心。"听了你的话，我心里感到异常的凄清，因为明天你又要离我远去。

一个多么天真纯洁多才的男人啊！面对生活的奔波和人世的苍凉，你依然跋涉得那么坚定和充实。很多朋友都这样劝你，已经捧回了那么多的浪花，该找个宁静的港湾歇息了。可你总是笑着回答："人生要无悔，哪儿都有岸，可哪儿也不是岸。"我才真正知道你的心思，你要把耽误的青春时光夺回来。我应当怎样爱着你呵护你关心你呢？

我走过去，挽住了你的手臂。我们来到了铺满冰凉的洁白月光的庭院里。这近临午夜的庭院，是一个幽幽深深生发着冷意的寂寞的梦。如水的月影，很湿润地飘洒在绿树花草上。刚才还低吟的虫子，此刻也停止弹唱，帮助夜色营造美丽的宁静。似乎它们都知道，再不能打扰这两颗曾经受过创伤的心。

　　月影在地上悄悄地移动，人影也在地上悄悄地移动。一切都无声响，都在尽情地沐浴着圣光的抚慰。

　　这是追寻了三十多年的梦幻啊！

　　时光如果有情，就应该不再流动，让累着的人多感受一番宁静的甜蜜。

　　什么时候起风了。那风捎着寒冷轻柔地拍打着我纤细的手臂，我情不自禁地依恋在你温暖宽阔的胸膛上。我感觉有一股白色的波浪拥来，有一股强健的力量在撞击我的心灵，我感到自己和周围的世界都凝固了。

　　这多好，我们是再不分离开了。真的，包括奔放的思绪都在凝固成天空那叶银亮的小船。

　　在爱恋深深里，我们已经把独有的人生痛苦和幸福全写在这庭院破碎的月亮光里。

真正的爱

再过几天就是你的生日了。因为即将毕业考试,我不能回来向你祝福,只好让这只白色的信鸽捎上我这颗思念的心。

时间过得真快呀!我们结婚快十年了。这些年来,你含辛茹苦,对我的工作、创作给予了极大的支持。我能在不到十年的时间里,在艰苦的条件下进行业余创作,从一个普通的山区教师走上领导岗位,这与你对我的支持是分不开的。

十年前,当我还是一个偏僻山区的教师时,你这个中师刚刚毕业的城市姑娘就深深地爱上了我。那时,教师是"臭老九",而你竟抛开世俗的偏见,冲破重重阻力来到乡下与我结婚。你还记得吧!有一次,迎着夏夜的河风,我俩沿着浏阳河边的柳堤散步,我给你背诵了苏联诗人伊萨科夫斯基的《有谁知道他》:"我的心甜得快融化。有谁知道他,为什么融化。"

当时我便借诗兴问你:"秋叶,你怎么会爱我?""因为你爱读书,好思考!"

生活告诉我,理解是需要时间的。我永远不会忘记,1977年夏天,那是我们结婚后的第二年,你生下了我们的独生子晓笛,在一个天气十分炎热的晚上,我回山区学校。望着挂在窗上那盘明月,眼泪满腮。你生下孩子才三天。而你对我没有丝毫怨言,反而安慰我:"去吧!你放心,我会照顾好自己和笛儿的。"后来,我调到县委机关工作,你仍一个人带着孩子在乡下教书。你从不拖累我,总是鼓励我奋发工作,不要为家事操心。特别是这两年,我在省委党校党政干部培训班学习,把一个家庭的重担完全搁在你的肩上。你爱唱歌，但失去了唱歌的时间；你爱看电影，但缺少了这种条件；你爱跳舞，但跑厨房的节奏代替了舞厅的旋律……

"你得到的正是我要得到的。"你不止一次这样对我说。是啊晦当我独自在岳麓山下的曲径上漫步思索，踏着朦胧的月色走回记忆的梦里，我总是沉浸在一种甜蜜的家庭生活的乐趣之中。

我不会忘记，我读书、写作晚了，是你泡好麦乳精，悄悄地放在桌边；盛夏时节，有时我利用午休写作，是你坐在一旁给我打扇。你说："电扇吹久了，对身体不好。"我写的诗，你先朗读；我写的散文，你先提意见。每当你看到寄来发表了我的作品的刊物，你总是那样兴奋，抢着先翻到登载着我的作品的那一页。有一次湖南电台播送我写的配乐散文《彩色的土地，甜蜜的生活》，你竟录了音，一个人偷偷地欣赏……

莎士比亚说过："真正的爱是恋人间的风雨同舟，相濡以沫。有着善良、纯洁情操的女性是每个有所为的男子所钟爱的。"我不是一个有所为的男子，但你却是一个善良、纯洁的女性。在生活的道路上，我为自己能有你这样的伴侣感到幸福、自豪！

你知道我爱写诗，你曾对我说："什么时候有空，也写首诗给我吧！"秋叶，今天我特地为你写了这首题为《秋叶》的诗，作为我送给你的生日礼物，我愿她像一朵洁白的花永远开在你的心上。

在春天的日记里
你曾是一页绿色的书签
在生活的河流上
你也曾是一只颠簸的小船
虽然，自己失去了青葱
但铸造了更崇高的信念
生命便是一个个火红的音符
歌唱你自己，也歌唱我们的明天……

撑开一片宁静的天

初春的夜,美丽、温馨、寂静。

淡淡的、沾着缕缕寒意的月光,轻柔地洒落在疏枝树影上。弯曲的、款款流去的浏阳河哼着古老而轻松、舒缓而明快的曲子,绕过山城。

夜中的一切,都这般如诗如梦。

我刚刚从乡下调查归来,进得县委大院,只见妻子正在阳台上晾衣。雪白的月光裹着她,显得那样端庄、娴静,但也透出些许疲惫。

我笑别了阳台上的妻子,按照平常的惯例又回到了与我情投意合的书案前。借着月光,我推开临河的窗门,凝眸对岸月色下的山峦、村落,低首楼下蜿蜒西去的浏阳河,蓦然间,我在深山望月的感觉竟如泉水涌上笔端:

> 新月,被大山深深地雕琢
> 变得残缺而晶莹
> 梦,依然是湿润而美丽的梦
> 人生的橹,却这样摇摇晃晃

挥毫之间,我似乎觉得眼前一片蒙眬,继而有万点金星在眼前闪耀,我感到头昏脑涨,只好伏在案头。不知是什么时候,妻子来到了桌前,她让我靠在藤椅上,双手轻轻地在我的太阳穴上按摩。片刻,便送来一阵清爽,这首诗的最后两句也被她给按摩出来了。

山间月,定不是那搁浅的船吧

不然，真会把我的心撞伤……

我，一个业余作家，笔耕已近二十年。诗集《芭蕉雨》，散文集《梦系浏阳河》、《爱情絮语》和与他人合作的专著《乡镇企业管理简论》、《基层领导科学》相继问世。年虽未至不惑，鬓边的白发却一丝丝地拱了出来。妻子见着难过，她为我精心调剂饮食，间或陪我跳舞娱乐，近年来还学会了做简单的按摩。在我疲劳时，做做按摩，确实有驱疲劳、提神醒目的功效。多好的妻子呀，是你为我的工作和业余写作撑开了一片宁静的天。

"该用什么来感谢你呢？"我记得你曾对我说过："为了你事业的成功，笛儿的健康成长，我愿献出一切。"是的，你用柔弱的双肩，正挑着一副沉重的家庭担子走在人生的旅途上，我应当为你唱支歌：

把家庭交给你
把儿子交给你
连同做父亲的责任
你，一个普通的女人
在流动的日子里
用真诚和勤劳抒写着妻子的全部含义

读　梦

窗外的雨，一直不停。

雨敲打着树枝和绿叶发出的飒飒声响，初听还感到亲切，听久了、多了就心烦，就厌倦，就不安宁。

你给我的信已经许多天了。因这些天，我忙于下农村了解灾情，去探望灾民，便耽误了给你回信。说实在的，在农村我看到了被山洪冲毁的良田、堤坝、房屋，心里很难受。我一次又一次握着受灾农民的手说不出安慰的话。

作家的语汇此刻显得贫乏笨拙。

你也是从农村走进作家大楼的。你也曾在山间小路上采摘野菜，在油灯下帮着母亲做细致的针线活。我记得读你的第一篇散文叫《香菇》。

可现在你升华得高雅、清丽，而且成为一个很有影响的刊物主编，我真的很佩服你，所以当你用"名人少年生活"的题目要我写自传散文时，我真担心写不好，辜负你和读者。于是，我想写一个故事让你读。

那夜的雨，越下越大，以致积水因小院的水沟一时排不出去，而闯进了我的居室，渐渐地我的床开始漂动。我慌极了，没有了主意。这时，几乎每天看到的那个在小院打扫卫生的传达室老头来了。他不声不响地在院子里挖沟排水，他的整个身子都湿透了。

想到这件事，看着眼前的农民救灾图画，我真惭愧自己的懦弱和无知。

写一封这样的信给你，我知道您会对我的异地就职放十分的心。

至于那篇约稿我是要挑选一个雨夜去写的。

女人的符号

女人的符号是什么？

是飘柔的秀发，是明亮的大眼睛，是浅浅的笑，是红唇、皓齿，或就是那美丽的裙衫和白色纱巾。

你却告诉我，你的名字也只是一个女人的符号。于是你想把符号换一下，用小雨这个符号来装饰我对你的呼唤。我感觉你的心情确实很美丽。用名字给我展示情感世界的，你是我遇到的唯一的女人。

因之，立刻使我想到几年前的一个月色皎洁的夜晚，你带着刚懂事的小女孩去陪我跳舞。小女孩机灵得让我吃惊。她竟能一个人坐在那里，用天真的眼睛看我们飘入圣洁的音乐光雾之中。后来我问她的名字，你告诉我，你希望她长大后温柔聪慧，于是她的名字里便有一个柔字。今天，我听到你谈名字也只是女人的符号时，我便又一次感知了你，我曾经感知中还朦胧的那片岛屿。我知道以后我漂泊的心，无论在怎样的风雨旅途也不会孤独。

今宵我又在想，你的女孩一定又长高了许多，一定长得像你一样清丽漂亮，一样端庄里透着纯静和聪敏。或许她会成为作家、音乐家或记者。不管是向哪片天地，我想你给她想象的符号，永远是美丽的。

我也在问自己，男人的符号呢？

写给小雨

这几天十分炎热。抱怨的人们无可奈何地长叹着。

我想了个办法,早上起来便关紧窗门,晚上睡觉时再打开。然而,一推开窗门,扑面而来的还是那呛人的热气。

我是一个很固执的男人,既然如此,我干脆站在窗前,仔细地欣赏眼前的世界。月光下的葡萄藤棚架,把碎银似的清辉筛落在墨黑的铺着青草的地上。无数银色的亮点在绿草地上跳跃,使我感觉到有清凉卷入居室。这时,我的心境开始宁静,没有了烦躁和不安。

又坐到了靠窗前的书桌边,随手抓起一沓报纸去翻,报纸里竟掉出一封信。信封上的字透着亲切,那是小雨的心音。小雨是我的朋友,是一位读者喜欢亲近的记者、编辑,是她用自己为人的真挚,帮助了许多年轻的读者写出漂亮的文字来。她的智慧、她的灵气、她的真情曾经是那样柔柔软软地随着她的笔在稿纸上编织人间美丽的光芒。

这回,她竟用电脑给我们写信,我不能读到她秀丽的字体和字体里洋溢的情分。可她是那样告诉我"我键入的内容绝对是血浓于水的真诚"。并且还说她坐在家里痴迷地敲自己的所思所想。

我相信,她定能敲出家庭的温馨,敲出人生的感悟,敲出女性的高洁。可我还是想着她的字迹里跳动的柔意和坦诚。这有什么办法呢她现在是敲出忘我的境界了,看来拉回她的翅膀已不再可能。

可我依然还用这支笔给她写信,写我的所感所忆,写我的不妥协的心灵真实。我也想到,当有一天,我也进入这种痴迷状态时,我不会用关窗门的办法去对付盛夏的高温袭击。我也同样会用电脑去搂回那丝丝湿润的清凉。想到这一切我感到小雨比我更成熟更幸运。于是我再想到女人是水的说法时，手中的信已经化为一汪清凉的水，在拥着我去走向另外一个更宁静的世界。

小雨你再给我敲开一次紧闭的窗门吧！

兰 草

朋友树之君是一个画家。他的画从不送人。画不送人，他自有说法，谁知道你喜不喜欢，如果送你不挂，不等于白画。

这种想法很合理，很理智。

我便不敢向他索画。

其实，他的画确实不错，尤以兰草画得好，几乎可以透视出生命的活力和鲜活的绿来。

有一天，我去树之君家。

他正在阳台上给花草浇水。完了，他便靠在门槛上细细地看那盆兰，然后又用手去摸那绿得流翠的叶片。我陪他站着，不作声，连气也喘得轻而匀。

画家与诗人不同，诗人容易冲动。画家这般冷静，让我吃惊。

回到家里，我和妻子商量，要去集市上买一盆兰草。我说：要好好观察，为兰草做一首诗，我要气一气那个自命不凡的画家。

兰草终于落户在我家窗台上。

刚来时，叶片纤细而青翠，充满着朝气和活力，我也很尽心地浇水照看。还真让我欣赏出了那一丝自然界的鲜活风韵。

日复一日，我外出次数多，妻子又忙，我们忽略了对兰草的照料。当我又一次到阳台上看兰草时，发现它叶疲肤黄，垂着叶尖，像是在苦苦地呻吟它的不幸。我的身心受到了刺伤，我为没有尽到自己的职责而万般懊悔。

从此，我没有再养娇嫩的花草，去剪裁人工的风景，而是常邀妻去野外走走，让自己真切地去感受大自然的神圣、美丽、无私、慷慨和尊严。我们一生要享受阳光、雨露、空气的赐予，这就是大自然注入我们的生命的血液和情感。

树之君知道了我供养兰草和失去兰草的遭遇。也许是动了恻隐之心，这回他竟不顾我喜不喜欢，是不是挂他的画，携妻儿把一幅兰草图送到了我的手上。

我们还从来没有握过手。

这回我紧握了他健壮的手。

古　藤

进大山里去，参天的大树，让我感到雄性的力量和伟岸。

而缠在树上和从峭岩掉下深谷去打捞岁月的古藤，却给我一种悲壮和顽强的生命感觉。

不止一次进山去，也不止一次在古藤边徘徊思索。晴是头一回进山，她没有看到过这样古老而粗大如盖的树。对树的高大挺拔，她感到惊奇，而对古藤却感到害怕。她颤抖着声音说，那藤像蛇，铁青色的，弯弯曲曲，悬在树干上，去穿越树枝垂落到峭岩上，摇头摆尾，令人胆寒。

因了晴的这番议论，我这回才真正认真细致地观察古藤了。她讲得并非没有道理。这古老的藤蔓粗莽而丑陋。黑色的躯体上，镀着一些似隐似现、错落有致的青苔。古藤从荆棘丛伸出来，钻过树杈，缠绕着树干盘旋而上，然后又跳越树枝，攀到另外的树枝上，我断定，如果在夜色下看到这样的古藤，没有经验的人，非把它当蛇不可。这样大的蛇，也非把人的魂吓跑不可。

大自然真是神圣而古怪！晴自言自语地说。

我们钻进了这片古老而茂密的森林，身边的奇花异草又鲜美，又香甜，又缠绵，又湿润。我说不清它们的名字，只知道它们生长得非常健美，简直让人嫉妒。

"假如我们住的城市附近，有一片这样的森林那该多好。"

"假如你一个人来到这里，你会不会看着古藤发慌？" "不会了，在森林里度过了这段时间，我觉得唯有这古藤才真有意思。"我想不到晴竟在半天时间里得出了这样的结论。这使我想起了二十多年前患病在老家治疗。那时，我只顾一个人待在屋里，熬中药或看书。按母亲的说法，因为没有多晒太阳，我的脸色很苍白还带黄色。于是她总是叫我到外面去走一走。当我从光线暗淡的屋里，走进太阳灿烂的野外，便觉得眼冒金星，头脑昏眩。我咬牙站住，闭着眼睛稳定了一下，再睁开，就感到格外的神志清爽。清风悠悠柔柔地吹来，使我有一种对大自然的亲切感觉。我在后山桂花树坪里坐下来，闻到了桂花树上初绽的花瓣散发的淡淡清香，像感触到了少女的温馨，心里萌生一股激动。人在脆弱的时候，是最需要关怀和抚慰的，也包括自然界万物呈现的生命色彩和律动。这时空中飞来了美丽的蝴蝶和蜻蜓。精明的小蛙眯着眼睛，在我的脚边跳跃。我感到一种少有的充实突然占据了心灵的空白。那次后，我几乎每天都要到大自然的怀抱里去享受一次与树林、花草、小生灵友好相处的乐趣。我从他们身上寻找到了圣洁的天真和无忧无虑的生息境界。记得还有一次，我就是攀扯着桂花树上的古藤去折回了一束金色的蕴含着清香的桂花，然后插在盛满清水的酒瓶里，它芬芳浓郁地伴我度过了一串寂寞的日子。

"你怎么站着不动，我们在等你呢！"晴银铃般的声音打断了我的沉思。我这才意识到自己正在想一段往事。我急忙往晴奔跑的方向挪动脚步，可是没走出多远，我便被一条隐在草丛里的古藤绊倒。于是，我大喊："快来呀，我被蛇咬了。"急得晴慌慌张张地跑过来问我，蛇在哪里。我指着地上的古藤说，在这里。晴气急了，瞪着眼对我说："你才是一条蛇哩！"

拥抱生活

许久没有写散文了。是因为忙,因为天气炎热,因为心情不宁静。

其实忙和热都不是理由,心情倒是很重要的。

那天,顶着火辣辣的太阳去印塘乡农村看望送粮的农民。我抚摸着盛满金黄稻谷的麻袋,看到农民满脸的汗珠,心里感动极了。第二天,我去湄江参加一个会议。是日下午落起了白茫茫的大雨,一片清凉的雨雾笼罩着原本就美丽神奇的山水,让人如堕仙境。

两种感觉,两种心情。

趁夜色皎洁,我又驱车回到绿树掩映的居室。正好看到桌上有弘征兄送的大著《书缘》。随便翻读,便让《色彩缤纷的世界》所诱惑。全文还引述了东瑞的一段话:"啊,生活,是如此丰富,朝气蓬勃又充满色彩。为生活奔忙之余,在夜阑人静的时候,我喜欢对生活进行深沉的思索……朋友,相信我,对生活的爱,我从不吝啬。"

这种心之体验,我也有过。

细想一下人生的事业、家庭、爱情、朋友,以及走过的道路的坎坷,旅途中观赏过的山水的明媚,岁月里感情上发生的缠绵和碰撞,当时是一种怎样的境遇,一种怎样的心情啊!

做人作文,能进入一种层次,创造一种坦荡、超然、纯真、至爱的境界,便是给世界创造了一份美丽的感情。这份感情是会沉甸甸的、熠熠发光的。既让人感到难拂去这份真情的沉重,又让人感到有圣光照耀旅途的遥远。马克思就很真切地说过:"一种美好的心情,比十服良药更能清除生理上的疲惫和痛楚。"这是千真万确的。让我们热爱生活,走向生活，拥抱生活，创造生活，从生活中去发现美，挖掘美，表现美。那样你失去的只是浅薄的自我，而获得的是一个充实的自我。

从夏之火热，走向秋之成熟，从冬之清冷，走向春之蓬勃，不管其中的日子会是什么滋味，但只要我们时刻捧着一份美好的心情，倾尽自己的情感和智慧，我们就能给崭新的时代编织一个灿烂的花环。朋友，到色彩缤纷的生活世界里捧回美好的心情吧，尽管未来的岁月还会有风有雨。

后 记

新年初雪,晶莹的雪花,只飘舞了几个小时,便悄然离去。地上和枝头的积雪,很快就在阳光的温暖里消融了。孙女楚楚拉着我的手说:"雪还会下吗?我想跟爷爷一道堆雪人哩!"雪再没有回来。而春天都走到窗前,摇满了一树树的新绿。孙女又背起书包上学校了。我送着孙女去学校,总是讲着故事陪伴她走进校门。从3岁开始给她讲故事已经讲了3年,算起来有上千个故事。突然有一天,孙女说:"从今天开始,你就讲你小时候的故事吧!"孙女的话,让我感到高兴而新奇。我说:"你为什么要听我小时候的故事呢。"孙女回答道:"我想知道爷爷小时候的小伙伴,你们是怎样读书、玩耍的。"于是,我就开始编自己小时候的故事。想不到效果比前面讲的故事更好。孙女竟提出要我带她回到我出生的地方,去看我故事中讲的小伙伴,如红脸、大顺、石伢子……还要去看我们砍过柴的山岭,游泳过的小河,捉过鱼虾的湖塘,读过书的学堂。我知道,这些地方几乎都面目全非,再见不到当年的踪影和浓郁的乡土气息了。

这使我想到了一个问题。我这个出生农村的孩子,从小就受到饥饿、寒冷和劳苦的煎熬。后来,有幸上小学,读中学,参军,写作,从政,离不开家乡这片土地的滋养,党和祖国的抚爱,人民的哺育,时代的塑造。现在将步入古稀之年,回想过去的人生道路,在某种意义上讲,我就是一只书虫。几十年来,尽管在不同岗位工作过,但最终伴随我的是常摆在桌上或枕边的各种书籍和那一页页的稿纸,那一支支的钢笔。我不舍昼夜,不问秋冬,日复一日地在书里钻,在纸上爬。现在算起来,我在半个世纪的漫长写作生涯中,创作出诗歌、散文、小说、电影、评论、歌词(不包括政治经济管理类的专著10多册)就有30多册。这些作品,其中就有我故乡的山水影像,小伙伴和乡亲父老的生活忧乐,劳动和创造。有我从这里出发,在人生旅途跋涉的颠簸、磨难、痛苦、欢乐的履痕和对人生社会的思考、感悟。我的这些书最终该去哪里?于是我便产生了一个念头,要把这些书压缩成10册,再版出来让它走到它该去的地方。没有想到正在这个时候,我读2016年5期《读者》看到了爱尔兰诗人叶芝写的一首名叫《我的书本去的地方》的诗。这让我茅塞顿开,更加坚定了我的想法。诗这样对我说:

> 我学到的所有语言,
> 我所写出的所有语言,
> 必然要展翅,不倦地飞翔,
> 决不会在飞行中停一停。
> 一直飞到你悲伤的心所在的地方,
> 在夜色中向着你歌唱,
> 远方,河水正在流淌,
> 乌云密布,或是灿烂星光。

我读过叶芝的诗。那是非常美丽和智慧的精灵。我想这些书,一定会按照诗人的意愿,永远不倦地飞到它应当去的地方。而我的书和诗,尽管只是浩瀚书林里一片不起眼的树叶,我也盼望它奋力飞翔,抵达同样流淌着岁月的温暖光波,大自然的芬芳絮语,抑或也有风霜雪雨和忧伤黑暗的地方。

谭仲池
2016年3月7日于湘江之滨淡泊书斋